余晖打落在他的脸上，头发的颜色因光影是看不清是棕色还是黑色，似玉树临风，眉眼柔和。
这让阿桥想到一个句子——
皎如玉树临风前。
宋怀时说："我们一起上江大吧！"

阿怀，你能不能再给我放一次烟花？

想想要看多少次都行。

有爱的青春陪伴者

十清杳
SHI
QINGYAO
著

你失信了

Ni Shixin Le

四川文艺出版社

图书在版编目（CIP）数据

你失信了 / 十清杳著 . -- 成都：四川文艺出版社，2022.12（2024.3 重印）
ISBN 978-7-5411-6469-9

Ⅰ . ①你… Ⅱ . ①十… Ⅲ . ①长篇小说 – 中国 – 当代 Ⅳ . ① I247.5

中国版本图书馆 CIP 数据核字 (2022) 第 188929 号

NI SHIXIN LE

你失信了

十清杳 著

出品人	谭清洁
责任编辑	邓　敏
特约编辑	雪　人 廖唯佳
装帧设计	Insect 唐卉婷
责任校对	段　敏
出版发行	四川文艺出版社（成都市锦江区三色路 238 号）
网　址	www.scwys.com
电　话	0731-89743446（发行部） 028-86361781（编辑部）
排　版	长沙大鱼文化传媒有限公司
印　刷	天津睿和印艺科技有限公司
成品尺寸	145mm × 210mm　　开　本　32 开
印　张	9　　插页 2　　字　数　250 千字
版　次	2022 年 12 月第一版　　印　次　2024 年 3 月第五次印刷
书　号	ISBN 978-7-5411-6469-9
定　价	42.80 元

目录

contents

目录

contents

楔子

/
N I S H I X I N L E

小城的傍晚总是很宁静，在这城市的郊区很少有汽车鸣笛的声音。

向榆踩着高跟鞋走过街道，一天的工作早已让她身心疲惫，饶是漫天的晚霞也吸引不了她的注意。

“叮咚！”握在手里的手机响了声。

向榆低头一看，是好友陆佳穗发来的消息。

她抬手把散落下来的发丝别到耳后，另一只手滑开手机屏幕看信息。

【佳穗：宋怀时要结婚了，你知不知道？】

“嗡——”

向榆脑海里发出一声巨响，周遭的声音也似乎被阻隔，戛然而止。

宋怀时要结婚了。

她愣在原地。

还没等向榆有什么动作，陆佳穗的电话就打来了。

向榆顿了一会儿才接起电话：“喂？”

“小榆，你现在在哪儿呢？在家吗？”

“我刚下班。”向榆感觉胸腔像是被人按压着，但她不习惯在别人面前流露出自己真实的情绪，舒缓了一会儿，她才轻声问，“怎么了？”

她知道陆佳穗这通电话打来所为何事，但她不会主动去说。

毕竟已经过了这么多年了，没有人会刻意去提当年的事情。

她也不会。

陆佳穗犹豫了一会儿，小心翼翼地问：“你看到我给你发的信息了吗？”

向榆应了声：“看到了。”

意思是，她已经知道宋怀时结婚了。

她的声音听起来没有任何波澜，但仔细听还是能感觉到异常。

因为，太平静了，不像是寻常人该有的反应。

电话那头的人没了声音，向榆便开口问：“他什么时候结婚？”

陆佳穗：“下个月十七号。”

向榆呼吸一滞。

看来宋怀时真的准备告别那段腐朽的旧事了。

向榆问：“他爱他的……他的未婚妻吗？”

她不想说出“未婚妻”三个字，但好像又不得不说。

陆佳穗沉默了下，而后笑了声：“他们认识才不到三个月，谈什么爱？但那个女人对他挺好的，挺喜欢他的。”

向榆没说话。

“小榆，我想起之前宋怀时发过一条动态，说什么他失信了，你看到了吗？”

向榆愣在那儿。

“小榆？”

向榆的思绪被拉回，她勾唇笑了下，像是在嘲讽自己——

“不是他，是我失信了。”

Chapter 01 · 帅哥

你们好，我是宋怀时

/

N I S H I X I N L E

1

故事开始的序章发生于那一年的早秋。

“丁零零——”

下课铃一打响，班上同学瞬间松懈下来，随即而来的就是各位同学拉书包的拉链声。

讲台上的政治老师把书立起来在桌上敲了敲：“哎哎！我说下课了吗？看看你们这一群，老师没说下课学生能动吗？你们对待学习永远没有放学吃饭积极，跟把你们关了百八十年一样。”

班上的学生纷纷停下动作，四十多双眼睛就那么安静地盯着老师看，全都是一副乖巧听训的模样。

老师没辙，叹了口气就挥挥手放人了：“算了算了，下课吧！”

一听这话，班上立马又热闹起来。

“谢谢老陈，老陈再见！”

“值日生留下来做卫生！一个都不准跑！”

“……”

陆佳穗抬手拱了拱向榆：“哎，你别磨蹭了，快走啦！去晚了就没饭吃了。”

向榆软趴趴地抬起头：“我去不了了，你们去吃吧。”

“怎么了啊？”

向榆：“上节课课间有人来通知，傍晚高二各班副班长要开会。”

闻言，陆佳穗幸灾乐祸道：“八百年开一次副班长的会议啊，怎么就让你碰上了？平时不都是班长开会的吗？”

向榆翻了个白眼：“谁知道。”

陆佳穗闻言站起身：“那行吧！那你一会儿吃什么？我们给你带？”

“行，那我要饭团。”

陆佳穗比了个“OK”的手势，转身冲教室另一端喊：“姜姜，你好了吗？”

“来了！”姜韵立马合上笔帽，小跑过来，“小榆不吃吗？”

“她过会儿要开会，我们快走啦！晚点就没饭吃了。”

“哦哦！那小榆，我们先走啦！”

向榆挥了挥手：“嗯，拜拜。”

待陆佳穗和姜韵一走，向榆随手拿了纸笔就往学校的会议室走去。

会议室里已有不少人了，向榆随意找了一个靠窗的空位坐下。

老师还没来，她托着腮帮百无聊赖地看着窗外。

下课时间，外面俨然是一副喧嚣的模样。

向榆叹了口气，命苦啊！

“嘎吱”一声，旁边座位的椅子被拉开，向榆闻声看了过去，这一看眼睛都看直了。

俞中居然还有长得这么好看的帅哥？！

一旁的男生穿着黑T恤，额前的碎发垂至眉毛中间，剑眉下的一双眼睛看着尤为刚毅。他是单眼皮，眼睛偏细长，眼尾处有一颗小痣，不过不明显。

如果要问那次会议说了什么，向榆愣是回答不出一二，她的眼里只剩下帅哥了。

……

“我感觉，我知道心动的感觉了！”

晚自习，向榆突然凑到陆佳穗身边说话。

憋了许久，她还是忍不住跟陆佳穗说起这事。

陆佳穗被向榆吓了一跳，压低声音问她：“你做了什么就知道心动的感觉了？”

“我今天开会时，旁边坐的是一个帅哥。”

听到帅哥，陆佳穗来了兴致：“帅哥？哪个班的？”

向榆耸了耸肩：“不知道，平时都没有见过，大概是理科班的吧！”

“理科那边的啊……那行，一会儿下课我们过去瞧瞧。”

陆佳穗的办事效率快得吓人。

向榆瞪大眼睛：“啊？这就过去找人家啊？不太合适吧？”

“你想啥呢！就看看！看看还不行啊？”

向榆：“万一人家已经放学了咋办？”

俞中倒不是军事化管理学校，家里住得近的学生可以选择通校。除高三和高二下期，其余年级的学生还可以选择是否在学校上晚自习。

“啊这……”陆佳穗想了一会儿道，“如果放学的话，我们就去跟宋怀时打听一下，他也是他们班的副班长，副班长与副班长……说不定认识呢！”

宋怀时是陆佳穗的发小，两人从小一起长大，感情很好。陆佳穗也经常会在向榆和姜韵面前嘀咕宋怀时，但她们两人都没见过本尊。

典型的未见其人先闻其声。

向榆一想她说得有道理，当下就点头应下了。

两人拍掌击合，一下就把事情定了下来。

下课铃一打响，陆佳穗连忙叫上姜韵拉着向榆往楼上跑。

向榆被拉着一顿颠簸，忍不住开口吐槽：“你怎么比我还激动？”

陆佳穗：“事关我姐们儿幸福的事情，我当然得激动一些。”

姜韵吃惊道：“什么姐们儿？你们干什么了？”

向榆连忙摆手：“没有没有！就是去打听个男生。”

三人蹲在四楼楼梯处等了许久也不见人来，就在一行人准备放弃去八班找宋怀时的时候，向榆突然激动起来。

陆佳穗这一看赶忙凑上去：“你看到了？哪个哪个？”

向榆小声道：“就那个穿黑 T 恤，拿着篮球的男生。”

陆佳穗顺着向榆的视线看过去，声音顿时戛然而止。

姜韵眯了眯眼：“那个男生怎么有点眼熟的样子？”

“当然眼熟啦！”陆佳穗直起身，顺势把向榆和姜韵也拉了回来，“等等等等，你们别看了。”

向榆疑惑地看着她：“为什么？”

“穿黑 T 恤，抱篮球看着挺高的那个对吧？”

“啊，对！”

陆佳穗抽了抽嘴角：“怪我，我是不是没带你们见过宋怀时？”

三人安静了一会儿，还是姜韵先反应过来：“那个是宋怀时啊？”

陆佳穗点头：“我没看错的话就是。”

姜韵顿时了然，怪不得刚刚觉得熟悉。之前返校的时候她正巧看到陆佳穗跟着一个男生从公交车上下来，因为距离不算近她没看清脸，然后陆佳穗看到她又先一步跑了过来拉着她去了小卖部。

向榆问：“那是宋怀时？他长得不是挺好看的吗？你老说人家丑干啥？”

陆佳穗转头看了眼八班的教室门口：“哎呀！我跟他太熟了，已经对他的脸免疫了。”

向榆一脸无语地看着她。

姜韵打着圆场，笑道：“这不刚好？你不是多了一个大助攻？”

她转头问：“宋怀时有没有女朋友或者喜欢的人？”

陆佳穗翻了个白眼：“他寡淡得跟个和尚一样。”

姜韵这么一听乐了：“正好你也‘寡’，不是一家人不进一家门。”

其他两人双双沉默。

陆佳穗朝着向榆“呵呵”笑了两声：“的确，那我真恭喜你。”

三人打趣了一通，眼见着就要上课了，陆佳穗忙问：“你要不要去打个招呼？”

姜韵抬手戳了戳向榆，怂恿道：“快上啊！”

向榆有点尿：“太快了吧？”

才见过一次啊……

“这叫先入为主。”

“就是啊，万一被人捷足先登了怎么办？到时候有你哭的。”

陆佳穗跟姜韵两人你一言我一语地在向榆耳边怂恿，吵得向榆一个头两个大。

好半天也没见向榆有什么反应，陆佳穗只好道：“那去打个招呼就当认识一下，先当个朋友呗！”

向榆犹豫片刻还是点头答应了。

陆佳穗风风火火地拉着姜韵跟向榆往八班走去。

向榆透过窗户看到宋怀时正在讲台边听人说笑，双手俯撑在讲台边缘，脑袋微斜，嘴角上扬，看上去多了一分痞帅。

陆佳穗扒拉着窗户冲里面喊了声：“宋怀时！”

班里不少人循声看了过来，宋怀时走过来站在窗户另一边：“你怎么来了？”

“上来有点事，顺道来看看你。”

宋怀时笑道：“我真谢谢你这么惦记我。”

陆佳穗侧了侧身：“跟你介绍下我的好姐们，向榆跟姜韵。”

见宋怀时看了过来，向榆心跳飞快，红着脸朝他笑了下。

宋怀时笑着点头：“你们好，我是宋怀时。”

2

那是两人的初识。

回到教室后，向榆一想到刚刚的场景心就止不住地跳动，脸颊上的红晕一直未褪下。

陆佳穗双手撑着下巴感慨道：“不过说来也真巧，我怎么也没想到你说的人居然是宋怀时。”

向榆一听立马笑着：“谁叫你藏着这么一个大帅哥不告诉我们？”

“嗐！我从小看他看习惯了也没感觉他长得有多好看。”陆佳穗叹了一口气。

话音刚落，她侧头问：“小榆你到底要不要试试啊？”

向榆顿时瞪大眼睛：“我这才刚认识。”

“做事要快准狠，万一晚了可被人捷足先登了。”

向榆还是笑着摇了摇头。

她实在是不想不明不白地去喜欢一个人，在还没有确定自己对宋怀时的感觉时，她还是不太愿意莽撞行事。

陆佳穗伸了个懒腰：“那行呗，不过万一真被别人捷足先登了，你可别哭啊。”

她突然问：“对了，要不要我先帮你撮合撮合？”

向榆摆摆手：“不用啦！还不急。”

她其实不太愿意过多地去依靠陆佳穗与宋怀时的那层关系，不然就算她往后真的要追宋怀时，而两人又在陆佳穗的帮助下顺利在一起了……那她会觉得自己和宋怀时的感情是陆佳穗一手建立的。

她悄悄低头看笔记本上刚刚被写上的“宋怀时”三个小字，不禁笑了笑。

宋、怀、时。

周五放学。

向榆是值日生，得留下来倒垃圾。

“小榆！”

向榆循声看去：“怎么了？”

陆佳穗趴在窗台上喊：“我要去校门口买奶茶啦！如果宋怀时一会儿找过来，你跟他讲一下我在奶茶店，我手机没电关机啦！”

向榆直起身：“万一我没碰到他怎么办？”

“那没事，等我手机充上电了再给他回信息。”

向榆应了下来。

陆佳穗走后，班上的卫生也做好了，向榆跟另一个女生一起下去倒了垃圾。

再上来时，班上已经没有人了。

向榆回了位置收拾东西准备走，那个女生已经收拾好背上书包了：“向榆，我爸在校门口等我，我就先走啦！麻烦你锁门了。”

向榆笑着跟她挥了挥手：“好。周日见。”

那女生一走，班上就只剩她一人了。

向榆慢吞吞地收拾着东西，偶尔会往窗外瞧上两眼。手上的动作越慢，她越发清楚自己在期待什么。

但等她收拾好东西，也不见有人影过来。

向榆叹了口气。

或许宋怀时在她刚刚下去倒垃圾的时候就来过了。

向榆收拾好东西背上书包，随手拿起桌上的水杯往教室门口走去。

刚走到门口，她迎面就撞上一个人。

向榆没来得及刹车，手中的水杯没拿稳直接摔在地上。

“嘭”的一声，水杯砸地，玻璃碎了一地。

向榆的身子因为惯性往后退了两步。

“小心。”一只手伸过来抓住她的手臂。

向榆抬起头，看到面前的人是宋怀时，她还有些发愣。

见她站稳了，宋怀时松开手：“你没事吧？”

向榆回过神赶紧摆手：“没事没事。”说完，她匆匆移开视线，脸上微微泛起红晕。

她刚要蹲下身去收拾地上的狼藉，宋怀时一把拦住她：“等等。”

向榆抬头看了他一眼。

宋怀时：“地上都是玻璃碴儿，这么捡会划伤手的。我来处理吧！”

语罢，他在门后找来扫帚，三两下就将地上的狼藉处理干净。

“不好意思，我去楼下把这些倒了。”

向榆点头。

他一走，向榆摸了摸自己的脸颊，让脸上的温度慢慢降下。

宋怀时一靠近，她就忍不住地紧张。

待脸上的红晕消退，她找来拖把把地上的水渍清理干净。

宋怀时回来后见地上的水渍已经被清理干净，朝向榆笑了笑：“不好意思啊。”

她忙摇头：“是我走路没看清。”

想到陆佳穗，向榆又道：“对了，佳穗说她在门口的奶茶店等你。”

“哦，好。”宋怀时看了眼地面，“那个，你的杯子被我弄碎了，周日我赔你一个。”

向榆笑了下：“不用啦，也不全是因为你。”

“没关系的，是因为我走得太急了。”

宋怀时从兜里拿出手机，解锁后递给她：“留个联系方式吧，我好联系你。”

向榆没辙，还是接过手机在上面输入了自己的QQ号。

她还有些惊喜，没想到发生这事，反而让她与宋怀时有了一些接触，阴错阳差之下还加上了联系方式。

加完好友后，向榆把手机还给了宋怀时：“谢谢，麻烦了。”

宋怀时接过后看了眼，而后才把手机放回口袋。

向榆原以为他这就走了，没想到他站在门口丝毫没有要走的意思，像是在等她。

她锁上门后，转身问：“你还在这儿是有什么事吗？”

“等你，一起出去吧。”

向榆心一惊，要不是低着头，她就要在宋怀时面前闹个大红脸了。

两人就这么并肩往校外走去，没有人说话，一时间气氛也很尴尬。

向榆忍不住开口缓解：“你和佳穗认识很久了？”

宋怀时“嗯”了声：“我俩从小就认识。”

向榆点点头，气氛又僵住。

向榆正尴尬着，宋怀时忽而笑了下：“她不会在你们面前说过我坏话吧？”

向榆连忙摆手：“没有没有，没有说过。”

宋怀时笑：“哪能，你是不是怕说出来被她报复？”

向榆被他的话逗乐了：“佳穗人很好的。”

她原以为宋怀时是那种冷言话少的性格，没想到却毒舌又逗趣，后面也没有再冷场，宋怀时又说了几句话，两人就聊起来了。

一直到校门口，向榆跟宋怀时走相反的路线，两人才道别分开。

刚刚那场景一直是宋怀时在找话题不冷场，以至于两人之间不那么尴尬。

他本质上真的是一个好温柔的男生，向榆心想。

当天晚上，向榆就收到了来自宋怀时的信息。

【S：[图片]】

【S：这个杯子可以吗？】

向榆点开图片，是一个粉嫩嫩的保温杯，上面是一个小兔子嘟嘴吹泡泡的图案。杯子挺可爱的，粉而不俗。

她弯着唇，回：【好。】

周末返校。

刚到教室，陆佳穗就递给向榆一个袋子："宋怀时让我给你的，里面是什么东西啊？"

"应该是杯子。"

向榆刚接过，陆佳穗又凑上来问："杯子？他为什么送你杯子？你俩背着我干什么事了？"

向榆把上周五的事情跟陆佳穗说了，末了还加上一句："他人真的很好，一点都不高冷。"

陆佳穗挑了挑眉："宋怀时平时可不这样，他一般不主动找人说话的。"

向榆一听，觉得自己大概是沾了陆佳穗的光。

陆佳穗："其实我觉得你胜算挺大的，一般像宋怀时这种性格的男生都比较纯，很好追的。"

她拍了拍向榆的肩膀："宝贝加油啊！"

向榆笑了笑，的确是比较幸运的一件事。

体育课。

难得有一节没被抢的体育课，同学们都兴奋得不行，等体育老师一声令下，方方正正的队伍瞬间解散。

陆佳穗不想运动，拉着向榆她们往单杠那边走，说要秀一秀她在家里练出来的臂力。

向榆笑着跟去打趣了几句。

她往旁边看了几眼，那边有个矮杠，跟压腿的杆子长得挺像。

陆佳穗见向榆对那个矮杠有兴趣，忙凑上来：“这个我也会，等我给你露一手。”

她攀上杆子，身子一起，整个人一骨碌转了一圈。

“牛啊！”

向榆瞪大眼睛，伸手拉住陆佳穗：“深藏不露啊你，快教教我。”

陆佳穗骄傲地哼唧两声，看起来对向榆的崇拜十分受用。

向榆见陆佳穗一脸骄傲地看着自己，就知道陆佳穗在等什么。她赶紧好言好语地夸赞了陆佳穗几句，没两下就把陆佳穗夸得找不着北。

“那好吧，我就教教你。”

陆佳穗让向榆学着她的动作用臂力向上，然后身子再往前一扑，自然而然就可以翻过来了。

向榆看着眼前的杆子，有些不安：“会不会摔倒啊？”

“你抓着杆子就没事，我护着你呢。”

听到陆佳穗信誓旦旦的保证，向榆心一横，双手一攀，手臂发力，身子向上。

姜韵：“你小心一点啊，别摔——”

“嘭！”

姜韵话还没有说完，向榆就一个翻滚从杆子上掉了下来。

她的身子重重地砸在地上，激起周围尘土飞扬。

脸朝上倒是没什么事，就是屁股朝下摔得不轻。

说好在旁边护着的陆佳穗此刻有点心虚。

“没事吧？”

听见一道熟悉的声音传来，向榆赶紧翻了个身循声看去。下一秒，她就僵在原地。

呵呵，有什么比这个更“社死”的吗？

宋怀时走到她们面前，陆佳穗已经把向榆从地上拉了起来，她问：“你怎么在这儿？”

向榆把头埋得更低了些。

宋怀时看了向榆一眼：“我上体育课。”

他指了指陆佳穗怀中的人：“你没事吧？要不要去医务室？”

陆佳穗闻言推了推怀中的人：“小榆你有哪里摔疼了吗？”

向榆只觉得丢人，胡乱地摇了摇头。

摔疼了她也不好意思讲。

而且只有屁股摔疼了。

向榆怎么也没想到自己摔下单杠的下一秒，宋怀时就出现在这儿，而自己就以那四脚朝天的样子面对了宋怀时。

她当下就只想打个地洞钻下去。

见向榆不说话，宋怀时从校服口袋拿出纸巾递过去：“你先擦一擦脸上的尘土吧。”

向榆从陆佳穗怀中退了出来，站稳身子后接过，低声道了声谢。

她不敢抬头直视宋怀时，这么丢脸的时刻，她只想让它快点过去。

这时，向榆眼前又递来一件校服外套——

“穿上吧。”

她愣了一瞬，手比脑子快地接过了校服。等她回过神再抬起头时，宋怀时朝她们挥了下手就跑开了。

向榆拿着衣服不知所措。

“哎呀！”姜韵突然走上前替她拍了拍后背，“小榆你背上弄脏了。”

向榆扯了扯卫衣，往后看了眼，后背上灰尘沾染了一大片。

因为单杠这片四周并没有做跑道，都还是泥土路，向榆这么一摔，身上难免沾染到泥土。

她看了眼陆佳穗和姜韵。因为是体育课，大家都没穿外套。

想到这里，向榆心下就了然了。

她朝怀中的校服外套看了眼，眉眼不自觉地弯了弯。

校服外套是用来遮盖污渍的。

姜韵凑近，跟她咬耳朵："宋怀时人真不错，感觉他是怕他在这儿待久了你会尴尬，所以才走得那么快。"

向榆闻言，心里冒起粉红色泡泡。

宋怀时他真的好好。

3

"你真的没有哪里摔破皮吗？"

眼瞧着姜韵就要上手来扒拉自己的衣服了，向榆忙笑着躲开："真的没事，就屁股摔疼了。"

陆佳穗抓住她，打趣道："虽然摔了一跤，但也值了对吧？"

向榆停下挣扎，一脸不解地看了眼陆佳穗。

见向榆不明白，她抬眼示意了下，指向向榆身上的衣服。

向榆一看顿时了然，涨红了脸："这有什么好高兴的？我都丢死人了好吧？"

语罢，大概是刚刚的羞愤心理又涌上来了，向榆快步往前走去，一心只想快点回教室。

但走了几步也没见身边的人跟上来，她回头一看，就见陆佳穗和姜韵站在不远处捂着嘴偷笑。

她还听到陆佳穗跟姜韵说："害羞了。"

这么一听，向榆就更不想搭理这两个幸灾乐祸的损友了，直接迈开步子往教室跑去。

“真生气了。”

“赶紧追去哄人啊！”

晚上。

向榆把校服放进脸盆里用水浸泡，好方便一会儿清洗。

“洗衣服啊？”

耳畔传来声音，向榆侧头一看，陆佳穗正举着牙刷，身子斜斜地倚靠在窗台上。

向榆收回视线，端起脸盆：“你要刷牙吗？你先洗漱吧。”

陆佳穗走过来瞧了眼：“没，我就看看你。”

“你闲的吧？”向榆朝她翻了个白眼。

陆佳穗不嫌事大地吹了声口哨：“加油哦，贤妻。”

听到这个字眼，向榆的脸“噌”一下就红了，赶紧转身推着陆佳穗催促她离开阳台。

待陆佳穗走后，向榆重新把手浸泡在脸盆里揉搓着衣服。突然，手下动作一顿，她盯着水盆里的泡沫发愣。

一想到这衣服是宋怀时的，她的脸上就泛起潮红，脑子里总是会浮现出宋怀时的模样，以及他嘴角那若有似无的笑容。

“啪唧——”水面上的一个泡泡炸裂，把向榆的思绪拉了回来。

“静静，你身上什么味道这么香啊？”

“味道？沐浴露吧。”

“啥牌子的沐浴露，好香啊！”

“嘻嘻，秘密，这可是我和我男朋友的同款。”

“咦咦咦！”

……

向榆盯着眼前的衣服，寝室里的聊天声若有似无地传来，聊天内容占满了她的思绪。

她把沾满泡沫的手从水中抽出来，冲洗干净后走进寝室。

见到向榆进来，陆佳穗顺口问了句："洗完了吗？"

"没有。"向榆问，"佳穗，我记得你有一瓶新的洗衣液，你不是不喜欢那个味道吗？"

"嗯，对啊，怎么了？"

向榆："给我吧，改天我给你买瓶新的。"

陆佳穗走到柜子边拿出洗衣液来递给向榆："怎么又突然要这个了？"

她之前买了这个牌子一系列的洗衣液，各种水果味的都有。所有水果味都用了，独独没用这个水蜜桃味，因为闻腻了就不想用了，向榆她们也不喜欢，她都准备带回家给妈妈了。

陆佳穗对向榆说："你不是不喜欢香味，就喜欢无味的吗？"

"偶尔也要换换口味的嘛！"

向榆拿上洗衣液就往阳台走去。

她把脸盆的水换掉后，重新倒上洗衣液。等脸盆里重新浸好衣服后，她蹲下去闻了闻，是甜腻腻的水蜜桃味。

周五最后一节是班主任程定的课，程定性懒，三十五岁的年纪活得跟退休的老头儿一样，所以班上的人都戏称他为"程老"。

这最后一节课程定比他们还想快点下课，所以放学铃一打响，他就合上教案，拿起书说了句下课就急匆匆地回了办公室，丝毫不拖泥带水。

别的班主任在星期五还会交代几句，程定连一句都懒得交代，用他的话来说就是对牛弹琴，说了学生也不会听，还不如不说。所以只要周五放学他不用继续留校工作，最后一节课上课前他就会把手机发还回来，生怕学生因为拿手机耽误他回家。

所以这个周五也不例外，向榆他们班早早地就放了学。

向榆倒没急着回家，准备先跟陆佳穗去校门口的奶茶店等宋怀时，毕竟还有衣服没还。

她们经过隔壁班的时候，隔壁班老师还在拖堂上课，力争用每一分每一秒给学生传递知识。

陆佳穗伸了个懒腰："爽快，程老就这个习惯好，比树懒还懒。"

向榆笑了下，的确是。

原以为要到奶茶店等一会儿才能遇到宋怀时，但两人刚下楼，向榆就看到等在花坛旁的宋怀时。

"哎，那儿。"

陆佳穗也看到了，忙拉着向榆走过去。

"宋怀时！"陆佳穗喊了声，"你今天怎么这么早？"

宋怀时收起手机："最后一节换成了体育课，所以提前下课了。"

向榆看他朝着自己笑了笑，算是打招呼，她赶紧递上手中的纸袋："校服我给你洗好了，那个，谢谢你。"

宋怀时接过后道了声谢。

三人并肩往校门口走去。

宋怀时跟陆佳穗说起今天晚上要到他家吃饭的消息，陆佳穗一脸不高兴地撇撇嘴，说自己不想见他家的那个"魔头"弟弟。

向榆在一旁听着。

原来宋怀时还有弟弟。

宋怀时手臂搭上陆佳穗的肩膀，调笑道："怎么会？你以前不是还说要怀安给你当童养夫的吗？"

一听这话，陆佳穗瞬间奓毛："那是以前！"

向榆垂了垂眸，突然有点羡慕。

向榆在街口跟两人分开的。

很快她的身影就跟人流一起离开，然后消失。

宋怀时收回视线，继续跟陆佳穗有一搭没一搭地聊着天。

突然，陆佳穗止住话头侧头看了他一眼。

宋怀时狐疑：“你干什么？”

他推开陆佳穗：“你别这么贼兮兮地看着我，我这个月的生活费花光了。”

陆佳穗叹了口气：“我又没说向你借钱，你别把我想得这么坏好嘛。”

宋怀时默不作声。

这也不能怪他这么想，谁叫陆佳穗天天就知道问他借钱，他这么想不是正常吗？

陆佳穗侧头朝街边扬了扬下巴：“喏。”

“就是小榆的事情，我咋感觉你对她不太一样啊？”

宋怀时一脸蒙：“什么不一样？”

“白痴！”陆佳穗凑近冲他挤眉，“我是问，你是不是对向榆有什么不一样的想法？”

宋怀时一头问号。

陆佳穗：“你别不好意思，我可以帮你的。”

宋怀时见她一脸肯定，无奈地笑了笑：“你别这么想要到处去当红娘好不好？”

陆佳穗抬了抬手肘撞他的手臂：“你别不知好歹，一般人我还不帮呢！也就是念着你是我兄弟，不忍心你单身十八年，我才勉为其难来帮你一把。”

“大可不必啊，”宋怀时睨了她一眼，“我没那心思。”

陆佳穗撇撇嘴：“啧，那你借给人家衣服，我以为你喜欢向榆呢。”

宋怀时哂笑了下，没说话。

陆佳穗给他丢了个眼风："你这种行走的'中央空调'不知道会辜负多少少女的心。"

宋怀时略微一挑眉。

"万一就是因为你这种随处洒温暖的'中央空调'行为，让别家姑娘对你许下芳心，但后来又发现你对谁都一样，那人不哭死？还以为遇到真爱，结果只是个到处播种的蒲公英。"

宋怀时再次一头问号。

他一把掐上陆佳穗："你这什么破比喻？乱说什么？"

陆佳穗挣扎："我就是比喻，随口比喻一下！"

宋怀时："哪有你这种比喻？"

他真服了，陆佳穗这张嘴迟早得缝起来。

陆佳穗愤愤道："这是重点吗？"

"这不是重点？"

这都侮辱到他的人格了。

陆佳穗："我的意思是，那你随手播下的种……不是，随手洒下的温暖，你不应该负责吗？"

宋怀时叹了口气，真不知道怎么说了。

陆佳穗缠着他："是不是，是不是？"

"也没有经常帮别的女生，我又不是雷锋。她是我帮的第一个女生，好了没？"

言外之意，他还不是"中央空调"。

陆佳穗一听，乐了："那更好解决。这样吧，你跟我同学相看几眼，培养感情？等生米煮成熟饭，你收了人家就算是对她负责了。"

宋怀时真是一点也不想再搭理她了，径直甩开她往前走去。

他现在只想找根针把陆佳穗的破嘴缝起来，这都是什么比喻？用这种比喻不让人想错方向都难。

见宋怀时不说话了，陆佳穗也不歇停，小嘴叭叭的，一路上都在给他洗脑——

“你不用担心自己配不上人家，你的确配不上。”

“别担心人家不喜欢你怎么办，有我这个天才辅助在，我同学就算看在我的面子上，也会闭着眼强忍着恶心把你吃下去的。”

“宋怀时你别担心啊，我一直站在你这边的。”

“只要你一点头，我一定会竭尽所能做我同学的心理工作，让她尽可能地将就你。”

“不过你可不能辜负人家。”

“我说你到底答不答应？”

一下公交车，宋怀时直接伸手捂住陆佳穗的嘴巴：“你别说了，别叭叭了，我耳朵疼。”

等宋怀时一松开，陆佳穗就迫不及待地问：“那你到底答不答应？”

宋怀时直接往小区里走，侧眼看到陆佳穗即将张开的嘴，他敷衍道：“再说吧，我求你了。”

他真是要拜倒在陆佳穗的嘴巴下。

Chapter 02 · 运动会

你是第一名

N I S H I X I N L E

1

“小榆你先回去接妹妹吧，妹妹快下课了。”

向母从里屋探出头冲向榆喊了声。

向榆直起身子环顾了下四周：“下午人还挺多的吧？你一个人忙得过来吗？”

向母边擦着手，边从里屋走了出来：“可以的，我让你陈阿姨来帮忙了。妹妹一个人在家我不放心，你回去盯着她把作业写了。”

向榆闻言没再说什么。

她家里只有她、妹妹和妈妈，她爸常年不在家，人在外地打工，每年也就过年那几天才会回来，所以家里的重担全都扛在了她妈妈身上。

向母自己开了一家服装店，生意挺好的，每天早上九点出门晚上十一点回来，日复一日，每天都忙得脚不沾地。向榆在学校的时候，向母还得同时兼顾照顾妹妹的工作，休息时间少之又少。

向榆挺心疼母亲的，所以几乎每个周末都会来店里帮忙。

她帮母亲整理了最后一批衣服才离开。

此刻已是傍晚，落日在街边缓缓落下。

她看了眼手机，妹妹的兴趣班还有半个小时才下课，从这里过去只需十几分钟。

她有些懊恼，后悔自己出来早了，本来还可以多帮着店里干些活。

向榆放慢脚步打开手机回了几条信息。

再抬头时，她注意到街口站着一个熟悉的人影。

她呼吸一滞，眼底透着惊喜。

宋怀时啊。

向榆停住脚步，没想上前去打扰人家。

他的手中还拉着一个小孩，年纪差不多七八岁的模样，手肘那儿夹着个篮球。

她跟宋怀时的距离不远不近，这个位置刚刚好能听见他们的对话。

她侧过身装作低头玩手机，余光却舍不得从宋怀时身上移开。

“我就让你借我两百块钱怎么了？我给佳穗姐姐买完礼物再慢慢还你不就行了？”小男孩站在那儿义正词严地冲宋怀时喊道。

宋怀时倚靠在路边的栏杆那儿：“慢慢还我？你得还到什么时候啊？买完这个礼物又开始准备下一个礼物，我何年何月才能等到你还来的钱？”

小男孩气闷：“不就是几百块钱吗？你借给我，等我拿到今年的压岁钱就连本带利地还给你。”

宋怀时气笑了：“你跟你的佳穗姐姐还真是如出一辙。”

小男孩瞬间爹毛，直缠着宋怀时要钱。宋怀时懒懒散散地倚靠在栏杆旁，手肘支撑着，大有就这么耗下去的意思。

向榆悄悄睨了一眼，傍晚落日残留的余晖照在宋怀时的身上，使他的头发被染成金黄，侧颜也在余晖的衬托下显得更柔和。

她收回视线，脸庞泛起红晕。

等了许久，向榆突然听到宋怀时说：“把钱拿去给那个爷爷。”

向榆抬眸看了一眼，宋怀时拍了拍小男孩的脑袋，手往不远处的乞丐那儿一指。

小男孩没再闹，乖乖听话过去把钱给了又撒腿跑了回来。

向榆心想，宋怀时真的跟她见过的男生都不太一样。

她原以为小男孩不闹了，宋怀时他们也打算走了。

但没想到小男孩跑回来后又发起脾气，抓着宋怀时的手臂直嚷嚷：“你都心疼老爷爷，不心疼我。”

一听这话，向榆只想笑，这也能吃醋？

见宋怀时不搭理自己，男孩气得把手中的篮球往旁边一砸，好巧不巧，这篮球就正好砸到在旁边偷听的向榆身上。

向榆感觉被抓包了。

宋怀时的脸色顿时沉了下来。

见闯祸了，男孩畏畏缩缩地往后退了一步。

向榆一抬头，正好撞上宋怀时看来的视线。

他脸上的神情带着吃惊。

她蹲下身把球捡了起来，宋怀时恰巧走到她面前，笑着跟她打了个招呼：“好巧啊。”

向榆冲宋怀时笑了笑，低头把球递给男孩。

男孩扭扭捏捏了半天才伸手接过，小声说了句“谢谢”。

宋怀时拍了拍男孩的后脑勺：“宋怀安，跟姐姐道歉。”

宋怀安抱着球，头垂得很低，没敢看向榆的眼睛：“姐姐对不起。”

向榆忙笑着打圆场：“没事没事，小孩子。”

宋怀时看了眼向榆的裤子，向榆今天穿的白色休闲裤，小腿肚那一块已经脏了。

“不好意思，”宋怀时指了指她的裤脚，“你的裤子脏了。”

向榆眨了眨眼，笑道：“没事的，不碍事。”

宋怀时还想说什么，但向榆看了眼手机，瞧着时间快到妹妹放学的时间了。

不知不觉竟然在这里浪费了这么久。

她赶紧跟宋怀时道别，匆匆穿过马路跑远。

宋怀时眼瞧着向榆渐渐模糊的身影，突然抬手拍了下宋怀安的脑袋。

宋怀安顿时抬起一只手抱住头，委屈巴巴地看着宋怀时。

宋怀时瞥了他一眼："你篮球得多脏啊，把别人裤子弄成那样。"

宋怀安撇撇嘴："我不是故意的。"

宋怀时没再搭理他，抬脚就往前走去。

宋怀安站在原地摸了摸脑袋，赶紧小跑跟上。

"哥哥，那个姐姐是你同学吗？"

"是你佳穗姐姐的好朋友。"

"啊？那她会不会跟佳穗姐姐告我的状？万一告状了，那我在佳穗姐姐面前的形象不就被破坏了吗？"

宋怀时停下脚步，冷冷地瞥了宋怀安一眼："你在陆佳穗那儿，还有什么形象可言吗？"

宋怀时朝刚刚向榆离去的地方看了一眼："你还不如趁现在，好好想想怎么补偿那个姐姐。"

周日返校。

"向榆。"

向榆刚下公交车就听到不远处有人喊自己的名字，她抬头朝声源处看了眼，看清楚人后，她瞬间僵在原地。

宋怀时小跑过来："好巧啊。"

向榆朝他笑了笑。

他身上的校服外套没拉上拉链，倒显得有几分不正经的模样。

两人站着聊了几句就一同往学校走去，宋怀时走了几步到向榆身侧。

两人的距离靠得近，突然，她闻到一股熟悉的水蜜桃味。

向榆往宋怀时的校服上瞅了两眼，是自己洗的那件。

宋怀时似乎也闻到了，笑着道："你用的洗衣液的味道挺好闻的，留香也挺久的。"

向榆笑了笑："是吗？"

鼻尖处的桃子味慢慢淡了，大概是大脑中枢适应了。

向榆低头闻了闻自己的领子，嘴角弯起一丝弧度。

真好啊，跟他一样的味道。

"对了，"宋怀时突然道，"我请你喝杯奶茶吧？"

向榆一愣，摆了摆手："不用了。"

宋怀时："是因为昨天的事情。我弟弟回家后觉得把你衣服弄脏了很愧疚，就拜托我今天给你买杯奶茶道个歉。"

向榆笑道："你和你弟弟都太客气了，一点小事而已。"

虽然向榆一直拒绝，但宋怀时说什么也要请她喝奶茶当作道歉。

她拗不过，只能点头答应。

身边不断有车流经过，向榆看了眼马路找话题："你弟弟多大啊？看着才七八岁吧？"

宋怀时见状挑了挑眉："七八岁？"

他笑了下："哪有那么小，他十一岁了。他只是看着显小。"

向榆哑然。

看宋怀时弟弟的脸和身高还以为只有七八岁，才上一年级呢。

宋怀时叫她别被自己弟弟的外表骗去了，他弟就是个混世魔王。

他说："昨天是因为他做错事了，所以人也安分了不少，平时他可没那么乖。"

向榆听着宋怀时讲关于他弟弟的趣事，不禁莞尔，他说他与弟弟斗智斗勇的日子可不好过。

向榆低头笑了笑，没想到宋怀时还有这么一面。

晚自习的时候，向榆作为副班长，把班上的作业收齐后一起送到办公室。

程定拉着她，非要给她塞几包去火的菊花茶，让她注意养生。

向榆看着手中的几包菊花茶，有点无语，但还是放进了口袋。

在她即将离开之际，程定突然又让她帮忙去别的老师那儿送点东西。

向榆倒是没什么异议，学生帮老师做点事是应该的，而且自己还被迫收了程定的菊花茶，吃人嘴软，拿人手短。

程定把桌上的一沓文件整理好后交给向榆，然后又从抽屉里拿了几包菊花茶放在上面。

向榆有些无语。

程定说："送给楼上理科八班的班主任。"

向榆一愣。

是宋怀时的班级。

学校文理科各七个班，理科班八到十四班都在楼上，文科班在楼下。

向榆在文科三班。

文理科的同学一般没有什么接触，办公室都各自分开，所以向榆在认识宋怀时之前，就算听过名字，也没见过宋怀时本人。

但今天她居然难得能上个楼，还是去八班。

"你愣着干啥？"

经程定一提醒，向榆回过神，赶忙起身往楼上走去。

一栋教学楼的办公室都在一侧，就上下楼的区别。

向榆走办公室旁边的楼梯就能直达，但她刻意绕了远路，走了教学楼的另一侧楼梯。

也不太清楚是为了什么，可能就是想去八班看看。

经过八班的时候，向榆的呼吸重了重，心里没由来地觉得紧张。

走过窗前，她朝教室里看了几眼。

八班的同学都低着头在做自己的事情，没人注意到窗外的她。

一圈扫视过来，向榆没有在班里看到宋怀时。

她有点失望，高高悬起的心也慢慢落下，情绪瞬间低落下来。

向榆在办公室门前敲了敲门，抬头一看，眼帘竟闯入了一个意想不到的人。

宋怀时在这儿。

见到她，宋怀时也感到惊讶：“向榆？”

向榆走了过来，看了看宋怀时旁边的老师。

老师问：“你找谁？”

向榆：“您是八班的班主任吗？”

“嗯，对。”

“我是程定老师的学生，他让我给您送些东西。”

八班班主任抬了抬下巴，往桌上一指：“放那儿吧。”

等向榆把东西放下，八班班主任眼尖看到上面的纸包，拿起来问：“这是什么？”

向榆老老实实地回答：“菊花茶。”

八班班主任有些疑惑。

向榆重复程定的话：“程老师说，让您去去火。”

八班班主任腹诽：自己不就昨天周末跟程定感叹了下自己老婆出差半个月了有点想老婆嘛，程定至于让一个学生来羞辱他？

当然，这话他没说。

站在身旁的宋怀时听到这句话，“扑哧”一声笑了出来。

八班班主任见状挥挥手：“行了，我知道了。辛苦你了。”

他转头在向榆刚刚拿来的那堆文件中抽了几份递给宋怀时，然后开始赶人："宋怀时你也出去。"

宋怀时应了声，转身跟向榆一起走出办公室。

出了办公室后，宋怀时还笑着："你真敢，竟然敢在老江面前说那些话。"

向榆："我们班主任的原话就是这个。"

宋怀时笑得更开心了。

向榆不知道出于什么心理，见宋怀时笑得那么开心，默默从兜里掏出一包刚刚程定给她的菊花茶，小心翼翼地递到宋怀时面前："要不，你也去去火？"

2

向榆被窗外的灯光吸引了注意。

花坛里竖立的路灯一闪一闪的，也不知道是灯泡坏了还是接触不良，加上外面一片漆黑，看起来颇有几分诡异的气氛。

她的耳边传来翻书声，教室里很安静，有一点声响都会造成大动静。

向榆看不进书，托着腮帮看着那盏坏掉的路灯发愣。

灯光一闪一闪的，倒是让她想到了星星。

良久，向榆收回视线，脑袋微微一侧，眼睛就被桌角的名字吸引了注意。

那是刚刚她用铅笔在桌上写的宋怀时的名字。

她抬手用指腹在桌角摩挲了几下。

她对宋怀时到底是什么样的感觉呢？

为什么自己会去观察有关宋怀时的一切事情，做着一些她也不知道有什么意义的小动作？

这个问题在她脑海里不断徘徊。

"哐当！"突然，脑海里有什么想法炸裂，向榆的思绪也被拉回现实。

她一抬头，见班上不少人都看了过来。

陆佳穗把倒在桌上的杯子立了起来，小声跟她道歉："对不起啊小榆，不小心撞到了。”

向榆朝她笑了笑，表示自己不介意。

她的目光落回杯子上，杯上的小兔吹着泡泡的模样十分可爱。

向榆的思绪一下清晰起来，她朝窗外看去，重新盯着那盏灯发愣。

她对宋怀时似乎有不一样的感觉。

但那感觉是什么呢？

是时时刻刻都想要去注意他，还是有关他的一切都想要了解？

“运动会了欸，你报什么项目？”

陆佳穗把报名表递到向榆手中。

向榆看了两眼：“找几个省事的。”

“怕不会如你所愿哦。”

陆佳穗话音刚落，体育委员就拿着报名表笑嘻嘻地走了过来。

体委一脚跨坐在向榆前面的椅子上：“榆姐。”

向榆一看他这个模样就知道他安的什么心，婉拒道：“真不行，人老了跑不动了。”

体委瞬间蔫下来，趴在向榆桌上好言好语地劝道：“姐啊，你救救小弟吧，要是女生 1500 米没人报名，我就得穿女装跑了。”

向榆的耐力跑一向很好，高一的时候不小心填错项目报了 1500 米。那时候的体委就是现在这个，见她报错还安慰她，让她重在参与就行了。结果比赛中，向榆跟匹黑马一样愣是在最后一圈半的时候一跃向前，最后拿了个第一。

所以这次，体委就把她当救命稻草看。

向榆笑了下：“女装也没什么不好，还能吸引学妹的目光呢。”

她是真不想跑步了，上次是被逼无奈，而她又是既然要做就要把事情做好的性格，所以才拼命跑了个佳绩出来。

我想有一簇烟花是为我而放。
我至死热爱烟花，和烟花下的你。
可能是暗恋的戏要做全，
所以我喜欢了你岁岁年年。
几年未见相爱之人，
没有谁是在比输赢。
向榆，下辈子勇敢一点，幸运一点，
别再遇见我了。
向榆，
你就是我一直想靠近的人，
不管结果也要一腔孤勇。
上怀时，下向榆。
年少的徐宣林心性不定，
成年后的徐宣林长情且衷情。
如果我们纵容彼此，你我皆荒唐。
不是他，是我失信了。
向榆
宋怀时
给你当个第一。
你失信了

但这次她的确不想参加了。

恰逢上课铃打响，体委一见向榆这样，只好黯然离开。

向榆原以为这件事就这么过了，结果从这节课下课后，体委就开始缠上了她，每节下课都来不说，中午愣是跟她们一群女生吃了饭。

陆佳穗快要被他烦死了，但一开口抱怨就被撑了回去。

体委："你要是愿意，也可以来报名。"

陆佳穗赶紧闭嘴。

姜韵笑嘻嘻地跟向榆咬耳朵："体委现在特别像月底达不到业绩的销售员。"

向榆笑了笑。

最后为了不让陆佳穗她们也受折磨，向榆还是答应了下来。

算了，反正是高中最后一次运动会了。

陆佳穗见状安慰道："没关系，一个1500米而已，到时候让宋怀时给你送个水，立马让你满血复活。"

向榆笑："别了吧，你瞎撮合什么呢。"

"你还不敢直视自己的内心是不？"陆佳穗，"小榆你太磨叽了！青春就要随心大胆！不然你以后会后悔的。"

向榆还是笑着摇头。

陆佳穗给她丢了个眼风："我有分寸。"

向榆无话可说，只能依着陆佳穗。

第二天。

"向榆。"

向榆侧头看了过去。

班长气喘吁吁地跑过来："你现在有空吗？"

"有空啊，"向榆拧上水杯盖，"怎么了？"

班长把手中的回执递给她：“麻烦你把回执送到学生处，我得去一下程老的办公室。”

“行。”

班长：“你现在就去吧，就剩我们班没交了。”

向榆抱着一沓回执刚走到行政楼大厅，就有一群男生拍打着篮球走了过来。

她没在意，收回目光就没再注意那边了。

突然，不远处传来一声“小心”，向榆循声抬起头，耳边突然袭过一阵风，篮球擦着她的脸越过。

她往后踉跄了几步，手中的回执洒了一地。

“张子杰你闯祸了，你丢什么球啊，打到人了。”

“我这不是看怀时在后面，想丢给怀时嘛！”

“没事吧？”

向榆一侧头，眼帘里就出现了宋怀时的脸。

两人的距离很近，近到可以看见他脸上的绒毛。

向榆觉得，自从自己认识宋怀时后，就总能与他偶遇。

巧合也太多了吧。

宋怀时直起身，冲着那群男生半开玩笑道：“闯祸了还不过来请罪？”

见状，一群人嬉笑着推了一个男生出来。

“去挨打。”

“你就是欠的。”

男生站出来挠了挠头：“对不起啊同学，我马上帮你捡起来。”

语罢，他赶紧弯腰把地上的回执捡了起来。

向榆点点头，也弯腰拾起地上的几张回执。

她的手指刚伸到一处，另一只手就先一步捡了起来。

她一抬头，正好与宋怀时的视线对上。

宋怀时笑了下，递给她：“喏。”

向榆心跳慢了半拍，迟了几秒才接过。

她侧过身后，那男生也把回执递给她，又跟她道了声歉。

她笑了笑：“没关系的，以后小心一点吧。”

“一定一定。”那男生转头问宋怀时，“怀时去打球啊？”

不远处的那群男生也招呼道：“宋公子去不去打比赛？九班那群兔崽子已经在那等着了。”

宋怀时笑了下，抬了抬手，露出手中的一沓回执：“得去学生处交东西。”

“学生处还得过个走廊爬五层楼，你动作快点啊。我们先去篮球场等你。”

宋怀时刚想作答，就听到耳畔传来一声细小的声音：“那个……”

他一低头，就看到向榆指了指他怀中的那沓回执：“要不我帮你送吧？”

宋怀时愣了下，随后笑道：“不用了，咱俩一起去吧？”

向榆弯着眉眼笑：“也行。”

但走到一半，宋怀时就被教导处的老师喊走了。

“宋怀时，你来拿一下你们班的名单。”

“我这还要去交回执呢！”宋怀时说。

向榆又主动提出帮他一起把回执送过去。

宋怀时这次没拒绝了：“那行，谢谢你啊，向榆。改天请你喝饮料。”

“没事，不客气。”

宋怀时一走，向榆低头看了看臂弯，随后捧着两个班的回执往学生处走。

学生处办公室门前。

“咚咚咚——”

向榆推开门：“打扰了。”

她走到办公桌前：“这是上周的回执。”

老师指了指一旁的桌子：“放那儿吧，找个空位放着，别和别的班级弄混了。”

向榆点点头，走到一旁去整理手中的回执。

刚刚宋怀时将回执放到她手里时和她班上的叠到了一起，现在混成一沓了，上面那沓是宋怀时他们班的。

她大致估摸了一下，分开一沓拿出来放在桌上。

她再低头一看，臂弯上那沓回执的最上方那张是他的，姓名栏那里写着“宋怀时”三个大字。

他的字迹很好看，龙飞凤舞，但不潦草，字大，却没有歪七扭八。

向榆盯着看了一会儿才把那张回执拿起来放回八班那一沓，随后她又在旁边找了处空位把自己班的放了上去，眼一瞥，她突然愣了下。

自己班最上方的那张回执的姓名栏那儿写着——

向榆。

上怀时，下向榆。

青春期的你们会因为一点小事而窃喜吗?

例如你们两个人的任何物品被放到了一起。

向榆每每回忆起那时候的自己就忍不住弯着唇笑。

似笑，似嘲笑。

十七岁的她好像很容易满足，只是本子与本子放到了一起就能让她的心情变得愉悦。

这或许就是暗恋者的庆幸与悲哀。

但后来再回想起当年那些微不足道的小事，二十七岁的向榆也会忍不住羡慕十七岁的自己。

那时的她可以拥有那些小事，但二十七岁的自己却再也没办法拥有了。

交完回执后，向榆没急着回教室，而是绕路去了篮球场。

她躲在墙角偷偷往里张望，一眼就看到了宋怀时。

不然为什么说在意一个人，就总是能在人群中第一眼注意到他？

宋怀时已经脱下了校服，身上穿着一套球服，背后写着“8”。

宋怀时没有像别人那样只穿一件球服背心，他在背心里面又穿了一件短袖当内搭。

他总是这样，浑身上下都散发着不同的少年气息。

一场下来，休息时，宋怀时抓起球服的前襟抹了抹鼻尖，在原地活动了下筋骨后，他又从别人手中接过球，抱着篮球站在球场中间笑了下。

向榆离得不远，也将他脸上的神色尽数揽入眼底。

他的嘴角上扬成一个好看的弧度，脸上洋溢着笑容。

那一瞬间，他那一笑就刻进了向榆的心里。

温柔、开朗，行为举止的教养，他就是所有有关于小说男主的代名词。

宋怀时。

3

“嘭！嘭！嘭！”

几声礼炮炸响，俞中的运动会正式开始。

“现在走近的是俞峡中学的鲜花队，他们……”

广播里的《运动员进行曲》响彻整个校园，校园里处处悬挂着彩旗。

先进场的是高一的学生，其次是高二，高三不参加。

高二整个年级正在小广场那儿等候进场，因着无聊，学生三三两两聚在一起聊天。

“姜韵你们班的班服好好看啊，你看我们班的班服，土了吧唧的。”

“哈哈哈，你们班班主任的审美本来就是整个年级都有目共睹的啊。”

……

向榆跟着她们笑了几声，眼睛却忍不住往宋怀时他们班的方向看去。

但周围都是黑压压的人，她根本什么都看不到。

她跟陆佳穗知会了一声自己去一趟洗手间，就从班级队伍里走了出来。

洗手间在理科班那边，向榆往人群里面看了几眼还是不见宋怀时的身影，只好收回视线走进洗手间。

等她洗好手从洗手间出来，直接迎面撞上了一个龙头。

“不好意思啊同学，”拿着龙头的人从另一侧探过来，见到她后吃了一惊，“向榆？”

向榆捂着脑袋一抬头，就看到宋怀时拿着龙头的棍棍站在她面前。

“怎么停下了怀时？”

“往前进啊，堵在过道里了。”

龙头后传来催促的声音，向榆忙后退了几步。

宋怀时朝她笑了笑，拿起龙头往前走。

等一条龙都过去后，向榆才跟在尾巴后面。

“哎，小姐姐是你啊？”一男生拿着龙尾巴侧过头跟她打招呼。

向榆认出男生是之前拿球砸到自己的人，呆愣愣地冲他挥手：“嗨。”

她看了看眼前的龙尾巴，问：“你们班舞龙啊？”

男生骄傲地摇了摇龙尾巴：“是啊，威风不？”

向榆的视线瞥至最前方那个拿着龙头的少年，轻笑了下：“是啊，很威风。”

舞龙队伍停在了八班，宋怀时打横站在最前面。

向榆恰巧要从那儿经过回自己班，路过的时候被宋怀时看到叫住。

“向榆。”

向榆站定，诧异地看了过去：“怎么了？”

宋怀时一手握着棍，视线看着她的额头：“刚刚有没有撞到你哪儿？”

向榆笑道："没有，就碰了一下。"

"不好意思啊。"

"没关系的。"向榆的目光移至龙头身上，点评道，"很帅。"

宋怀时笑："是人帅还是龙帅？"

向榆一顿，然后装模作样地看看他，又看看龙。

宋怀时被她的模样逗笑了："别看了，你老实说吧。"

她见状笑着答："人帅。"

的确帅，虽然他的穿着和往常没多大区别，就是校服。但不知道怎么了，今天的宋怀时看着比平时还要耀眼一些。

少年气。

宋怀时也跟着笑了笑，随后夸了她一句："你今天也很好看。"

向榆一听，脸颊微微泛红，手指不自在地摸了摸鼻子，转眼看向别处。

他们班的班服是一套水手服，偏日式风格，穿起来的模样也跟平时穿校服的样子有些差别。

向榆很瘦，个子也不算高，但她的腿又细又直，身材比例很好，今天这一身倒像是为她量身定制一样。

她长得也不平庸，那一双眼睛最是好看。双眼皮，眼珠又黑又亮，一双眼显得灵动俏媚，人又娇小可爱，扎着高高的马尾尽显青春。

"哎，宋公子。"

突然，一男生搂上宋怀时的肩膀，随后开始上下打量向榆。

宋怀时一手捂住男生的眼睛把他推开："干什么呢你？"

男生下巴朝向榆抬了抬："我看看你是不是在搭讪女同学。"

向榆原本微红的脸瞬间涨红了。

宋怀时抬起手肘撞了撞男生："别乱说，一个朋友。"

他转头跟向榆介绍："这是我发小，跟佳穗也认识，人不是很正经，你别介意，他叫徐宣林。"

徐宣林推开宋怀时：“同学你好，我叫徐宣林。你别听宋怀时乱讲，我没他说的那么不正经。”

向榆点点头：“我叫向榆，方向的向，榆木的榆。”

徐宣林真的是个活宝，随口蹦出来的话都能让人乐得不行。

像向榆这种第一次见面的人，他也没什么生疏感，整个一自来熟。

“你可能不知道，宋怀时的这张脸真是什么好运都往他身上砸。就单单拿龙头这件事来说，我们班女生哗哗站起来支持他拿龙头。你知道我们班班主任怎么说的吗？”

徐宣林站在那儿讲得绘声绘色，掐着嗓子模仿他们班班主任说话：“他说：‘宋怀时就是咱们班的门面，他拿着龙头往那儿一站就代表了我们班的形象，你瞅瞅这脸，长得多好看啊……’班主任都快把他供起来了。”

向榆笑得不行，宋怀时调侃道：“这不就是事实嘛。”

“宋怀时你咋这么厚脸皮呢？论姿色我长得也不比你差多少，我也很好看的好不好？”

“好好好，”宋怀时笑道，“你要是话少点，肯定会让你的个人魅力再上升一个度。”

“真的？”

见徐宣林在那儿自我陶醉，宋怀时转头悄悄对向榆说：“你可少跟他接触啊，这家伙是个渣男。”

“宋怀时，我听得见！”

见徐宣林扑上来追着宋怀时打，向榆忍不住又笑了笑。

眼瞧着前面的队伍开始移动，向榆跟宋怀时他们打了个招呼就先回自己班了。

待向榆走后，徐宣林才停下手站在原地喘着粗气：“你这一天到晚不在外面抹黑我会死啊？”

宋怀时挑眉：“哪里是抹黑，本来就是事实。”

瞧着刚刚徐宣林那样，宋怀时就知道他想要跟向榆攀谈了，这家伙安了什么心思，他跟这家伙待了十一年了还不清楚吗？

真的，他刚刚还真担心向榆那么单纯会被徐宣林骗去，毕竟这家伙长得好看而且嘴巴又甜，追起人来一套一套的。

徐宣林白了他一眼："不对劲啊宋公子，什么时候我搭讪女孩子你还管起来了？"

"你可别耽误人家，人家是好学生。"宋怀时拇指往后抬了抬，"你惦记这个，小心陆佳穗过来打你。"

徐宣林嘴硬："我不也是好学生？我也是重点班的啊！"

宋怀时上下打量了他几眼："你哪有好学生的样子？"

徐宣林刚想反驳，就听到人群中有人在喊宋怀时。

宋怀时应了声开始动身，经过徐宣林旁边时拍了拍他的肩膀："以后别总盯着人家女生看，上下打量对人家女生多不好。"

开幕式一结束，校运动会就算是正式开始了。

向榆的项目是在校运会的第二天，第一天没有她的项目。

上午的 100 米跑预赛，陆佳穗进了决赛，所以下午几人早早到了操场的休息处。

坐了一会儿，向榆就准备去小卖部买水。

陆佳穗见状道："去买水吗？要不要我们陪你去？"

向榆摆手："你别走了，一会儿还要比赛呢，我很快就回来了。"

陆佳穗见状就没再说什么。

向榆站在冰柜前挑着饮料，面对一排排不同种类的饮料，她的选择困难症又犯了。

她正犹豫不决时，耳侧伸来一只手拿走了一瓶矿泉水。

她后退让了几步，忽然听到头顶传来："喝什么？"

熟悉的声音让向榆一下抬起头，宋怀时那张脸就映入她的眼帘。

宋怀时的嘴角还是挂着跟往常一样和煦的笑容，他抬手指了指冰柜：“喝点什么？”

向榆一下想起他上次说请自己喝饮料的话，她原本以为是一句客气话，就跟着应了下来。

没想到他还真请。

见向榆不吱声，宋怀时指了指一瓶蜜桃乌龙茶：“这个？我看你挺喜欢桃子的。”

不知道为什么，虽然不知道宋怀时是从哪儿看出来的，但向榆总觉得他在指洗衣液的那件事。

向榆瞬间萌生出一种羞愤感，赶紧胡乱点头，宋怀时见状就拿了一瓶去结账。

两人走出小卖部，宋怀时把瓶盖拧开递给她。

向榆接过后低声道了声谢，脸蛋红扑扑的。

宋怀时总能在一些小细节上特戳人心。

“好巧啊，怎么总是能碰到你？”向榆红着脸小声说。

宋怀时跟着她一起去操场，闻言道：“俞中小啊！”

聊了几句，宋怀时笑道：“你好喜欢道谢啊。”

向榆低着头：“这是礼貌。”

她想到宋怀时的种种，反驳道：“你不也很喜欢跟别人道歉吗？”

宋怀时一愣，想起之前的事情才算反应过来。

他“扑哧”一声笑了出来：“是吗？那咱俩还真有缘，一个道谢一个道歉。”

向榆也跟着弯了弯嘴角。

“到时候给你取个外号，你就成向谢了。”

向榆说：“那你叫宋歉？”

宋怀时揶揄："你还真会举一反三。"

向榆笑了笑。

两人走到休息处就分开了，向榆刚回位置坐下，陆佳穗就凑了上来："你跟宋怀时怎么回事？"

向榆一脸纳闷："我跟宋怀时怎么了？"

"你别装傻，我刚刚可是亲眼瞧见你跟宋怀时一起回来的。你俩背着我偷偷摸摸发展迅速啊！"

向榆笑着推开她："就是在小卖部碰到了，没你想的那么多。"

陆佳穗见状伸了伸懒腰："不是我想多，刚刚宋怀时来给我们送吃的，我还在替你惋惜难得一见，竟然没让你遇到，结果你俩倒是还能在小卖部碰到。"

向榆一愣。

她朝八班的方向看了一眼，这个角度正好能看到坐在台阶上的宋怀时的侧脸。

她好像不只是新鲜感了。

"你去哪儿了，都找不到你人？"

徐宣林瞥到宋怀时手上的水："你又去买水了？水牛啊你，刚刚不是才买过吗？"

宋怀时瞥了一眼立在他旁边的饮料，突然笑了下："不想喝这个了，就又去买了一瓶。"

徐宣林笑："你可真挑。"

宋怀时笑了笑没说话。

买水是其次。

4

翌日。

“检录处就在那儿，我自己过去就行了。”

向榆指了指不远处的检录处，想让陆佳穗她们别送了。

陆佳穗：“没关系的，我们闲着无事，过去陪陪你。”

姜韵在一旁捧着相机：“小榆你放心，我一定会把你最好看的模样拍下来的。”

向榆躲着姜韵的镜头拒绝，她才不要呢。跑步时造型都乱了，拍出来的照片也不会好看到哪里去。

她的身子不停后退，也没注意到身后的人。

失神之间，她的后背直接撞上了一个人。

向榆忙回头道歉，还没等她看清楚人，就听到耳边传来陆佳穗的声音：“宋怀时？”

向榆一下抬起头，这才发现自己撞的人是宋怀时，当下她便为自己的冒失羞愧地低下头，小声又道了声歉。

宋怀时看清来人，打了个招呼，随后又瞥到向榆身上的号码布，问：“你要跑 1500 米？”

向榆没抬头，不确定宋怀时是不是在问她，刚在犹豫要不要点头的时候，陆佳穗就走上前拍了拍她的肩膀：“是小榆要跑。”

向榆抬起头，看宋怀时正笑着揶揄陆佳穗：“就知道你这么懒的人不会报这个。”

陆佳穗瞬间奓毛，冲过来直追着宋怀时打。

宋怀时边躲边笑，绕了一圈后又绕回向榆身后，笑着求饶：“好了好了饶了我，我再也不敢拿你开玩笑了。”

陆佳穗见状冷哼一声，眼珠一转，突然对向榆说：“小榆，我们去给你冲一点葡萄糖，你先去检录处吧。”

说完，她就拽着姜韵跑了。

向榆当然明白陆佳穗的意思，是让她好好把握和宋怀时单独相处的机会。

但这种情况下，她不知道该怎么开口讲话啊。

就在她思考该开口讲点什么缓和气氛的时候，宋怀时开口了。

“你要跑 1500 米？”

向榆赶紧应了声：“嗯。”

“1500 米还是有点费体力的，你跑的时候不要埋头就跑啊。”

向榆点头：“我有分寸的啦。”

宋怀时从校服口袋里摸出一块巧克力：“喏。”

他笑着递给向榆：“跑步前吃一块。”

向榆一愣，好半天才从他那儿接过。

她看着手心的巧克力：“你怎么还随身携带巧克力啊？”

宋怀时耸肩：“怕饿。”

宋怀时在终点当志愿者，现在正好空着，就顺便带向榆一起去了检录处。

向榆本不想让他送的，但另一方面她又想要和宋怀时待久一点。

不想麻烦他，但又想和他再靠近一点。

向榆刚跟着宋怀时到检录处，就在那里碰到了徐宣林。

徐宣林见到向榆，一下就蹦跶过来打招呼。

见人热情，向榆也不好太冷淡，就扬着笑跟人打了个招呼。

徐宣林：“你跑 1500 米啊？”

向榆看到他的视线在自己身上忽上忽下地看了个遍。

还没等她开口，宋怀时就伸手捂着人的眼睛将其推开：“不是叫你别乱盯着人家看吗？”

向榆一愣，她没想到宋怀时还能想到这么细致的问题。

徐宣林挣脱开：“我一时忘记了。”

他侧过头看向向榆，揶揄道：“你这小身板还跑 1500 米？我以为你们女生没人喜欢跑长跑的呢。”

的确没人，向榆是被逼迫的。

班上就她一个人被逼着参加了 1500 米。

本来体委还想让向榆顺势扛起 3000 米的重任，但向榆誓死不从，体委只好忍痛割爱放弃了女子 3000 米。

面对徐宣林的揶揄，向榆只淡淡地笑了下：“小身板，大爆发。”

说完，向榆去检录了，这边就留了徐宣林和宋怀时。

徐宣林这人就不是个安静的，向榆刚走，他就拉着宋怀时咬耳朵：“哎哎，向榆笑起来可真好看啊，我感觉我情窦初开了。”

宋怀时瞥了他一眼：“你？情窦初开？”

徐宣林肩膀一撞他：“我是跟你说认真的。从我第一眼见到向榆，她就挺吸引我的。”

宋怀时一顿。

徐宣林：“我决定要好好审视自己的感情。”

宋怀时抽了抽嘴角：“大哥，今天才是你们认识的第二天。”

徐宣林：“时间是问题吗？一见钟情不可以吗？对待向榆我可是认真的。”

“你对待你之前的每一任爱慕者都说过同样的话。”

徐宣林不知道该怎么反驳。

“这就是渣男的本质吗？永远看不清自己的认知。”

徐宣林快听不下去了。

“我说真的，向榆跟你之前认识的那些女生不一样。你别打人家主意，你太渣了。”

说完，宋怀时伸了个懒腰就先回终点处了。

徐宣林在原地想了半天才想出来要怎么答复宋怀时的话。

他哪里渣了？他只是一个对待感情有自己看法的人！他只是想给每一

个爱慕他的女生送一个温柔体贴的男朋友而已！

这并不能代表他是个渣男。

他不承认！

宋怀时倒也不是真觉得徐宣林这人不行。

如果他愿意收收心，倒也不是不能去追人好学生，他长得好，成绩也不错，家境又好，除了那张嘴有点碎……

但前提是他愿意收心。

而且宋怀时也不想让徐宣林去追向榆。

检录好后，向榆往旁边的小凳子上一坐，摊开手看了看。

手心中间躺着一块方方正正的巧克力，因为捏得有些久了，摸起来还有点温度，巧克力也有点软了。

“嘿，”一双手勾上向榆的肩膀，“看什么呢？”

向榆一抬头，还没等她喊人，陆佳穗就先一步拿起她手心的巧克力：“巧克力？谁给你的啊？”

向榆默不作声地把巧克力从陆佳穗手中拿了回来，脸上微微泛红：“没谁给的，我自己的。”

姜韵站在一旁，见状道：“跑步前吃点巧克力也好，补充体力。”

向榆点点头，小心翼翼地撕开巧克力的外包装。

陆佳穗在一旁看得唏嘘：“一块巧克力而已，你为什么这么小心？”

她顿了几秒，突然道：“这巧克力不会是宋怀时给你的吧？”

向榆一愣，陆佳穗怎么猜得这么准？

见向榆不说话，陆佳穗当下就默认了这个说法：“还真让我猜准了！”

“哎，”她撞了撞向榆，“你们进展到哪一步了？”

向榆好笑道：“没你想的那么多，人家就是顺手给我的。”

见她怎么都不肯接话，陆佳穗只好放弃打探消息这一想法。

向榆见陆佳穗放弃了，心里当下松了口气。

被陆佳穗缠上可是一件很烦的事情。

临跑前，向榆站起来热了热身就准备上跑道了。

1500 米的起点跟终点是一个位置，向榆刚上跑道就看到宋怀时站在最里边维持着纪律。

她抿了抿唇，低着头走到最里边。

等她慢慢挪到最边上，刚抬头就撞上宋怀时的视线，他笑着：“不要紧张，加油啊。”

他嘴角的笑刻进了向榆心里，她一时慌了神，胡乱点了下头就移开了视线。

哨声一响，向榆赶紧收回视线，等枪声一落，她马上迈开腿跑了出去。

她没有冲到太前面，跟在中间稳稳地跑着。

前面有几个领头的人跑得很猛，向榆猜测不出一圈之后大概就会落下几个到后边来。

果不其然，一圈刚跑完，遥遥领先的几个女生速度就慢了下来，但向榆没选择加速，而是慢慢地跟着前面的人匀速跑。

这次的比赛和高一时又有点不一样。高一的时候她每天都会早起跑步，养成了习惯，所以 1500 米对她来说不在话下。

但上了高二后，她就没了晨跑这个习惯，而且越发懒惰，也就比赛前一个星期才开始每天加练跑步，所以总归没高一的时候体力好，以至于现在跑起来也比高一时吃力了不少。

向榆还发现这场跑在第一的那位似乎和别人不太一样，她的速度没有因为开始的用力过猛而慢下来，现在也还算可以，看起来还是有蓄力。

向榆直觉，这次自己怕是拿不了第一了。

等跑过第三圈的时候，向榆听到宋怀时在旁边喊了声“加油”。

周遭还有很多加油声，但她独独听见了宋怀时的这句。

不管是不是对她一人说的，但她还是很兴奋，她的速度开始慢慢往上提。

她很想拿第一，拿一次第一给宋怀时看。

第四圈路过终点时，她的听力已经模糊了不少，但还是听见宋怀时说了一句“坚持一下，还有一圈”。

最后一圈，向榆开始加速。

……

陆佳穗眼瞧着向榆越跑越快，整个人跟喝了红牛一样，活像一匹黑马。

她转眼瞥到站在一旁的宋怀时，心里生了一计。

宋怀时正注意看着比赛，突然感觉到怀中被人塞了个东西。

他低头一看，就见是陆佳穗把一个杯子塞到了他手中。

宋怀时抬眼看向她：“你干什么？”

陆佳穗指了指场外：“我肚子疼，得去上个厕所，一会儿小榆过来你帮我接应一下。”

还不等宋怀时说话，陆佳穗就拉着姜韵跑开了。

他倒不是不愿意接，就是人家一个女孩子，而且两人也不算很熟，他去接应的话，向榆肯定会不自在吧？

但陆佳穗已经跑了，他也不能不管。

宋怀时叹了口气，任重道远啊。

他一抬眼，不远处已经有人跑过来了。

耳边响起一声声“加油”，不少人都激动地直往跑道上挤，好几个志愿者只得冲过去拦。

宋怀时低头看了眼手中的水杯，是他送给向榆的那个杯子。

随着耳边的呼喊声越来越大，第一名离终点也越来越近。

向榆和那女生不相上下，两人之间的距离也很近，宋怀时直面她们都不知道哪个才是第一。

最后越过终点线，向榆比那女生快了几步。

向榆刚越过终点线，整个人就瘫倒在地上。

宋怀时赶紧上前扶住，带着向榆往旁边退了几步。

向榆整个人趴在他的臂弯里，挣扎着抬眼看了看他，忽而咧开嘴笑了：“我是第一。”

宋怀时突然觉得自己心中有块地方软了，他笑了下——

“嗯，你是第一名。”

Chapter 03 · 蛋黄酥

她是他的例外

/

N I S H I X I N L E

1

听到这话，向榆心里的大石头总算是落地了。

她拼命跑步就是想跑第一给宋怀时看，现在总算是如愿了。一瞬间她卸了力，整个人半瘫不瘫地倒在宋怀时的臂弯上。

向榆没精力去害羞和纠结男女授受不亲的问题，现在她已经完全没有力气说话了。

没等一会儿，向榆班上的一些女同学就匆匆赶到，围着向榆七嘴八舌地问着。

向榆没力气回答，就蔫巴巴地趴在那儿点头摇头。

宋怀时见向榆的同学来了，就把向榆转交给她们：“她现在应该没力气和你们说话，你们先带她去休息吧。”

“哦哦，好。”

宋怀时把杯子递给其中一个女同学：“这是葡萄糖，一会儿让她喝点。”

等那群女生把向榆带走后，宋怀时就去裁判那儿帮忙了。

同为志愿者的同学见宋怀时过来，不免打趣他刚刚的行为：“美人入怀啊宋公子，怎么样，心动不心动？”

宋怀时笑着推开他："别闹。"

向榆在班级的休息处缓了一会儿精神就回来了，脸色也慢慢红了回来。

陆佳穗喂她喝了一口葡萄糖水，忍不住赞叹："小榆你真的好厉害，又是第一。

"我刚刚去看了成绩，你的时间比第一组的第一还要短，虽然等会儿第三组校队的居多，不过看样子前三应该是有的。"

向榆笑了笑，没说话。

姜韵给她递了张纸："你们那组的第二名时间跟你咬得挺紧，我听说她是这学期才转过来的，是体育生。这次应该不容易吧？"

向榆点头："真的是拼了老命的。"

高一的时候向榆跑了第一，学校觉得她有潜力，因此她还被学校的体育组劝过加入校队，但她跟向母都觉得还是上文化课比较重要，就拒绝了。

那时候学校校队参加女子长跑的高一学生本来就少，所以她一半侥幸一半实力跑到最后拿了第一。但高二不一样，体育生多了，而且校队的人天不亮就起来训练，这让向榆怎么跑得过？

其实前三也很悬，因为第一组、第二组差不多都是文化生，而第三组有好几个体育生，向榆真不见得会比她们快。

而且她从别人口中得知自己的时间，比高一时长了不少，所以前三真的很悬，前六倒是可以。

不过对向榆来说也无所谓了，毕竟她的目标是组内第一，在宋怀时面前跑个第一。

这个目标现在已经实现啦！

所以向榆现在已经挺高兴了。

比赛的结果上午就出来了，向榆没有进前三，拿了个第四的成绩。

陆佳穗她们担心向榆会不高兴，便一直围着她转。

“没事的，一次比赛而已。”

“是啊是啊，小榆你已经很厉害了，前三都是校队的，人家比你训练的时间多，所以你有这个成绩已经很厉害了。”

尽管向榆告诉她们自己没有很介意，但朋友还是觉得她只是不好意思承认。

然后向榆就麻木了。

算了，安慰就安慰吧。

下午太阳还挺大的，加上下午的运动会项目已经没有跟她们有关的了，向榆几人就找了个阴凉处歇着闲聊。

陆佳穗提起宋怀时过会儿有个跳高的项目，问向榆要不要去看。

向榆犹豫了下，还是摇了摇头。

见向榆没这个想法，陆佳穗也就不提这茬转聊别的。

向榆心不在焉地听着，脑海里的思绪早就飞到运动场上了。

她其实想去看，但只想一个人悄悄地看。

她不太想搞得大张旗鼓。

但最后她终于还是忍不住了，借口上厕所，一个人溜到跳高比赛的场地。

跳高场地的人还挺多的，向榆跟着人流走近，目光巡视了半天才在检录处的帐篷下找到宋怀时。

他穿着白T恤，小腹前别着号码布，正双手叉着腰站在桌前跟人闲聊，嘴角挂着懒洋洋的笑容，丝毫没有比赛前的紧张。

向榆找了处人流多且在宋怀时背后的地方坐下，前面有个女生撑着太阳伞，正好给向榆提供了遮掩的方便。

大概等了几分钟比赛就开始了，前面几个人跳过后就轮到宋怀时。

向榆屏住呼吸，心也跟着紧张。

只见宋怀时一个助跑，然后起跳，翻身一跃过了栏杆，身子在空中划过一道弧线。

周围响起起哄声，向榆舒了口气。

“这点高度对怀时来说还挺简单的。”

侧方男生的讨论吸引了向榆的注意，她朝那边看了一眼。

几个男生笑着点评：

“这都跳不过去的话，怀时就废了好不好？”

“啧，去年就破了纪录，今年不知道行不行？”

“破纪录这事儿倒说不准，但第一稳了，整个俞中都没人能跟怀时比。”

向榆略吃一惊，没想到宋怀时这么厉害。

她朝宋怀时的方向看了眼，那边裁判笑着拍了拍他的背，然后他开始准备挑战新一轮高度。

助跑，起跳，顺利跃过。

向榆只觉得现在的宋怀时在所有人眼里都是发光的。

她没看完宋怀时的整场比赛，担心陆佳穗她们会出来找她，所以看到一半就悄悄走了。

回到阴凉处，陆佳穗见向榆回来问了一句：“你怎么去了这么久啊？”

向榆面不改色地扯谎：“我回了一趟教室。”

陆佳穗似笑非笑地看了她一眼，然后长长地“噢”了声，语调拉得很长。

向榆抿着唇笑了下。

她不知道陆佳穗有没有猜到她是去看宋怀时比赛了，不过猜没猜到都无所谓。

一群人聊至下午的运动会结束，耳边响起哨声，代表着要去操场集合然后宣布比赛成绩。

向榆站起来拍了拍衣服上的灰。

突然，陆佳穗走过来拍了拍她的肩膀，眼睛看着手机也没看她：“晚上去跟宋怀时吃大餐不？我干妈带来了不少好吃的。”

向榆一顿，随后淡声道："我们和他又不熟，去了怪尴尬的，你去吧。"

的确，说起来，她和宋怀时的关系真没有多熟络。

几次见面两人虽然也会聊几句，但也能看出对方话里的疏离。

从宋怀时的言行举止当中，她看得出来宋怀时很温柔，但这温柔下的疏离感肯定是有的。

他们还没有那么熟悉。

陆佳穗耸肩："这有什么关系，宋怀时说他妈这次带了很多吃的，让我也可以带着朋友一起去。"

她低头看着手机嘀咕："你们要是不去，东西吃不完，宋怀时就得叫他们班男生来吃，那么多男生，就我一个女的多尴尬。"

向榆见状也不知道该说些什么。

陆佳穗抱着她的胳膊开始撒娇："小榆小榆……一起去吧！省一顿饭钱呢。"

向榆耐不住陆佳穗的撒娇，最后还是点头应了下来。

她看了眼陆佳穗手中的手机，提醒道："你赶紧收起来吧，过会儿就到操场了，要是被老师看到，你的手机就不保了。"

陆佳穗一听立马收起手机，然后欢欢喜喜地蹦跶到前面去找姜韵。

姜韵见向榆应下来了，自己也就没什么意见了，毕竟在哪儿吃都是吃。

宋怀时他们在食堂二楼摆了一桌，他们那边一共四个人，加上向榆她们，他们这顿饭是四男三女。

向榆一走过去就有种莫名的感觉。

怎么有点像相亲宴？

那几个男生倒不是没有熟人，起码向榆还认识一个徐宣林。

徐宣林一见到向榆就十分殷勤，忙站起来打招呼："向榆来这儿坐。"

陆佳穗见状跟她咬耳朵："怎么回事啊，你跟徐宣林……"

向榆连忙道："碰巧认识的。"

徐宣林招呼向榆坐在他对面："你们还要吃什么就让宋怀时去买，宋公子今天拿了冠军，说要请客。"

陆佳穗见他这么殷勤，挑了挑眉："吃错药了啊林林，什么时候跟我家小榆关系这么好了？"

徐宣林："对待同学这是最基本的礼仪。"

陆佳穗："见鬼了，怎么不见你对我这么好？"

宋怀时在旁边看两人斗嘴，笑着打断他们，拖着徐宣林站了起来："去去去，帮我买点小吃回来。"

他转头问向榆她们："你们还要吃点什么吗？"

"随便买点就行。"

"就这些够了。"

向榆摆手："不用了。"

宋怀时闻言点点头，催促着徐宣林去跑腿。

徐宣林不满地叫唤："为什么要我去啊？"

宋怀时："要吃就去。"

徐宣林："去就去。"

七人座会有一个人多出来，等徐宣林将东西买回来后，宋怀时就拉着他坐在向榆对面，而自己坐在旁边。

向榆的左侧方是宋怀时，看他一个人多出来心里也有点怪怪的。

虽然知道男生之间不会想那么多，但向榆还是会想很多，觉得宋怀时一人多出来，心里很不是滋味。

一顿饭吃完也没剩多少，剩余的一些饼干宋怀时用饭盒装好，递给陆佳穗让她拿回去当夜宵。

收拾完后一行人就往小卖部走去，宋怀时懒得跟进去挤，就在门口等，向榆也不买东西，就没进去。

“怀时，”一男生把口袋里的奖牌抽出来丢给宋怀时，“自己拿着，放我口袋里硌着慌。”

宋怀时接过，也没放口袋里，就那么拿在手上。

奖牌被他拎在手里晃着，摆动幅度很小，轻轻地晃着。

向榆盯着他手中的奖牌失了神。

许是注意到她的视线，宋怀时喊了她一声。

向榆一下回过神。

宋怀时笑道：“你盯着这个看什么呢？”

“走神了。”

“对了，”宋怀时问，“你1500米的成绩怎么样？你跑得这么快，前三肯定有吧？”

宋怀时说中午他去了老师办公室，还不知道她跑步的成绩怎么样。

向榆笑了笑：“还不错吧，第四。”

宋怀时一愣。

向榆耸肩：“因为第三组体育生比较多，我们前面两组的第一都不算什么。我这个成绩也不错啦！”

她歪头笑了笑：“四舍五入，队伍第一也算是第一。”

宋怀时点点头。

一时间两人就没再说话，向榆低下头盯着自己面前的地面发愣，脑子里乱七八糟的，也不知道在想什么。

突然，她感觉有手碰到她的脑袋，然后一条带子挂到了自己的脖颈上。

向榆低头一看，是一块金牌。

她抬头看向宋怀时，只见宋怀时站在身侧，一手撑着旁边的墙壁，脑袋微侧，嘴角上扬成一个弧度。

“跳高的金牌跟你的不一样，但勉强也算块金牌，凑合吧。”

给你当个第一。

2

向榆抬手捧起金牌，嘴角不自觉地弯了。

她轻声说了一句：“宋怀时，谢谢你。”

其实她也没有多想要拿个金牌，大概是宋怀时误会了她没拿到金牌会难过。

但不管怎么说，当金牌挂上脖颈的那一刻，她突然变得好感动。

最后，向榆还是把金牌摘下还给了宋怀时。

对上宋怀时略带笑意的眉眼，她半开玩笑道：“感谢你带我体验了一番冠军的感觉。”

宋怀时笑：“不客气。”

校运动会过后没多久，俞中迎来了秋季远足。

听到这个消息的时候，高二年级还沸腾了一番，陆佳穗更是。离远足还有一个星期的时间，她就开始想到时候远足要带什么吃的。

程定见班上闹腾了半天也不见停歇，只能拍了拍黑板示意大家安静：“我知道大家激动，但我还得跟大家讲讲我们这次远足的特殊性。”

但这什么特殊性还真没人在意，全班人依旧沉浸在远足的喜悦当中。

也不怪大家激动，因为往年俞中举行秋季活动的时候都是高一踏青，高二去参加社区清扫活动，俗称捡垃圾。

他们实在是没有想到今年政策改了，高二也变成远足了。这样一来他们连着两年远足了，还不得乐坏他们？

本来还有一部分人不想去捡垃圾，想在那天借机请假，这下倒好，完全不用操心请假的事情了，因为没必要了。

“我们这次远足的目的是帮助乡下的空巢老人，给他们带去关心和陪伴，力所能及地帮助他们干一些农活……

“我们七点半出发，坐车八点半就能到，大家早上帮助老人干些活儿，下午的时间我们用来野炊，差不多三四点再坐车回来。”

……

陆佳穗碰了碰向榆的肩膀：“其实也还好啦，总比一天都捡垃圾强。”

向榆笑了笑：“农活很累的，大小姐你到时候可别喊苦啊。”

看着陆佳穗冲她龇牙咧嘴，向榆轻笑了下，然后低下头。

周五放学，向榆没去母亲那儿，而是直接回了家。

家里还没人，她把饭烧上后就回房间复习功课了。

远足后一个星期就要期中考了，向榆得做好复习的准备。

她在书桌前一坐就坐了一个半小时，抬头看了眼窗外，天色渐暗。

向榆舒展了下筋骨，忽而听到房外传来开门声。

大概是母亲回来了，她没多想，趿拉着拖鞋就走了出去。

“妈，今天吃什……”

她的话音戛然而止，一脸震惊地看着面前这个男人：“爸？”

算算日子，她其实有快两年没见到自己的父亲了，往年只有过年时他们才会见上一面，去年过年他说有事就没有回来，但今年……还没到过年，他怎么就回来了？

向母见她愣在原地，忍不住笑道：“瞧瞧，多久没见爸爸了，你惊讶成这个样子。”

妹妹向暮走过来拉住向榆的手，神色愉悦道：“姐姐，今天是爸爸来接我放学的。”

向榆愣愣地点点头。

向父站在玄关，脸上的神色还是有些局促。

他搓了几下手笑道：“小榆，爸爸回来了。”

其实向榆对父亲的感情很深。

向榆家里是严母慈父，在妹妹向暮出生之前，她一直是被父亲疼着长大的。

后来是因为向暮的出生，向父才外出打工来补贴家用。

大概是因为跟父亲见得少，所以她格外珍惜与父亲相处的一分一秒，不会因为鸡毛蒜皮的事情吵架，在青春期叛逆时她也没有跟父亲闹过别扭。

大概是觉得难得见一面，珍惜还来不及，怎么可能吵架生气。

晚上，一家人坐在桌前吃着饭。

大概是为了庆祝一家人团聚，向母难得做了一桌子的菜，看阵势大有和年夜饭比一比的意思。

“小榆在学校怎么样？”向父给她夹了一筷子菜。

向榆咽下饭：“挺好的，下个星期我们就要去远足了。”

向母：“高二还有远足啊，应该开始抓你们学习了。”

向父笑着打圆场：“俞中就是这样，学习是首位，但也注意其他方面的发展。”

他乐呵呵道：“我觉得这样挺好，所以俞中出来的学生都不会太差。”

向榆笑着点头附和。

随后向父又问了一些别的事情，向榆都一一作答。

虽然她和父亲不如从前那样亲昵，但她还是很喜欢和父亲聊天。

“对了，”向母突然抬起头朝向父看去，“光顾着高兴，我都忘记问你怎么突然回来了，之前不都是不到过年都没时间吗？”

向榆也抬起头。

向父神色一滞，随后才笑着说：“难得放了个长假，带回来一个好消息。”

向母：“啥好消息，卖什么关子啊你。”

向父：“就我跟老杨合作的那个场子，去年的状况不就好起来了嘛，一直到今年都在往好的方向走。年中的时候我们接到一个非常棘手的工程，原本以为完成不了了，那工程的老板也放弃了，结果前几个星期这个工程被我们拿下了，完成了！那老板高兴得很，现在已经跟我们长期合作了。”

向榆咬着筷子：“爸你的意思，这个工厂算是起来了？”

向父乐呵呵道：“是啊，现在规模越做越大，前景好着呢。”

向母听了这话很高兴，笑着说了很多吉利话，还说等向父赚了钱她就不用那么辛苦了，一家人还可以搬进大房子。

向暮也很憧憬，说以后一家人就可以和和美美地生活在一起了。

向榆也跟着笑了，但当她抬头看向父亲，她发现父亲的笑容有些牵强，脸上闪过一丝尴尬的神色。

向榆觉得奇怪，但一想可能是自己看错了就没再多想。

周末返校，向父开车送她。

车子是前几年买的二手车，放在家里留给母亲接送妹妹。

这还是向父第一次开车送她上学。

向榆懒懒地瘫在副驾驶座里，笑着跟父亲闲聊：“等爸爸以后赚了钱，再买辆好点的车子送我上学。”

向父笑道：“小榆什么时候变虚荣啦，还想要好的车子送你上学？”

向榆想了想，又道：“其实车子不车子无所谓，只要你能送我上学都好。等过年回奶奶家，一家人算是真正团圆啦。”

向父顿了下，犹豫片刻还是说：“小榆啊，爸爸今年过年不回来了。”

向榆一愣。

“工厂那边忙，爸爸实在回不来。”

向榆神色黯淡下去，不过她一向很听话，所以也不会缠着父亲要他过年一定得回来。

“那好吧，那再等明年。”

向父终是没说话。

向榆觉得父亲这次回来怪怪的，和往年有些不一样，但她又说不上来哪儿怪。

这个问题她想了半天也没想出个答案。

她摇了摇脑袋，想着自己或许是多虑了。

陆佳穗一到教室就兴致勃勃地跟向榆展示自己带来的零食，脸上满是对远足的渴望。

“好想快点到周五。”

向榆笑了笑，提醒她下下周就要考试了。

陆佳穗没好气地冲向榆翻了个白眼：“你不要这么扫兴啊！”

她开始翻找着自己那袋零食：“小榆你要吃什么？”

向榆哭笑不得：“还没到周五呢就开吃？这样等到周五的时候你就什么都没了。”

陆佳穗：“不会的不会的，我管得住自己的嘴巴。”

但最终向榆的预言还是灵验了，陆佳穗的那一袋零食终是没能“活”到星期五。

星期四晚上，陆佳穗只能哭唧唧地打电话回家要家里人再送些零食过来，但家里人送的总是没有自己精挑细选的好。

于是周五，陆佳穗就背着一书包的面包、饼干坐上了大巴。

姜韵晕车，从坐上车后整个人就蔫巴巴的。

向榆让陆佳穗跟姜韵坐一起，好方便照顾，自己一个人坐在她们后面就行。

三班人比较少，所以后面总有几个座位空出来。

一人坐两个位子倒给了向榆舒适，不用跟人挤这狭小的空间。

但没等她一人舒畅多久，临发车前八班的班主任老江上来问了句：“你们这还有多少空位？”

程定站起来看了眼：“五个吧。”

“那正好，我这有五个人没位置坐了。”

向榆心里生出一种预感。

果不其然，她听到老江从某个方向喊了句：“宋怀时，你们来三班这儿坐。”

向榆不算不高兴，就是觉得这好运砸头有点太突然了。

但更大的福利在后面。

车上陆陆续续上来了几个男生，他们瞥见向榆身边的空位都推推搡搡地往后挤。

向榆头撞到前座的椅背，好尴尬。

就在她暗自缓解尴尬的时候，身侧突然坐下一人。

那人轻笑了声：“你干什么呢？”

向榆一愣，蓦地抬起头，就见宋怀时手肘撑着前座的靠背，脑袋歪着看着她。

她顿时调整好自己的坐姿，尴尬地抓了抓脸：“啊？我没干什么。”

宋怀时笑了下：“快坐好吧，要发车了。”

向榆点点头，后背贴着座椅，脑袋侧着看窗外。

她一点都不敢往宋怀时的方向看。

这天降的福利也不知道是福还是祸。

车子行驶出小门，向榆感觉有人戳了戳自己的肩膀。

她侧过头一看，宋怀时举着一包话梅，笑着问：“吃一颗吗？不然晕车就不好了。”

3

话梅的酸味飘至向榆的鼻子。

她弯着眉眼笑着说了句“谢谢”，然后从包装袋里拿出一颗话梅。

宋怀时收回视线，身子懒懒地靠在椅子上。

向榆用余光看了他几眼，宋怀时似乎对他们俩之间的巧合习惯了，面对旁边坐着个女生的情形，他也丝毫没有拘束感。

许是注意到向榆的视线一直落在他身上，宋怀时忍不住笑了笑：“怎么了？”

向榆一下就收回了视线，大概是想着偷看被抓了个现行很尴尬，她的脸一下就涨红了。那红晕蔓延至耳根，整只耳朵都变得通红，软乎乎的。

她小声解释：“没什么。”

宋怀时也不揪着这个点，而是拿出手机登录一个游戏界面。

他侧了侧头，拿着手机冲向榆摇了摇：“我见好友榜单上也有你，你是不是也玩这个游戏？要一起玩吗？”

向榆抬头看了一眼，随后点点头掏出手机登录游戏。

这是一款英雄竞技手游，之前陆佳穗很迷这游戏，就让向榆也下了，然后两人一起玩。这游戏对向榆来说不是很难，跟着玩了几天就能上手。

这游戏是真的会玩上瘾，前段时间向榆只要一完成作业就得登上去玩几把，她的技术不算好，但也不算太差，战绩时好时坏。

所以登进游戏后，向榆还有点不安，因为连她自己都不能保证自己的技术是否会坑到宋怀时。

不过她很想和宋怀时一起打游戏，她拒绝不了。

宋怀时段位比她高，两人打不了排位，就选了匹配打。

看到这儿，向榆暗自松了口气。

不是排位，起码不用担心自己会害他丢失一颗星星。

向榆选了个法师位走在中路，宋怀时选了个肉辅。

刚开始还挺顺利的，她与对面各自清线，清完就躲回塔下，生怕自己出去就被刺客抓了。

但很快她就发现自己这样的㞞操作是行不通的，因为上路已经开始不满了，一直在公屏上打字催促她：

【中路能不能来支援一下？】

【对面中路来了，你能不能发个信号？】

……

向榆自觉自己这把的确有点“水”。

因为太在意自己会不会被抓，所以一直注意中路的周围，反倒忘记了给上路打信号和支援。

她抿了抿唇，操纵着英雄走出塔下，但还没走多远，她就被蹲在草丛里的对面打野给抓了。

看着自己倒地的游戏人物，向榆的心情开始躁动，脸上露出不安。

这时，耳边传来宋怀时的声音——

“没事，别急。”

向榆那原本躁动不安的小怪兽顿时被安抚。

她侧头看向宋怀时，宋怀时也正好侧过头跟她对上视线：“你按照自己的节奏玩就行了。”

向榆的脸上露出笑容。

“嗯。”

但即使被宋怀时这么安抚，向榆的技术也没有好起来。

大概是碰上自己时而好时而“菜”当中的“菜”了吧，向榆一连送了好几个“人头”。

在她第五次倒下的时候，自家上路终是没忍住在公屏上敲字问候她全家。

【中路到底会不会？】

【玩得这么菜你！】

【搞什么啊！】

向榆垂了垂眼眸，她现在已经不敢再去看宋怀时了。

她只觉得后悔，不应该答应打游戏的，既拖累人家又在他面前丢人。

“向榆。”

听到旁边传来自己的名字，向榆慢吞吞地抬起头看向宋怀时。

他微微皱着眉，手指了指她手机的屏幕："把他的发言屏蔽了吧。接下来跟着我，我保护你。"

那一局到后面突然变得顺手起来，不管走到哪儿，向榆身边都有一个大块头跟着。

当对面打野还想抓她的时候，宋怀时反应极快，一下就用他那庞大的身躯挡在她的前面。

有人扛着伤害，向榆只需要在后面输出就行。

没多久，她的战绩也从负数变回正数。

随后两人配合着射手把对面团灭，她跟着宋怀时推了对方的水晶。

随着一声"Victory"，他们这局游戏算是结束了。

向榆的眉眼顿时舒展开来。

这局游戏是她打过的最累但也是最满足的一局。

向榆收起手机："不打了，不打了。"

宋怀时"嗯"了一声："应该快到了。"

因为车子的数量太多以及体积太大，行驶不进村子就在外面的空地上停了下来，接下来就要步行走进去。

下了车后，宋怀时就要回归八班的队伍。

他跟向榆打了声招呼："我先走了，回见啊。"

向榆笑着摆手："拜拜。"

宋怀时一走，陆佳穗跟姜韵就凑过来搂住向榆的肩膀。

陆佳穗跟着向榆的视线看了眼走远的宋怀时，故作遗憾道："人家走了你舍不得？"

向榆嬉笑着拍开陆佳穗，嗔怪道："你胡说什么呢！"

陆佳穗耸耸肩，一副"我看破不说破"的模样。

姜韵倒是没像陆佳穗那样打趣向榆，只笑着提了一嘴：“赶紧使用手段把他拿下啊！”

向榆哭笑不得。

她不知道为什么身边的朋友怎么一个个比她还心急。

这就是所谓的皇帝不急太监急吗?

这农村的确有点出乎大家的意料，周遭的路都是泥土路，路旁的篱笆里还养着鸡鸭。

向榆她老家也在农村，不过那个农村可比这里的环境好多了。

这个村子里的房屋大都是泥土房，周围的环境也很杂乱。

村子里时不时会瞧见几个老妇站在那儿看着他们，偶有结伴的还会三五成群地围在一起看着他们讨论。

一路走下来，向榆还真没看到几个年轻力壮的年轻人，大多数是老人和儿童。

“学校也真绝，这种地方也能找到。”

“这里地上都是鸡屎，真的好脏啊。”

……

见到周围的环境，周遭的同学不免三三两两吐槽了起来。

陆佳穗抹了一把额间的汗：“这路好难走，这哪里是郊游，分明就是苦行。”

向榆笑了笑。

俞中的学生基本上都是城市里的居多，父母都是有学历有文化的书香门第，也有很多是家里经济条件不错的，他们从小被父母娇生惯养着宠大。

陆佳穗跟姜韵就是，父母都是机关单位的工作人员，家里虽不溺爱，但也宠着。

像向榆这种家境不算好也不算差的也有，不过对比前两种就比较少了。

走这个路的确有点累，不过对向榆来说倒是还好。

她平时在家干活就多，有时候回乡下也会帮着爷爷奶奶干点活，她人勤快，性格好，学习也不用别人操心，经常会有人跟向榆的家人夸她。

见到周围人纷纷抱怨，向榆扭头往身后乌压压的人群看了一眼。

只一眼她就收回了视线。

人太多了，根本看不到宋怀时。

看到周围的同学，向榆不禁会联想到宋怀时，想知道他是否也会跟人抱怨这路途的辛苦。

看他的模样就知道他的家境也不会差，她眼里的天之骄子！

但她直觉宋怀时不会。

他在人前永远是那副春日和煦的模样，浑身散发着温柔。

好在很快就到了目的地，学校组织学生帮着村里的老人干农活。

一部分学生去采摘蔬果，一部分帮着村民清扫道路等。

向榆他们班是负责清理道路上的垃圾。

其实也没什么好清理的，不过还是要让路面看起来尽可能整洁一些。

活动一开始，原本还对此行抱有幻想的同学纷纷开始抱怨活儿很累，陆佳穗更是小嘴叭叭地停不下来："这跟我想的完全不一样啊。"

"这地上到处粘着鸡屎，我都要犯恶心了。"她拉着向榆哭诉，"小榆你跟我说农活很累我还不信，这下我是真后悔，早知道该请假的。"

向榆笑了笑："别这样想，你这个还不是农活呢，只是清扫道路而已。别人或许更累。"

自知眼下嚷嚷也没什么用，嚷嚷还费力，陆佳穗嘟囔了几句便乖乖地干起活儿来了。

一连扫了好久，向榆直起身子舒展了下。

她刚准备打开水杯喝水，就听到耳边传来陆佳穗叫喊的声音——"宋怀时！”

向榆动作一顿，随后慢吞吞地掀起眼帘朝陆佳穗叫喊的方向看去。

一抬头，她看到宋怀时站在不远处的栅栏旁冲她们挥了挥手。

陆佳穗忙拉着两人跑了过去。

宋怀时站在一棵枣树前，脸上丝毫没有疲倦的模样。

陆佳穗一猜就猜到了他们的活儿怕是很轻松，不免酸溜溜道：“你们这活儿挺好啊，站着就行了。”

宋怀时手臂搭在栅栏旁，调侃道：“要不你去告学校不公平？”

他的嘴角勾着，笑容懒洋洋的，看起来颇有几分漫不经心。

陆佳穗被他呛到，自是不认输，立马张开嘴不客气地撑了回去。

她那张嘴就没输过，很快宋怀时就败下阵来，双手合十求饶：“别骂了陆姐，我认输。”

陆佳穗哼笑一声。

宋怀时无奈道：“又不是我给你安排的，这都是你们老师抽签，抽到什么就干什么工作。”

此言一出，陆佳穗又开始骂程定那烂手气，肯定是上完厕所没洗手。

向榆忍不住笑了笑。

许是向榆笑出声来吸引了宋怀时的注意，他随手摘下一颗枣子，然后从兜里掏出纸巾擦了擦递给她：“来一颗吗？很甜。”

4

青红的枣子躺在宋怀时的掌间被递了过来。

向榆的视线却不是落在枣子上，而是宋怀时那只手。

他的手指纤细修长，这骨节分明的手就是“手控”的最爱。

但向榆不是手控，只是喜欢看宋怀时的手。

许是怕看久了会惹宋怀时疑虑，向榆只停了几秒就收回视线，淡笑着从宋怀时的手里拿过那颗枣子，然后轻声道谢。

宋怀时也收回了手。

不等陆佳穗开口，他又从枣树上摘了两颗枣子递给她，顺带把纸巾也递了过去。

陆佳穗擦了擦枣子，但没立刻吃下去，神色迟疑：“这枣子能吃吗？会不会打了农药？”

宋怀时笑着从树上又摘了一颗，随手在衣服上蹭了两下就丢进嘴里：“毒不死你的，放心。”

陆佳穗见状也没了疑虑。

“这是别人的枣树吧？我们能私自摘吗？”

宋怀时解释：“刚刚这棵枣树的主人来教我们摘枣的时候说了，想吃可以自己摘来吃。”

一听这话，陆佳穗顿时又嚷嚷起自己班的苦差事，她叭叭道：“瞧瞧人家班上，饿了还可以吃枣子解馋。我们班呢？饿了吃垃圾吗？”

向榆等人被逗得不行，跟着附和了几句就散开继续干活了。

虽然活儿累，但毕竟学校都分配下来了，那肯定得做好。

而且在大家干活的时候，还来了几个老人给大家分饼干、水果，看着包装都不算新，大概是老人舍不得吃留着的，见今天大家来帮忙干活，就拿出来分给学生们。

一群人看着手中的零食更是说不出话来了。

慢慢地，大家的怨言也少了，也都认真干起了活儿。

等熬到中午，总算是歇息了，学校老师带大家来到一处石滩边，石滩边缘流淌着河水。

向榆她们找了处树荫坐下。

陆佳穗累得连零食都不想吃，只想躺着休息。

向榆也没什么胃口，但她怕不吃午饭会胃痛，还是强忍着拿出面包开始啃。

陆佳穗躺了一会儿就想去上厕所，但周围没公厕，只能去附近村民家里借厕所，正好姜韵也想去，两人就结伴一起去了，留向榆一人在原地看行李。

向榆坐在原地啃了几口面包就觉得困，东西也吃不下去了，好在她们选的位置不错，她背靠着棵树闭着眼小憩。

“向榆？”

听到自己的名字，向榆睁开眼，就看见宋怀时的一张脸正凑在她跟前，眼睛也直愣愣地盯着她看。

向榆被吓了一跳，缓过神后抚了抚自己的胸腔：“你吓死我了。”

宋怀时见状退开。

见他在这儿，向榆便问：“你怎么在这儿？”

宋怀时抬了抬手上的餐盒：“我妈做了蛋黄酥，拿过来分你们一点。”

见他递给自己，向榆忙伸手接过，然后道谢。

她也没马上打开就吃，只拿在手里笑着说：“等佳穗她们回来一起吃。”

宋怀时点点头，送完东西也没走，而是转了个身坐在野餐垫上。

向榆略略一惊。

她是真不知道为什么宋怀时送完东西还不走，而且此时陆佳穗也不在，就她和宋怀时两人单独相处。

还不等她头脑风暴转动想出个前因后果，宋怀时就开口了：“对了，学校要组织班长与副班长做一个公益活动，你知道吗？”

啥？

见向榆一脸蒙，宋怀时就知道她压根儿不知道这事，便开口解释了一番。

俞中向来注重学生德智体美劳全面发展，除了高三紧抓学习，活动少，学校其他大大小小的活动都是交由高一高二的同学。

这次的公益活动就是利用周末休息时间组织学生去俞峡市内的福利院或是养老院做义工，锻炼学生的能力。

当然这种活动除了暑假是不会大规模举行的，所以上学期间，他们就把目光放在了老师和高一高二各班的班长与副班长身上。

除了班长与副班长半强制参加外，学校在各班也组织了学生报名，鼓励大家多参加一些公益活动。不过这种事情不用想都知道，除非是真心想做公益，否则其他学生是不会牺牲宝贵的休息时间来参加这个活动的。

宋怀时说："听说这次参加公益的同学会有奖励，虽然不知道是什么，不过俞中给的东西都不会太差。"

这话倒是没错，俞中是重点学校，除了升学率高，还有就是经济实力比较好。

向榆闻言笑了下："没差啦，反正都被强制去了。"

"也对，我差点忘记跟你说，"宋怀时摸了摸鼻子，"我们两个班应该是一起的。我应该会跟你一组。"

向榆直接愣住。

她是怎么也想不到文科三班和理科八班这两个班到底是怎么扯上关系，要组合行动的。

他们两个班除了都是重点班，还有什么交集吗？

向榆讷讷道："这么巧的吗？"

宋怀时扶额："说巧也不巧，是你们班程老师跟校领导说要我们两个班一起行动的。"

向榆一脑袋问号。

"听老江说，这次的公益活动，校领导会评一个班级作为此次活动的最佳奖。虽然只是个虚名，但两个老师打了个赌，想看看最后这个奖花落谁家。"

向榆倒是才知道，八班和三班两个班主任的关系竟然这么好，听宋怀时说两人当初就是一个学校毕业的，所以这么多年关系一直很好。

她叹了口气，好吧，虽然对两个老师之间的幼稚行为很无语，但程定好像在无形间拉近了她跟宋怀时的关系。

向榆突然有点感谢程定，决定在下次陆佳穗骂他的时候帮他说几句话。

两人的话题也因为这个而打开了，接下来聊天倒是挺愉快的，也不会有最开始的生疏感。

见陆佳穗还不回来，宋怀时就让向榆先尝尝他妈妈做的蛋黄酥。

向榆也没多想，小心翼翼地从盒子里拿了一个小小地咬了一口。

见她吃了一口，宋怀时问："怎么样？"

向榆一下瞪大眼，捂着嘴吞下后，给他比了个大拇指。

她很少吃这些小零食，这蛋黄酥也就吃过几次，但不得不说，宋母做的比上次和陆佳穗一起在店里买的好吃。

宋怀时笑了笑："好吃就行，我还怕我妈做的黑暗料理毒到你了。"

向榆扬了扬眉："哪有，明明这么好吃。"

宋怀时笑得更开了，连眼尾的弧度都略略打开了一些。

"我妈就喜欢摆弄这些，我都快吃腻了还得被逼着吃。"

"这蛋黄酥这么好吃，怎么会吃腻？阿姨真厉害，上次的饼干和这次的蛋黄酥我都觉得比店里卖的还好吃。"

见向榆夸了一通，他状似无意地说："这样的话，那我多带一些给你尝尝鲜。就当你替我吃了，让我妈也高兴高兴——还有人这么喜欢吃她做的东西。"

向榆吃完手中的蛋黄酥后，宋怀时就递了一张纸过来。

他笑了笑："擦擦手上的油渍。"

向榆闻言接过后道了声谢，擦完手后她就把餐盒的盖子重新盖了回去。这时，宋怀时突然说："我给你们拿了四个蛋黄酥。"

向榆看向他。

“你还可以再吃一个，”宋怀时冲她眨眨眼，“瞒着她们多吃一个。”

宋怀时等陆佳穗回来后跟她打了个招呼就走了。

等他一走，陆佳穗立马坐下暗戳戳地撞了撞向榆，脸上露着不怀好意的笑容：“孤男寡女，待了多久？”

向榆笑着躲开陆佳穗，从旁边举起餐盒求饶：“蛋黄酥，一人一个。”

果不其然，陆佳穗的注意力被吸引过去。

等分完剩下的三个蛋黄酥后，陆佳穗小声嘀咕了句：“一个还不够吃呢。”

闻言，向榆垂眸看了眼手中捧着的蛋黄酥，眼底浮现出笑意。

悄悄地，她是例外。

Chapter 04 · 约定

要不要，试一试江大？

/
N I S H I X I N L E

1

就如宋怀时所说，等周日晚自习的时候，程定就把班长和向榆叫去办公室说了这件事。

班长就是只做不问的性格，而向榆在宋怀时那儿也大致了解了这件事，也就没多问。

程定说：“这个活动暂时定在这周六，你们回去记得跟家里人说一声。”

“嗯。”

跟向榆他们通知完后，程定也回班上说了声。

如向榆所料，班上的大多数人都不愿牺牲假期去做义工。

好在这次活动也是自愿性的，程定也没逼他们，被逼迫的只有班长和副班长，所以到了最后也就只有一男两女外加向榆跟班长参加。

人数一确定，班长就带着他们去办公室填报名表。

向榆回到位置刚坐下，身旁的陆佳穗就凑了过来。

她靠得很近，小声说：“学校又半强迫你们去参加活动啦？”

向榆“嗯”了一声。

陆住穗说．“班干部直的太惨了，不是这个活动就是那个活动。”

向榆笑了笑，倒没有很在意：“有学分加呢。”

俞中对班干部的好处真的很多，每年每班五个奖学金名额，其中一个就是在各班班干部中选为学生贡献最多的。

而且有加学分制度，这个学分有助于评学校的各种奖项。班长每年加十分，副班长加八分，其余的班干部加五分。

向榆就是奔着这些去的，所以高一的时候她就当了一年的班长，拿了一年的奖学金和校级奖状。

这些在她档案上都是很加分的。

到了高二，为了避免耽误学习，她没去竞选班长而是去竞选副班长，这个职位虽然不轻松，但也比班长那个位置轻松不少，也多了更多学习的时间。

所以她倒是没觉得有什么不公的，接受了这些好处，她就知道自己得多参加学校的活动，多做事。

等到周末，向榆吃完早饭就出发去福利院集合。

前一天晚上，她还收到了宋怀时发的信息。

他倒也没什么事情，就问了问福利院义工的事情，之后两人就闲聊了一会儿，又打了几局游戏，才各自下线。

向榆有时候已经找不到自己的定位了。

或许自己不该止步于朋友的阶段。

她也不知道是错觉还是什么，她总觉得宋怀时对自己好像有些不一样。

但这个念头只在向榆脑海中停留了一会儿就消散了。

这怎么可能？哪有可能这么凑巧？

向榆的异性缘一直很浅薄，没什么异性朋友，也很少收到男生对自己的表白。

所以如果自己的想法是真实的，那真是天下砸了个大甜饼了。

向榆刚到福利院门口，就看到宋怀时已经到了。

他穿着常服，一件黑色的卫衣和白裤子，身上背着一个双肩黑包，倒也简单好看。

宋怀时还跟之前的习惯一样，喜欢倚靠在一个物体上。比如现在，他正懒懒地倚靠在门口的路灯杆子上玩手机。

没了在学校时的正经，倒添了几分慵懒。

就在向榆看着宋怀时发愣的时候，宋怀时蓦地抬头，然后跟向榆对上视线。

他抬手挥了挥，收起手机朝她走来。

向榆也走了过去。

"我以为你还在路上呢。"她看了看四周，"你怎么来这么早？"

宋怀时说："我搭我爸的顺风车来的，他急着去上班。"说着，他解下身上的双肩包，在里面翻找着，"你吃早饭了吗？"

向榆点头。

宋怀时从包里拿出一个餐盒递给她："尝尝我妈烤的小饼干。"

向榆没拒绝，笑着接过："你还真给我带你妈做的点心？"

"你喜欢吃就给你带。"宋怀时嘴角含着笑，"上次我妈听你那么夸她做的东西高兴了一天，直嚷着要开发新品种的点心，然后邀请你来家里吃。"

向榆没把他后半句话当真，就当一句客气话，笑："你妈这反应，肯定是你这当儿子的平时都不夸她。"

宋怀时举着手直嚷"冤枉"，他无奈道："恰恰相反，我妈是因为听了太多我夸她的话，所以免疫了，甚至开始怀疑我话里的真实度。"

"哈哈哈，你妈妈好可爱。"

"来来来，向榆你再说一遍，我把你这句话录下来给我妈妈听，保不齐人家一激动就要来认你当干女儿，然后不要我这个儿子了。”

“哈哈哈哈哈哈！”

……

两人在门口嬉闹了一会儿，两个班来参加活动的人就陆陆续续来了。没等一会儿，两个老师也掐着点一起赶到。

宋怀时见状说：“老江你这不行啊，怎么能比学生到得还晚？”

老江指了指旁边的程定：“还不是三班的程老师，跟着导航也能开错路，简直蠢到家了。”

一旁的学生被逗笑了。

程定自觉被人在学生面前这么揭短没面子，回撑了一句就带着自己的学生往保安处走去，生怕下一秒会忍不住在学生面前吵起来。

又跟院长寒暄几句后，一行人就进到里面。

有几个老师出来迎接，各自分好组后就带着人往教室走去。

向榆跟班上一个女生被老师指定凑了一组，两人跟着福利院老师走进教室。

一进教室，班上的小孩儿陆陆续续看了过来。

老师走到讲台上温和地说道：“小朋友们，今天老师为大家带来两个小老师，今天一天她们都会陪着你们生活，大家要跟小老师好好相处哦。”

“好！”

福利院的老师没讲太多，后面就让向榆跟那个女生一人在一大组坐下。

老师简单教了向榆怎么跟小朋友相处，然后拿着画纸演示了一遍，就到另一边去教那个女生了。

等老师走后，向榆抬头看了眼桌前的小朋友。

他们大多安安静静地趴着画画或是看书，很少吵闹也很少讲话，俨然一副听话的模样。

向榆一时不知道自己该干什么，就坐在位子上看他们。

突然，一个小女孩捧着画纸小心翼翼地走到向榆身边，用小手轻轻地戳了下她的胳膊。

“嗯？”向榆侧头看过去，脸上扬着笑，“怎么啦？”

小女孩怯怯地看了她一眼，小声问：“姐姐能教我画画吗？”

“可以啊。”

或许是因为刚开始的生疏感，小女孩的动作都很小，不吵也不闹，就由着向榆抓着她的小手画画。

大概是有了第一个人打头阵，很快就有好几个小孩儿围了过来。

向榆一开始还有点手足无措，好在老师很快赶来救场，她也慢慢适应下来。

中午吃饭，是由几个同学一起过来帮忙打饭的。

向榆原本还担心小朋友们会打闹，万一磕着碰着这些饭菜，保不准他们会被烫伤。

但随后向榆就发现这想法简直是多余的。

小朋友们乖得不行，因为年纪小打不了饭，就一个个乖乖地坐在位置上等着，拿到饭后也规规矩矩地拿着勺子吃着，嘴里也不说闲话。

“这里的小孩儿真的很乖。”

中午吃饭时，向榆身旁的同学咂舌点评道：“我印象里的熊孩子跟他们完全相反。”

程定说：“这里的孩子只能选择比别人懂事得更早。”

这一句话突然让向榆心里很不是滋味。

人与人之间就是不平等的。

失神之际，向榆听到旁边的宋怀时喊了她一声。

她回过神，抬眸不解地看向他。

宋怀时失笑：“你怎么总是在发呆？”

一听这话，向榆倒是有些不好意思。她抓了抓脸，笑道：“哦，对，你们班怎么样？”

宋怀时说：“我在的班上孩子年纪都比较大了，也不需要我操心什么，就帮着辅导了功课。”

他问：“你们那边孩子年纪最小，带起来累不累？”

向榆笑着摇头：“不会，跟他们说的一样，都很乖。”

“那就行。”

跟这群小朋友待了一上午也算是熟络起来，几个小孩儿围着向榆一口一个“小榆姐姐”，倒是喊得她心花怒放，甚至有了以后当幼师的想法。

她正跟一群孩子坐在积木区搭积木，突然听到教室里传来一声尖叫，然后小孩儿的哭声随之而来。

向榆放下积木赶紧跑了过去：“怎么了？”

“他尿了我一身。”

于月敏气得直抖身上的衣服。

向榆一愣，随后看了眼旁边的男孩。

男孩大概也意识到自己错了，小脸揪着，站在旁边一句话也不敢说。

向榆赶紧让小朋友去拿纸巾，然后打圆场：“别急别急，我们去找老师问问有没有多余的衣服。来来，用纸巾擦一擦。”

于月敏拿到纸巾后就直往自己身上擦，语气不耐烦道：“我真被恶心死了，怎么会有这种小孩儿。”

话一出口，向榆赶紧扯了扯她的袖子。

大概是听到这边的动静，刚刚吃完饭的老师赶忙跑了过来。

“怎么了？”

向榆跟老师解释了下情况，老师就带着于月敏先去换衣服，让向榆帮忙带小男孩去换一下裤子。

老师一走，教室里顿时变得安静下来，所有小朋友或站或坐，一双双眼睛都盯着向榆看。

向榆赶紧道："没事啦，大家做自己的事情吧。"

她走到刚刚那个小男孩面前，小男孩红着眼不说话，怯怯地看了她一眼后又快速低下头。

她蹲下身牵住小男孩的手走出去："没事的，姐姐带你去换衣服吧？"

2

"辛苦你了，姐姐。"

"没事儿。"

向榆替小男孩正了正衣襟，然后摸了下他的脑袋："好了，这下就没事啦。"

小男孩还是有些不适，只小声说了句"对不起"。

向榆也不知道该说什么，她也不是很擅长应付这些场面。

她牵着小男孩的手，语气柔柔地说："那我们一会儿回去跟那个姐姐道个歉吧？"

"嗯。"

向榆朝他笑了笑。

等两人回到教室没多久，于月敏也由老师带领着回来了。

老师招呼大家去室外玩，小孩儿立马排起队伍跟着老师走了出去。

向榆走到于月敏身边："没事了吧？"

于月敏脸色还是不太好看，但也没刚刚那么气恼，听向榆问，她也只是闷声闷气地"嗯"了一声。

这时，刚刚那个小男孩从队伍里溜出来，小跑到于月敏面前。

于月敏看见他还是有些不开心。

小男孩也没碰她，低着头小声说："对不起姐姐，我下次不敢了。"

于月敏一愣。

虽然知道小男孩会道歉，但向榆听到这句话时还是有点揪心。见于月敏愣在那儿，向榆赶紧碰了碰她的胳膊，示意她给点反应。

经人一撞，于月敏总算是反应过来。

面对小男孩突如其来的道歉，她倒是也不知道该说什么了。

她眼睛四处看了看，语气别扭道：“没事，下次你想上厕所跟我们说一下就行了。”

小男孩一下松了口气，脸上不安的神色也慢慢褪去。

向榆拉起他的手：“走吧，我们出去玩吧。”

“嗯！”

志愿者活动也不止一天，不过后面几个星期就全部是学生自愿参加了。

向榆第二周来时，参加的人数明显比第一次少了几个，不过宋怀时还在。

周五放学前宋怀时还到他们班里找过向榆，问她这周还去不去。

向榆跟小朋友们相处得挺好，而且上周刚考完试，她的成绩不错，向母对她的管束也挺宽松，她闲着没事就想再去一周。

听到她说去，宋怀时也笑了起来，说自己也会再去一次。

两人在门口聊了几句就各自回班了。

向榆回班上时，还遭到陆佳穗好一顿调侃。

第二周于月敏不在，向榆那组缺一个人，程定就把宋怀时喊过去跟她一组了。

这泼天好事当头砸到向榆身上时，她还蒙了一瞬。

这也太多好事了吧？

也不知道是因为跟宋怀时一组还是什么原因，向榆总觉得今天这一天特别满足。

宋怀时对小孩真的很有耐心，脸上挂着的笑容就没有消失过。

再加之他长得好看，这一特征就吸引了不少小女孩围着他转。

课外活动的时候，小朋友提出要玩老鹰抓小鸡，让宋怀时当老鹰，向榆当母鸡保护他们。

两人自然没拒绝。

于是就开始了一系列的追逐。

一群孩子，一个接一个抓着向榆的衣摆躲闪着宋怀时，向榆双手扑腾，也拼尽全力保护着“鸡崽们”。

但向榆还是玩不过宋怀时，嗓子都喊劈了，也不见宋怀时手下留情。

眼见又一只“小鸡崽”被宋怀时抓走，向榆终是忍不住说：“你这样让我很没有游戏体验感。”

宋怀时笑了两声，也不答。

谈和失败，宋怀时又开始抓“鸡崽”。

没一会儿，又有两只被抓走，现在向榆的身后只剩下三只“鸡崽”了。

宋怀时看向榆败得惨不忍睹，出言调侃：“你这‘妈妈’不太称职啊。”

向榆一噎，竟无力反驳。

这时，她身后的一只“小鸡崽”突然探出头，奶声奶气喊了一声：“我们求和。”

宋怀时笑了下：“不能这样的哦。”

“小鸡崽”见状，苦思冥想了下，突然睁大眼睛举起手，像是想到什么好主意了。

向榆也低头看了一眼。

“小鸡崽”提议：“那我们……那我们认你做爸爸，做了爸爸以后你就不能抓我们了。”

还有这操作？

“妈妈妈妈，你就和老鹰爸爸结婚吧！那以后我们就是一家人了。”

童言无忌。

志愿者活动结束后，两人一起回家，秋风萧瑟，一点点秋风带起街边的落叶，街边尽是一片荒凉。

街角有一个年过半百的老爷爷在那儿卖烤红薯，红薯味随着风飘过来，惹得向榆肚子不争气地叫了叫。

她舔了舔唇，说实话，她挺馋的。

但一想到吃完一整个红薯就吃不下晚饭，她又开始犹豫。

似乎是看透了她眼底的挣扎，宋怀时低笑了下：“要吃红薯吗？”

向榆犹豫了几秒还是摇了摇头：“还是算了，吃完就吃不下晚饭了。”

宋怀时没应，径直走到摊前买了个红薯，又要了两个袋子。

他掰开红薯，小心翼翼地将一半递给向榆：“吃一半垫垫肚子就行。”

向榆见状接过道谢，慢吞吞地撕下红薯皮，然后咬了一口红薯，软糯糯的红薯在嘴里化开，很快香味就侵蚀了她的味蕾。

两人沿着街边慢悠悠地走着，也没提要到哪儿，就像是在闲逛。

宋怀时三两口吃完红薯：“不是很甜，但这味道挺好的。”

向榆笑了下：“这个甜味刚刚好。”

宋怀时问：“你去哪儿坐车？”

“先不回家，”向榆说，“我得去辅导班接我妹放学。”

话音刚落，两人正好走到街道的岔路口。

向榆知道宋怀时家的大致位置，他如果要回家的话，走的路跟她去辅导班的路正好是反方向。

她倒没觉得宋怀时会跟她一起去辅导班，便下意识准备跟他道别。

“那就明天——”

她的身子突然被掉了个方向。

宋怀时收回刚刚握着她肩膀的手，径直往与回家相反的路走去。

向榆有些蒙。

她站在原地，犹豫片刻才小跑着跟上宋怀时，在他身边小声询问：“你不回家吗？”

“我妈晚点才回家，先送你去辅导班那儿。”

要搁之前，向榆是怎么也想不到她还能有机会和宋怀时一起坐在阶梯上吃烤红薯。

走到辅导班时，妹妹还没放学，两人又在这儿等了一会儿。她手中的红薯已经冷了，但她倒没想着扔了，依旧小口小口地咬着。

不知不觉当中，她与宋怀时之间的那股疏离感似乎在慢慢消失。

宋怀时发完信息后，见向榆依旧抱着那半个红薯在那儿啃，忍俊不禁：“你怎么吃这么慢？”

听到他的声音，向榆不好意思地笑了笑。

“红薯都冷了你还吃？”

向榆这才反应过来，手中的红薯因为冷了，慢慢变硬了，但想着浪费粮食不太好，她还是把最后几口吃了下去。

向榆把残渣用塑料袋装好放在旁边，侧头去看宋怀时时，发现他正盯着不远处发呆。

这处不知道为什么没有人来往，周围也只有他们两人在，倒是给他们创造了安静独处的氛围。

向榆看了眼手机，离妹妹放学还有十几分钟。

晚秋的风吹来还是有些凉，她看了眼宋怀时，他只穿了单薄的卫衣。

她忽然觉得有些过意不去，让人家陪着自己在冷风里挨冻的确不是什么好的做法，她忍不住开口：“要不你先回去吧。”

“嗯？”宋怀时回过头看她，“怎么了？”

向榆把自己的顾虑说了出来。

宋怀时说：“你一个女孩子都不怕冻，我怕什么？而且对我来说不算是很冷。”

向榆没再说话。

她与宋怀时之间的关系很怪异，说熟悉也不算多熟，说不熟但平时的举动两人又好像认识了很久。

眼瞧着气氛又要冷了，宋怀时突然道：“我们好像很少这样单独坐在一起聊天。”

向榆补充：“几乎没有。”

“但我觉得还挺好。”和你单独相处。

这话宋怀时说得没头没尾，向榆也不敢往深处猜。

又一阵冷风袭来，向榆下意识地侧身替宋怀时挡了挡。

这一举动也落入宋怀时的眼里。

他站起身让向榆坐在背风的地方，自己则坐到向榆的斜方替她挡风。

两人一个坐在上一级阶梯一个坐在下一级阶梯，距离隔得不远，这个位置刚刚好。

向榆刚想说些什么，张了一半的嘴就被宋怀时先一步打断——

“哪有让女孩子挡风的道理？”

3

不知道是向榆的心理作用还是这么做真的能挡风，她只觉得吹到自己身上的风全都消失了。

刚刚还有些冷，现在浑身上下只剩下燥热，心跳得飞快。

向榆低着头，轻轻地“嗯”了一声。

其实她和宋怀时的共同话题很少，两人坐在一起也很少聊得尽兴，但不知道怎么了，就算没有话题，她与宋怀时就这么坐着也不显得尴尬。

就这么坐了许久，向榆忽而想到什么，站了起来。

宋怀时见状问：“怎么了？时间到了吗？”

向榆摇头，扔下一句“稍等”就先一步跑开了。

宋怀时看着向榆渐隐的背影，眸色暗了暗。

从那次开会到现在的总总在他的脑海中过了一遍，向榆的脸不断飘过，时而扬着，时而羞红了低着头。

以及刚刚她下意识挡风的动作。

他的心底慢慢浮现出一点猜想。

向榆很快就回来了，回来时手里还拎着两杯奶茶。

她递了一杯给宋怀时："热的，小心烫。"

宋怀时接过后含笑道了声谢，他拿着奶茶喝了一口，滚热的奶茶从小小的吸管洞口涌入口中，他的舌尖被烫得一缩，呛得咳了两声，手中的奶茶瞬间被拿远。

向榆赶紧递上纸巾："被烫到了？"

她的语气有点急，脸上的神色有些焦急。

宋怀时拿纸巾掩着嘴，另一只手摆了摆，说："没想到会这么烫，不过没什么事。"

向榆松了口气："你小心点。"

"不过说真的，"宋怀时的眉眼染上笑意，"喝完真的暖和了一些。谢谢你啊，向榆。"

两人又坐着聊了一会儿，就看到不远处的小楼里渐渐拥出一些背着书包的小学生。

向榆抬手看了眼表，下课了。

宋怀时也看到了，先一步站了起来："是不是下课了？"

"嗯。"

刚走近小楼，向榆就看到向暮背着书包朝她跑来。

"姐姐！"

向榆笑着搂过小妹："难得今天准时下课了哎！"

她侧了侧身，让向暮站到宋怀时面前："这是姐姐的同学，你叫哥哥就好了。"

向暮乖得很，听向榆这么一说，立马就冲着宋怀时喊了声：“哥哥。”

向榆介绍：“这是我妹妹，叫向暮，暮光的暮。”

宋怀时笑着点头，朝向暮弯下腰：“你好呀，我叫宋怀时，是你姐姐的同学。”

走在街上，向榆顺嘴问了问向暮学习上的事情。

一问起学习上的事情，向暮的小嘴顿时合不上了，喋喋不休地说起今天课上的事情。语罢，向暮还说：“回家还要背古诗，姐姐你到时候记得来听我背。”

“好。”

又走了几步，向暮突然说要吃点糖炒栗子，向榆给了钱让她自己去买。

向暮拿到钱后就一蹦一跳地跑开了。

宋怀时见状，冲向榆弯了弯嘴角，语气调侃道：“你妹学习是不是挺厉害的？”

向榆点头：“的确厉害。她成绩一向很好，就连学校的老师都一直夸她有天赋又肯努力。”

宋怀时揶揄：“她以后可能比你要厉害很多。”

向榆佯装不服气：“我成绩也不差好吧？”

向榆的成绩在俞中虽不算翘楚，但毕竟在重点班，也不会差到哪儿去，年级前五十还是可以保持的。

但她也有了解过宋怀时，宋怀时是真的很牛，考试成绩次次名列前茅。

对于高考，向榆的目标是重本。

而宋怀时，她觉得不出意外他会是985或是211，因为她听陆佳穗说过，高二理科班的老师有意把宋怀时当后年的市理科高考状元培养。

“是是，也还不错，”宋怀时笑了两声，问，“你有想上的大学吗？”

向榆想了想，还是选择保守一点：“俞大挺好的，不过我还想试一试冲个更好的大学，出去走走。”

俞大也算个重本，要考也挺有难度的。

宋怀时听后突然没了声音。

向榆有些狐疑，他这是啥反应？

她脑子飞快地转了转，想想自己刚刚有没有说错话。

这时，宋怀时突然出声：“要不试一试江大？”

江大全名江海大学，坐落于江海市，重本大学，211。

这类学校对向榆来说还挺有难度的。

她好奇：“江大？为什么啊？”

对上她的目光，宋怀时第一时间紧抿着唇没说话。

就这么僵持了几秒，宋怀时移开视线：“没什么，就觉得江大挺好的，你可以试着冲一冲。”

“但对我来说还挺有难度的。”向榆笑了笑，反问，“你想过报考哪所学校了吗？”

宋怀时忽然不自在地抓了抓脸：“呃……还没有，不过应该选在周边省市的大学吧！”

不等向榆开口，宋怀时又说：“不过，我优先考虑江大。”

话音一落，向榆的心跟着猛跳了几下。

她看着宋怀时的眉眼慢慢染上笑意，嘴角又勾起那熟悉的弧度，察觉到他即将看过来的动作，她先一步移开视线，装作不在意般地问：“你很喜欢江大？”

宋怀时：“这个啊，其实还行吧。”

“哦，这样啊，”向榆，“按照你现在的成绩，我还以为你会往985冲一冲。”

宋怀时笑：“985哪有你们说的那么好上。”

向榆调侃道：“老师不都把你当高考预备状元培养了吗？”

宋怀时笑着抓了抓头发，“都是些玩笑话，你还拿来调侃我。”

向榆笑了笑没说话。

这个“高考预备状元”不是空穴来风，的确是因为宋怀时真的很牛。

从向榆注意到宋怀时后，她就四处打听宋怀时这个人，很早之前他就经常参加一些竞赛，拿奖拿到手软。高二分科后，他的理科成绩更是一路起飞，除却语文和英语略弱一些，生物和物理那些科目，周考月考拿满分也是常有的事，在理科班排在前五。

高一时候的向榆一心扑在学习上，只关注自己的排名也不去看年级榜，俨然一副两耳不闻窗外事的模样。

高二分班后因跟陆佳穗成了同桌，再加上有高一在一个班的铺垫，两人迅速玩到一起。因为陆佳穗，她的性子也活泼了不少。

第一次听到宋怀时的名字还是从陆佳穗口中，不过因为陆佳穗对宋怀时“长得一般”“狂妄自大”等抹黑评价，让向榆对这个人一点兴趣都没有。

不过她依稀记得之前陆佳穗提过宋怀时的成绩很好，但她以为只是跟她差不多的层次，也就没多在意。

等真正认识到宋怀时后再去了解，才发现他是真的牛。

长得帅，成绩好，性子温柔，家世也好。

可不就是天之骄子吗？

街边的楼房矮小，从这儿看去倒是可以看见泛着金光的地平线。

四周的建筑略微有些沾染上夕阳昏黄的光芒，枯萎的落叶，半阳半阴的房屋，从这个角度看上去就像是一幅画。

向榆拿出手机从这个角度拍了一张照片，按下拍摄键，画面定格在这一瞬间。

宋怀时站在旁边，一手插在裤兜里。

他目光灼灼地盯着向榆，眼底似乎翻涌出别样的情绪。

见向榆收起手机准备回过身，他眼底的翻涌情绪慢慢平静下来，眼睛看上去就像是一汪平静的湖水。

“向榆。”

似乎是做了什么决定，他出声喊了句。

向榆闻声回过头，眼眸里透着不解。

宋怀时笑：“如果在同一所大学，我们倒是可以互相照应。”

他嘴角弯着笑，脑袋微微朝一边歪着。

余晖照在他的脸上，头发的颜色因光倒是看不清是棕色还是黑色。

他玉树临风，眉眼柔和。

这让向榆想到一个句子——

“皎如玉树临风前。”

向榆看着他没说话。

宋怀时说：“或许可以试试。”

试试往更高的地方走。

试试去更好的大学。

试试大学也能在同一所。

那天，向榆好像与宋怀时立了一个无形的约定。

虽然没有明说，但彼此的心灵似乎一下就通了。

他们要一起上江大。

Chapter 05 · 电影

冰与火的相撞

N I S H I X I N L E

1

深夜一点，书桌前的那盏台灯是房间里唯一的光源。

昏黄的灯光照在桌面的试卷上，使试卷也泛着黄。

“啪嗒！”

向榆搁下笔，直起身稍微舒展了下。

“嘎吱——”

“小榆？还没睡啊？”向母推开门走进来，“今天怎么学这么晚？”

向母的身上还带着凉意，外套也还没脱。这个点她也刚从店里回来。

向榆摸了摸脖颈：“我还不困，就想着多学一些，周考考好一点。”

“别太辛苦，早点洗洗睡吧。”向母又看向床上那块鼓起来的包，“暮暮今天的考试怎么样？”

“挺好的。”

向母欣慰地笑了笑：“你们姐妹俩就没让妈妈操心过。”

向榆莞尔。

瞧见母亲眉眼间的疲倦，以及眼角那细细的皱纹，向榆忍不住开口喊了声：“妈。”

“怎么了？”

“你也别太拼命工作了，”向榆说，“爸爸的工厂已经有起色了，你也不用这么辛苦了。”

“你还知道心疼你妈了？”向母嗔怪道，“你们管好自己的学习就行了，家里不需要你们操心，好好学习啊。”

虽是反驳，但向母的神色丝毫不见怪罪，反而挺高兴的。

向母又交代了几句，才起身准备回房睡觉。

向榆轻声说：“晚安，妈妈。”

向母笑了笑：“小榆晚安。”

母亲走后，向榆身子转回书桌前，视线落在密密麻麻的试卷上。

她想起了傍晚的时候。

宋怀时的那句“试试江大吧”，的确在她心里荡起了涟漪。

如果能与宋怀时上同一所大学，那自己也能看着宋怀时从潇洒肆意的少年变成温润儒雅的男人。

那就……

试试吧。

她悄悄地在笔记本上写下一句话——

目标大学，江大。

周日返校，连着四节晚自习考周考。

最后一门考试的结束铃打响，教室里响起桌椅拉动的声音，同学蜂拥上讲台交卷，然后背着书包跑出教室。

陆佳穗合上笔盖，站起身：“小榆你写好了没？”

向榆落下最后一笔：“好了。”

“那我们快点儿吧，赶紧回寝室，我今天好困啊。”

“好。”

交完卷，班长突然走过来拍了拍向榆的肩膀："向榆，程老让你去一趟办公室。"

不等向榆有什么反应，陆佳穗在一旁"啊"了一声："现在？"

班长应了声，送达消息后走开了。

陆佳穗抱怨："他怎么早不找晚不找，偏偏回寝室的时候要把你留下来，真是烦人。"

向榆笑了下，柔声安抚："算了算了，你们先回去吧。"

"那怎么行？我们走了你不就一个人了吗？"

向榆说："我这边不知道要弄多久，可能熄灯了我都还没回来，你们先回去洗洗睡吧。"

陆佳穗有些动容，的确不知道要等多久，但她也不能让向榆一个人回教室。

姜韵背着包走过来问："怎么了？"

向榆解释了几句。

"我们还是先去程老办公室好了，到那儿看看大概需要多长时间，还有没有其他人。"

"那行。"

刚到办公室门口，三人就注意到门口站着的宋怀时。

他正低头拿着手机回信息，听到动静，一抬头就和她们对上视线。

宋怀时把手机收回口袋，跟她们打了个招呼："好巧啊。"

陆佳穗问："你怎么在这儿？"

"程老师找我有事。"

"这么巧啊，他也找小榆，"陆佳穗看了眼办公室，"你怎么不进去？"

宋怀时抬了抬下巴："里头有人，我在门口等等。"

他看了眼向榆，说："找我俩的话大概是周六义工的那件事，也不知道要讲多久。"

这么一听，陆佳穗的眼珠转了转。

她转头和姜韵一对视，当下两人就做出决定。

陆佳穗耸了耸肩膀："你们这得弄到什么时候啊，我要困死了。"

向榆闻言立马道："佳穗你们先回去吧，这儿可能真的要弄很久。"

陆佳穗佯装犹豫，最后还是勉为其难地应了下来。

她转头冲宋怀时说："那宋怀时你们一会儿结伴回来，向榆胆子小，不敢一个人走夜路。"

向榆一头雾水，自己什么时候胆子小不敢走夜路了？

向榆斜眼一看，就见姜韵正冲她疯狂使眼色，那双眼睛都快眨抽筋了。

向榆一下了然，她的朋友们还真是用心良苦。

宋怀时爽快地应了下来。

他笑着调侃了句："你赶紧回去洗洗睡吧，大小姐。"

陆佳穗忙着给他俩制造单独相处的机会，没工夫理会宋怀时，拉着姜韵就"噔噔噔"跑下楼。

宋怀时收回视线，回头冲向榆笑了笑："这就是狐朋狗友，说起睡觉跑得比谁都快。"

向榆抿着唇笑，没说话。

忽然觉得宋怀时好可怜，就这么落入陆佳穗的圈套，成为她今天晚上的"护花使者"。

两人在门口聊了一会儿才走进办公室。

跟宋怀时的猜想差不多，程定找他们就是说福利院志愿者的事情。

程定先是表扬了二人一通，说是福利院院长打电话来特意感谢了宋怀时跟向榆两人，说两人表现得很好，热情而且积极。

程定慢条斯理地喝了口茶，然后从抽屉里掏出两个盒子："这是学校颁发的奖励。"

两人接过后打开一看，是一张电影票。

一看电影名字，《哈利·波特与死亡圣器（上）》。

不然怎么说俞中人性化呢？

挑的电影都是符合学生口味的。

“这次的活动是结束了，不过做公益这件事没有时间限制，平时要是想去都可以去帮忙。

“当然了，学校也希望你们现在把重心放在学习上。特别是重点班的学生，期中考试对你们来说更是重中之重。去福利院当志愿者这件事可以等你们以后有闲暇时间的时候再去做。你们现在的首要任务是准备高考。

“这次的期中考试还是很重要的，如果想要往竞赛保送这一条路走的话，还是要争取考好一些，之后的竞赛班老师也会对你们多些关注不是？”

……

走出办公室的时候，外面已经静悄悄的了。

整个学校还在上晚自习的也就只有高三，而高三又是单独一栋楼，离他们的教学楼还有些距离。

宋怀时活动了下肩膀：“回去吧。”

向榆见状弯了弯嘴角：“嗯，好。”

两人并肩走下楼梯，向榆突然问：“对了，那个电影，你有约吗？”

宋怀时一愣，摇摇头：“没啊，怎么了？”

“首映的票都比较难买，也不知道能约到谁。与其自己一个人去看……”

向榆的声音很轻，但咬字清晰，让人能听得清清楚楚——

“不如咱俩结个伴，一起去吧？”

2

夜晚，窗外的月光透过窗纱照在瓷砖地面上。

向榆翻了个身，眼睛慢慢睁开，长叹一口气。

眼睛已经慢慢适应黑夜，模糊之间也能看清寝室里的摆设。

已经快两个小时了，一想到晚上的事情，她的心还是忍不住躁动。

“不如咱俩结个伴，一起去吧？”

向榆揣怀着不安的心还是说出了这句话，眼眸低垂着去看脚下的地面，也不敢抬头去看宋怀时此时是什么样的神情。

最后，她似乎听到他发出一声轻笑，语调上扬。

“好啊，那咱们一起去看好了。”

……

向榆慢慢从床上坐了起来，脑海里乱成一团。

她把手伸进枕头下方摸索，慢吞吞地从里面掏出一本笔记本，然后摸着黑坐到书桌前拿起笔在本子上轻轻写着。

一字一句，似下定了决心——

约宋怀时去看电影了。

最后写下日期。

合上笔记本，向榆情不自禁地松了口气。

她咬着唇盯着手中的笔记本，脑海里有千万种言语飘过，最后也只得出一句话。

那就按照自己的想法去做吧。

旁边床上的同学翻身的动作惊到了向榆。

她赶忙收好笔记本，然后蹑手蹑脚地爬回床上，刚刚还燥热的心似乎也被笔记本上的那句话抚平。

渐渐地，她呼吸平缓，一夜无梦。

期中考试的重要性不难从学生的反应程度上来看。

饶是像陆佳穗这种平时常爱抱怨学习压力大、不想学习的学生，在期中考试前两个星期都会收心，安安心心地准备考试。

毕竟是重点班，学校最爱关注的班级。

因此这两周的体育课都变成主课老师的加课时间，合理分工，目标明确。

高一到高三，压力一年比一年大。

高一的时候还没怎么见识过，到高二向榆才是切身体会到俞中的压力。

俞中是重点学校，普通班的学生压力都大得不行，更别说是重点班了。稍有放松，你的同学就会超过你。

在这种强烈的压力下，向榆更是一刻都不敢停歇。

她从前就努力，现在更是。

自习课的教室里鸦雀无声，周围的同学都在埋头写试卷。

一连学了两个星期，陆佳穗那好动的心早就掩盖不住了。她眼睛往四周转了转，还是没忍住跟向榆吐槽起来："来俞中一年多，今天才是真的切身体会到俞中的压力。"

向榆手没停，但还是笑了笑。

这次考试之所以重要，是因为这是为未来高考开始准备的开端，从期中过后的每一场大考，学习氛围只会一场比一场浓厚。

写了许久向榆才放下笔，一抬眼就感觉一阵眩晕。

她按着太阳穴，一手撑在桌上缓了一会儿，身体的不适感才慢慢好了一些。

向榆想着大概是今天学习力度太大，光是盯着那密密麻麻的字就盯了一天也没歇息。

这么想着，她索性就趁着缓解不适的时间出教室缓口气。

她拿起杯子站起身，陆佳穗被她的动作吸引注意力，停笔侧头看了眼："怎么了？"

向榆摇了摇水杯："我出去接杯水，你要吗？"

陆佳穗把自己的水杯递上去，笑嘻嘻地冲向榆努了努嘴：“谢谢宝贝。”

向榆笑了笑，转身从教室后门走了出去。

热水哗哗流下，随着杯子里的水位越来越高，向榆盯着杯子里的水渐渐失了神。

她的眼底一片空洞，脑子空白，也不知道在想什么。

突然，一只手从她的身后伸过来，然后把饮水机的水龙头给关了。

向榆一下回过神，一脸诧异地侧头。

就是这么一侧头，那人来不及后退，她便瞧见宋怀时那张近在咫尺的脸庞。

他脸上细小的绒毛都清楚地落在向榆眼里，一张脸干净到没有瑕疵，甚至连青春期的痘痘都没有。

宋怀时往后退了一步，不等向榆开口就先一步笑话道：“接个水也能失神？”

向榆原本想问的话硬生生地卡在喉咙，她不好意思地笑了笑：“没注意。”

宋怀时注意到她眼底的黑眼圈以及脸上的倦意，眉头皱了皱，似乎有些担忧：“你脸色怎么这么差？是因为期中考吗？”

“嗯，”向榆揉了揉眼，“压力有点大，没睡好。”

“你别给自己太大的压力，按照自己的学习节奏就好。”

向榆笑着应了声，转头看向宋怀时的脸。反观他，怎么一副精气神很好的模样？

她忍不住问：“你怎么好像一点都不累？”

不是向榆找话题，是她真的想问，这几天她在俞中见到的学生哪个不是无精打采的？

宋怀时笑：“我有自己的节奏，你也按照自己的节奏走会轻松一些，说不准效率也会更高。”

向榆点点头，问宋怀时怎么会在这儿。

话音刚落，宋怀时就把手中的餐盒递给她：“给你们送美味佳肴。”

向榆拎着水杯的带子，有些困难地接过后笑了下：“又是你妈做的？”

“嗯。”宋怀时顺手把她手中的杯子拿了过来。

向榆知道他的意思，也就没拒绝。

两人并肩往教室的方向走去，等到楼梯间就准备各自分开。

宋怀时走之前还是叮嘱了一句：“你别太累了，心神不定容易在考试时发挥失常。”

向榆笑着摆摆手：“知道啦，回见。”

“回见。”

两人就此分开。

向榆坐回位置后，便把陆佳穗的水杯放在她的桌角，又顺手把餐盒放在两人桌子的中间。

陆佳穗此时也停下笔，拿起水杯就往嘴里灌水。

她眼睛一斜，一眼便注意到了餐盒，就问：“这是什么啊？”

向榆解释：“宋怀时送来的，说是他妈妈做的点心。”

陆佳穗闻言挑了挑眉：“哟？单独送给你的？”

向榆脸一红，嘴里嗔怪道：“你乱说什么，是给我们的，我、们。”

但向榆的解释对陆佳穗似乎没什么用，她还是一种“我懂我懂”的眼神，嘴里说着：“知道了知道了，是我、们。”

虽是这么说着，但丝毫不见她相信的神情。

向榆懒得解释了，就这样算了。

期中考试前一天，各班的考试座位表发下来了。

俞中是按成绩排名排座位，向榆上一次月考发挥超常考了个年级三十四名，所以坐在第一考场。

陆佳穗和姜韵也就在往后推的几个考场。

考试前一天向榆她们在小卖部偶遇了宋怀时一行人。

趁着陆佳穗她们买东西的工夫，向榆顺嘴跟宋怀时聊了几句。

“你还是在你那边的第一考场吧？”

“嗯。”宋怀时弯着唇，“你呢？”

向榆忽而笑了，声音也比平时高了一点：“第一考场。”

虽然不在一起，但不知道为什么她还是很骄傲。

“宋怀时，请我喝饮料！”

陆佳穗的声音从人群中传了出来。

向榆跟宋怀时闻声找了过去。

他一手拿过陆佳穗手中的饮料，跟姜韵礼貌地笑了下，也跟着拿过她的。

宋怀时继而看向向榆：“挑一瓶。”

向榆难得想跟他开玩笑：“只能挑一瓶吗？”

宋怀时笑着说：“几瓶都行。”

等到走出小卖部后，几人又看到了徐宣林。

向榆平时在学校也经常能跟徐宣林遇见，不过因为徐宣林对她有意思这件事也不是什么秘密，所以向榆之前与他的关系也止步于点头之交，偶尔会聊几句。

但徐宣林也不知道为什么，跟着了魔似的喜欢她，哪怕她身上的疏离感已经表现得很明显了，他也丝毫不在意地凑了上来。

后来向榆实在是招架不住，而且看徐宣林虽然厚脸皮，但做事有分寸，向榆跟他也算是朋友了。

这一瞧见宋怀时请向榆喝饮料，他又嚷着问向榆还想吃什么，自己给她买。

向榆笑着拒绝，而后简单聊了几句就准备走了。

走之前宋怀时还是叫住向榆，冲她笑了下：“别给自己太大压力，好好考试。”

等宋怀时收回目光，一转眼就瞧见徐宣林正神色古怪地盯着自己看。

他好笑道：“你干什么？”

徐宣林皱着眉问：“你跟向榆，是不是有点不对劲啊？”

宋怀时笑了声：“什么不对劲？”

“反正我瞧着是怪怪的。”徐宣林似是不放心，忍不住叮嘱，“你可别打她主意。”

宋怀时：“瞎说什么呢你，追到人家了吗你就这么说。”

“我喜欢向榆又不是什么秘密。”徐宣林想了想还是放弃，“不过算了，如果你也喜欢，咱俩就公平竞争。”

宋怀时没说话。

徐宣林一见他这个反应就觉得不对劲，心下一咯噔：“你不会真喜欢吧？”

宋怀时盯着他还是没说话，不过这态度落在徐宣林眼里就是默认了。

“不是吧？”徐宣林大为震惊，“你搞什么！为什么不跟我说？”

宋怀时：“你没问我。”

徐宣林气得牙痒痒：“你不知道我为了她把那些女孩子都给遣散了。”

宋怀时乐了：“什么时候的事情？”

“我早就在寝室说过，你居然一点都不关注我！”

宋怀时瞬间闭嘴。

两人相视无言。

突然，徐宣林直接冲上前，搂着宋怀时的脖颈往下摁：“你藏得够深啊！我难得喜欢一个人，真是没想到还跟你撞了。”

徐宣林几乎是咬着牙说完这些话的。

宋怀时的确是被徐宣林的态度搞蒙了。

他之前一直以为徐宣林只是说着玩玩，毕竟徐宣林每次都说是真心的，却比渣男还花心，还真没想到这次居然是认真的。

不过要为了兄弟放弃，只有三个字——

不可能。

所以，宋怀时只能先暂时同情一下徐宣林，因为他最近好像发现了一件事……

勒了许久，徐宣林终于放开宋怀时。

他一脸正气地说："算了，念在兄弟一场，咱们从现在开始公平竞争。"

宋怀时没忍住，还是好声劝了句："算了吧？"

他怕徐宣林败了后萎靡不振。

3

在一片压力下，期中考来临了。

考试前半小时向榆一路摸到理科生的第一考场，在那儿找到了宋怀时。

宋怀时见她来还有些诧异。

向榆也没多说什么，就说自己上来找老师，顺带路过他们班，说完又给他递了瓶六个核桃。

宋怀时若有所思地点点头，接过六个核桃后笑了："什么意思啊？给我补脑？"

向榆的脸微微泛红，解释道："刚刚去程定办公室他给我的，我想着你是理科生，比我更需要补脑。"

她一脸正经："我祝你考一个好成绩。"

少女声音清脆，不扭捏不做作。

宋怀时笑了下："没问题，你也是。"

笔尖起起落落，在试卷上留下一片片黑墨。

最后一笔落下，向榆指尖的笔“啪嗒”一声放下。

她看了眼窗外，一连几天都是阴天，今天终于放晴了，太阳的出现倒是让晚秋的荒凉减少了几分。

铃声打响，试卷上交。

期中考一连两天，最后一门考完，向榆明显感觉到考场不少的人都松了口气。

“小榆。”

陆佳穗见向榆在走神，便喊了句。

向榆一下回过神，慢吞吞地“啊”了一声。

陆佳穗：“你发什么呆啊？”

“考完试松了心就神游了。”

陆佳穗点头，说：“我们要去小卖部买水，你去吗？”

向榆拒绝了。等陆佳穗走后，她溜到洗手间的隔间里，而后小心翼翼地从兜里掏出手机。

这是她偷偷带的手机，因为向榆无意间知道宋怀时在学校时手机也不离身。

大概是好学生的特权吧，他们班的班主任也是睁一只眼闭一只眼，只要不太明显就放他过了。

向榆慢吞吞地找到宋怀时的头像，先发了一个蠢萌蠢萌的表情包打了个招呼，然后拇指在键盘上开始打字：【考得怎么样？】

那边没有马上回，向榆便靠在隔板上等着。

“嗡嗡！”手机振动，随之屏幕也亮了起来。

【S：还不错。】

【S：你怎么也带手机了？】

向榆抿了抿唇，回复：【偷偷带的。】

【S：哦。】

向榆盯着这一个字，脑子里开始思考下一句话该回什么。

这时，宋怀时又发了一条信息：【来图书馆，请你喝奶茶。】

向榆眨了眨眼。

【S：来不？】

看到这条信息，她弯了弯嘴角，回了句“马上到”。

俞中的图书馆有三层，第一层是休息场所，所以开了一家奶茶店，里面的甜品蛋糕大都是老师或是拓展课的学生做的。平时的店员也都是老师和学生。

向榆很少来这儿，基本上都是绕过奶茶店直接上图书馆的二楼。

她刚进到店里，店内的暖气就迎面涌了上来。

店内装潢偏暗，窗帘一拉就只剩下暖色灯。

向榆一眼就瞧见了倚靠在吧台那儿玩手机的宋怀时。

少年身上穿着件黑色卫衣，校服外套搭在臂弯，一手弯曲放在吧台台面上，一手拿着手机把玩，时不时按两下。

宋怀时此时倒是增添了几分玩世不恭的韵味。

向榆一走过去，宋怀时就抬起了头，两人打了个招呼。

宋怀时笑：“喝点什么？”

向榆看了眼菜单，点了杯珍珠奶茶。

奶茶还没做好，两人找了处空位坐下。

向榆打趣道：“怎么突然请我喝奶茶？”

“嗯？”宋怀时扬了扬眉，嘴角微勾着，“这个啊？是回礼。”

“嗯？”向榆有点蒙。

什么回礼？

宋怀时身子后靠，一手耷拉在桌前，指尖“啪嗒啪嗒”地敲击着桌面。

他弯唇提醒：“六个核桃。”

哦！向榆一下想了起来，就顺着问：“怎么样？喝了有没有觉得思绪顺畅许多？”

宋怀时笑了两声：“可能吧。”

向榆笑着，又问了几句有关考试的问题，两人随口聊了一些话题。

向榆发现，宋怀时在聊天时喜欢把玩手指。

而且他低垂着眉眼听自己说话时，眼睫落下一片阴影，暖色的灯光照在他身上显得格外柔和。

气氛有些旖旎。

向榆收回视线，心不在焉地接了几句话，奶茶就做好了。

宋怀时拿过后递给向榆，出声道：“有点烫，小心些。”

“嗯。”

两人并肩走出奶茶店，外面一下就亮堂了。

宋怀时问：“考试怎么样？紧张吗？”

向榆答：“还行，这次没什么难度。”

“那就好，”宋怀时笑了笑，“考完是不是一身轻松？”

向榆“嗯”了声。

她心不在焉地盯着自己手中的奶茶，思绪还停留在刚刚的奶茶店里。

“向榆。”宋怀时突然喊了她一声。

向榆一下回神，眼睛迷茫地看着他。

宋怀时歪着脑袋朝她笑了下：“接下来可以好好休息，放松自己，去看一场电影吧。”

衣柜敞开，里头的衣服已经变得杂乱。

而一旁的床也没有幸免，床上扔满了各式各样的衣服。

向榆一脸苦恼地坐在地板上叹气。

她以前怎么没发现自己的衣服这么少啊？而且少就算了，居然每一件都这么朴素！

听着她源源不断的叹息声，向暮终于忍不住从书桌前转过头，语气中满是无奈："姐姐，你在干什么？"

她瞧着床上乱糟糟的衣服，说："你翻这么多衣服出来干什么？"

向榆无力解释更多，只说："我明天有个约会，正在挑选衣服。"

向暮年龄不大，但不妨碍小学生好奇："跟你同学吗？"

"嗯。"

"你之前都没这么注重打扮，随便穿就行了！"

"不行！"向榆直接拒绝，"怎么能随便穿？出门当然得打扮打扮。"

向暮腹诽：也不知道之前随便套件衣服就出门的人是谁。

最后面对满衣柜也没有一件合适衣服的情况，向榆毅然决定去母亲的服装店里看看新的。

向母对自己这万年对穿搭没什么兴趣的女儿突然来挑衣服还有些意外。

向榆在母亲的建议下挑了件米色的线衣。

隔天出门的时候，她就穿了那件线衣，外面搭了件马甲，下身穿着短裙和裤袜，脚上踩了双棕色的马丁靴。

大概是有个开服装店的母亲，向榆的这身穿搭在当时也算是潮流，搭配起来温柔中带着一丝活泼。

她家离电影院不算近，就坐了公交车过去。

刚到电影院时，她就看到了等在门口的宋怀时。

宋怀时跟那个年代喜欢穿紧身牛仔裤的男生不同，他喜欢穿宽松的运动裤。

今天亦是，巧的是，他上身也穿了件黑色线衣。

向榆走过去打了声招呼。

宋怀时抬眸看了她一眼，嘴角慢慢浮现笑意。

向榆被他一看，脸就有些红。

她不自在地抬手捏了捏耳朵：“怎么了？”

“没有，”宋怀时笑，“就是觉得你今天很好看。”

的确是，与在学校时不同，今天的向榆一看就是精心打扮过的。

她比平时穿着死气沉沉的校服多了些活泼。

也好看了许多。

4

电影首映还是有不少人，小小的电影院都要被挤爆了，光是周围俞中的熟面孔就有不少。

宋怀时在前面引路，向榆在后面跟着。

周围人实在多，推推搡搡地挤着走。

向榆一下没注意脚边，小腿就被人绊了下，恰逢这时身后的人推挤过来，她一个没注意，身子就向前扑去。

向榆心下一咯噔，下意识地闭上眼。

下一秒，有人拽住她的手腕，随后她的脸撞在一人身上，发出“砰”的一声。

她清晰地感觉到自己的脸庞与另一人的皮肤贴合。

“没事吧？”

向榆抬头对上宋怀时满是关切的眼神。

她略略低眸，自己的手腕还被他抓着。

他的手指很白，像是病态的那种白。

突然，一抹冰凉的触感贴上她的鼻尖。

向榆蓦地抬头。

宋怀时的食指与中指指背正贴着她的鼻尖。

他的手指泛着凉意，让人冷得一哆嗦。

宋怀时收回放在她鼻尖的手：“有没有撞疼？”

向榆抬手摸了摸鼻尖，不好意思地笑了笑："没有，没有。"

他没有收回那只握着她手腕的手，淡然转过身，微微一用力，向榆顺着力就往他那边走了几步。

"跟着我走。"

宋怀时没回头。

向榆小步跟在他的身后，周围一片嘈杂。

她悄悄掀开眼皮往上看了看，宋怀时那宽挺的背就在她前面。

极致的安全感。

费了九牛二虎之力，向榆跟宋怀时总算是进到了放映厅。

等走到第九排时她才发现，那一排都是俞中的学生。往前一看，不止这一排，差不多整个厅都是俞中的学生。

因为大家都换了私服，打扮得花枝招展，她愣是没第一时间认出来。

这些应该都是参加志愿者活动的同学。

有几个是隔壁班的同学，他们也认出了向榆，便笑着跟她打了个招呼。

向榆跟宋怀时的位置隔了几个，并不是坐在一起的，等她一落座，左侧扎着辫子的女生就笑嘻嘻地凑了过来。

"刚刚跟你一起过来的那个男生，是你男朋友吗？我好像在学校看到过。"

向榆摇头："不是男朋友，是朋友。他是理科班那边的。"

女生笑着逗趣："你和他挺配的，两人站在一起倒是赏心悦目。"

"哎呀，你别打趣我啦！"

话是这么说，但向榆那翘起的嘴角倒是怎么也耷拉不下去。

电影开始，向榆揉了揉眼，把视线放在银幕上。

但她右边的人也不安分，站起来从右边走出去又走了回来。

向榆没在意，专心致志地看着大银幕。

直到身边的人发出一声轻笑。

向榆一愣，这声音很熟悉。

她一下回过头，眼睛一抬就对上了宋怀时那双含着笑意的眼睛。

宋怀时笑："傻了？"

向榆："你怎么在这儿？"

"我换了个位置，"宋怀时说，"前面没认识的人，坐后面来跟你聊聊天。"

闻言，向榆小声嘀咕："谁来电影院是来聊天的？"

宋怀时笑着不说话。

他微微凑过身，在她耳畔轻声说了几句话。

向榆一下红了脸。

宋怀时见状笑了起来，身子懒懒散散地靠回椅子。他脸上挂着笑，像是一个做坏事得逞的坏小子。

见向榆都红着脸不说话了，宋怀时才总算是敛了敛笑容，目光落回在大银幕上。

也不知道是不是宋怀时在身边的原因，向榆怎么也看不进电影。

左边扎着辫子的女生已经跟她同学聊起天来，声音不大，但向榆的思绪却飞了老远。

许久，她慢吞吞地收回视线，悄悄斜眼想看一眼宋怀时。

想象中视线的碰撞并没有发生，宋怀时一手撑着脸颊，一手搭在扶手上，眼睛紧闭，脸上也收起了往常的笑容。

他睡着了。

向榆就这么肆无忌惮地盯着他看，举动越发大胆，大概是想着宋怀时睡着了，脑子里的"混虫"也冒了出来。

她盯着宋怀时的手，脑海里浮现了一个不正经的想法。

她坐在椅子上挣扎了许久，大概是脑子里的"混虫"打败了理智，她悠悠地伸出手。

电影院环境昏暗，大家戴着 3D 眼镜更是难看清周围。

她的手离他的手越来越近。

理智被冲刷，她的手心碰上宋怀时的手背。

他的手背冰凉，与她的手正好相反，两手相碰就像是冰与火的相触。

向榆的心怦怦跳，嘴唇紧抿，感觉自己额间似乎有冷汗流下。

只停了几秒，她便迅速缩回手。

身子靠回椅背，向榆怀揣着不安的心向四周看了看，像是一个做了坏事的小孩。

见周围的人都在认真看电影，她才放下心来。

她的嘴角慢慢弯了起来，眉眼间浮上笑意。

她抓到了。

电影结束，片尾曲响起，电影院也随之亮堂起来。

宋怀时这才慢吞吞地掀开眼皮，身子动了动。

向榆刚跟旁边的辫子女生道完别，就看到宋怀时也起来了。

宋怀时看了眼四周："我睡着了啊？"

向榆对于自己刚刚的行为还有一点点心虚，神色不自然地"嗯"了一声。

宋怀时没注意到，只笑着解释自己是因为昨天晚上做试卷做太晚了没睡好，所以今天才睡着了。

两人并肩走出电影院，因为人流拥挤，向榆略略落后宋怀时几步。

她垂着眼看了看宋怀时垂在一侧的手，红晕又慢慢地浮现在脸颊上。

她做了一件"坏事"。

她在宋怀时不知道的情况下，悄悄地和宋怀时牵了个手。

悄无声息，一个秘密。

秋风吹过，冰冷的风灌入衣领，向榆冷得一哆嗦。

宋怀时察觉到向榆的小动作，不动声色地往旁边站了站，替她挡风。

这效果不大，但确确实实挡了一点风。

向榆一颗心又开始活蹦乱跳。

到了公交站，恰巧十路公交车开来，向榆往前走了几步，刚想回头和宋怀时道别，一转头就看见宋怀时站在她身后。

向榆有些不解。

宋怀时还是笑着：“你看我干什么？上车啊。”

向榆有点蒙。

一直到公交车因为转弯晃动了下，她的肩膀擦过宋怀时的肩膀往他那儿倒了倒，她才有些反应过来。

哦，和宋怀时一同坐上回家的车了。

嗯？宋怀时为什么会跟她一起坐车回家？

她侧过头，一脸茫然地看着他。

宋怀时察觉到她的视线，失笑：“怎么了？”

向榆掀了掀眼皮：“你为什么坐车？”

不应该啊，宋怀时的家就在电影院旁边，他哪用得着坐车？还是反方向的车？

“还能为什么？”宋怀时说，“送你回家啊。”

一直到下车，向榆还是没有想到原因。

今天的宋怀时，有点奇怪。

两人沿着街角走，偶尔能遇到一些推着车的摊贩。小摊上的东西很香，香味弥漫在这周围。

向榆吸了吸鼻子，她不吃这些垃圾食品，觉得不健康。

宋怀时以为她想吃：“吃吗？”

向榆摇头：“不健康。”

宋怀时笑了下：“你还挺养生的。”

向榆没说话，收回视线继续看着自己的鞋尖。

不知道是真的还是她自作多情，心里一股萌然而生的想法像是一缕炊烟袅袅升起。

就在一辆自行车即将擦过向榆时，宋怀时伸手一拽，让她脱险。

宋怀时：“小心点啊。”

“啪嗒”一声，她脑子里紧绷的最后一根弦断了。

向榆倏然抬起头，眼眸一眨不眨地盯着宋怀时。

宋怀时被吓了一跳：“怎么了啊你？”

“宋怀时。”她喊他。

“嗯？”宋怀时挑了挑眉。

向榆深吸口气，唇瓣张合，吐出来的声音清脆明亮，气息有些不稳——“你想让我跟你一起上江大吗？”

一直不见面前的少年有什么反应，向榆刚准备退缩，说点什么缓和下气氛。

她张了张嘴，话未出口便被堵在嘴边。

“那你呢？”

宋怀时背对着马路，一手插兜，脑袋微微歪着，嘴角扬着懒洋洋的笑容。

他俯身朝向榆靠近，弯着的嘴角更甚：“你呢，向榆？你想不想跟我一起上江大？”

秋风呼呼作响，耳边不断传来车子开过的声音以及零散的闲聊声。

向榆垂着眼，双手拢在身前，甚至不敢抬头看他。

她不知道自己是不是自作多情了，是不是人家根本没有那个意思，这一切都只是自己幻想出来的细节。

她有些不安，指尖开始微微颤抖。

宋怀时抬手轻轻捏了捏她的耳垂，他的眼眸也低着，睫毛落下一片阴影：

“最开始时，我没有完全睡着，或是说我睡眠很浅。”

向榆一愣。

“我能清晰地感觉到周围所发生的一切，声音并没有在我的意识中垄断，包括我旁边的你。”

向榆屏住呼吸，惴惴不安的心高高挂起。

宋怀时又低了低头，与她对视。

“所以我也能感觉到，冰与火的相撞，”宋怀时发出一声轻笑，“其实也挺好的。”

少年语气戏谑，但不难听出他的认真。

他说：“向榆，我想跟你一起上江大。”

Chapter 06 · 新年

一场只属于她的烟花盛宴

/

N I S H I X I N L E

1

耳边车子的鸣笛声被阻隔，向榆只听见了那句“我想跟你一起上江大”。

她不可置信地看着宋怀时，张着嘴说不出话来。

宋怀时勾唇一笑，薄唇轻启：“所以，可以吗？”

他的话落入她的耳边，像一根羽毛一直在向榆的耳郭处挠痒痒，惹得她臊得满脸通红。

宋怀时拉近跟她的距离：“嗯？”

向榆像是终于拉回思绪，她不动声色地撇开脑袋，眼神闪躲，“嗯”了一声。

她是真的没料想到这一茬。

向榆轻声问：“我可以把江大定为我们两人的目标吗？”

宋怀时反问：“那我呢？我可以把江大定义为未来吗？”

向榆转开脑袋，点了下头：“嗯。”

宋怀时笑了声，抬手在向榆的脑袋上揉了几下：“那我也可以。”

周遭都是小孩儿的嬉闹声和老人的闲聊声，他们总是习惯用很大的声音说着话。

眼瞧着就快到自家楼下了，向榆突然说：“那我以后，能叫你阿怀吗？”

早在之前她就听过宋怀时的家里人这么叫他，她也很想这么叫。

“阿怀”二字叫起来不仅仅是称呼，更像是羁绊。

宋怀时挑眉：“阿怀？”

“可以吗？”问完这话，向榆还有些不安。

“啊，”宋怀时拖着音，“那行吧，不过这样我吃亏了啊。”

向榆不明白。

宋怀时冲她笑了下：“为了不让我吃亏，那我喊你‘想想’吧？”

他说：“祝我们，早日去江大。”

早日实现另一个目标。

向榆耳朵发烫，抿着唇也不知道该说些什么。

宋怀时的意思是，他们会有以后。

“向榆？”

向榆抬起头。

宋怀时小声询问：“你说行吗？”

秋风刮过，吹起两人额间的碎发。

这算是什么？

是青春吗？

“行，”向榆柔柔一笑，“一起努力吧，阿怀。”

那天正值晚秋，风很大，也有点冷。

秋风也不知道自己随处吹过的地方吹起一片青春的意义。

“叮叮当叮叮当，铃儿响叮当……”

陆佳穗边哼着歌，边神色愉悦地收拾着书包：“明天就是圣诞节啦！”

向榆拉了拉包带，笑：“是啊，穗穗，平安夜快乐啊。”

那个时候还很流行这些节日，每到圣诞节城市的商业街都会装潢成节日的模样，学生之间也流行互相送小礼物祝贺。

两人并肩走出教室。

寒冬的风吹得呼呼作响，一阵阵冷风刮过，她们脸颊都带着刺痛。

“你明天穿什么衣服啊？”陆佳穗问。

向榆没想好，嘴上含糊了几句。

明天圣诞节，前几天宋怀时约大家一起去他家过圣诞，正好在期末前热闹热闹。

向榆对此还有点紧张。明明就是去一个同学家，但对象不一样，让她的心境也不一样。

出了校门，因为宋怀时请假了，陆佳穗也没选择坐公交车，而是直接站在校门口打车。

向榆跟她道了别，挥了挥手便往前面的十字路口走去。

冷风刺骨，又是一阵风，她额前的碎发被风刮立起来，露出饱满的额头。

向榆伸手捋了捋刘海，一手伸进校服口袋里拿出手机。

她的手已经僵了，握着手机还有些许不适应。

开机后，手机的通知页面跳出一条宋怀时一小时前发的信息。

向榆不禁弯了弯眉眼，点开信息。

【S：想想，平安夜快乐。】

向榆弯着唇笑了下，手指滑了滑，拨打了宋怀时的电话。

“嘟嘟嘟——”

只响了几声铃声，那边接通了：“想想？”

这个称呼宋怀时喊得不多，跟向榆喊“阿怀”一样，他们大多数只在私下喊一喊。

毕竟这称呼听起来有些暧昧。

尽管这不是宋怀时第一次喊，但每每听到这称呼，向榆的脸上总会泛起红晕。

她小声应了。

“你放学啦？”宋怀时那好听的声音从听筒里传了过来。

“嗯。”向榆问，“你家里的事情处理好了吗？”

宋怀时昨天因为家里有事要请假回家，临走前特意来三班跟向榆打了个招呼。

因为这事，她还被陆佳穗她们好一顿调侃。

宋怀时：“已经没事了，我刚刚在跟我妈布置房间。她比我还期待你来做客。”

向榆愣了一瞬，而后顿时感到有些不好意思：“你这么一说让我觉得好紧张。”

“紧张什么？”

向榆：“没什么。”

那头的宋怀时笑了下：“我妈不吃人，从你夸她做的东西好吃开始，她对你的印象就很好了。”

见状，向榆也不知道该说什么：“那好吧。”

过了一个红绿灯，周围的同学比刚刚少了不少。

“对了，”宋怀时突然道，“今天平安夜，我给你准备了平安果。”

向榆顿了下：“平安果？”

“嗯，但我妈一会儿要去接我弟了，我在家看着锅，大概没时间给你送过去了。”

两人的家在不同的方向，正好一东一西，不堵车都得一个小时，来回一趟的确很花时间。

向榆忙道：“没事啊，你忙你的事情就可以了，一个苹果而已呀。”

宋怀时：“那我明天给你？行不？”

“行啊。”向榆抬头看了眼街边的建筑，嘴角染着笑意。

两人又聊了几句，最后向榆看公交车来了，就准备挂电话了。

宋怀时笑着应了声："那好，明天见，平安夜快乐。"

向榆笑了下："阿怀，平安夜快乐。"

晚上，向榆收到了一个同城速递。

她拆开一看，是几个包装精美的平安果，平安果的旁边放着一张字条，上面的字迹刚劲有力。

"我下午思考了一下，还是觉得要给你送平安果，毕竟这是祝福不是？"

没有落款，但向榆一眼就瞧出了这是谁送的。

她把方方正正的字条收了起来，而后把纸箱抱了进去。

向母见她抱着个箱子，问："什么东西啊？"

"同学寄来的同城速递，是平安果。"

向榆从里面拿了一个递给母亲。

向母拿着苹果嘀咕："你这同学真闲，寄快递多浪费，同城速递可不便宜。"

向榆笑了下没说话。

因为他来不及呀！

隔天吃过早饭，向榆跟母亲说了声今天去同学家玩，不回来吃午饭。

向母也没多说，只让她去别人家要有礼貌。

今天向榆还偷偷地抹了一点口红，她肤色白，倒也不需要涂粉底液。

见她打扮得这么认真，向母调侃道："我女儿是不是有情况啊？怎么现在这么注重打扮了？"

向榆的脸"噌"一下红了，看向母亲嗔怪道："哪有，我也没有多打扮。"

向母笑："女儿长大了。"

十二月二十五号，温度比昨天略高了些，头顶也难得挂起太阳。

向榆抬头看看太阳，伸手遮了遮光。

但光还是从她的指缝中漏出来照在她脸上，阳光下，她脸颊上细小的绒毛都显现得清楚。

“嗡嗡！”

向榆从口袋中拿出手机，低眸一看。

是宋怀时。

【S：你出门了吗？】

向榆勾着唇笑了下，打字：【出门了，现在在等公交车。】

信息刚发出去，宋怀时那边便回了过来。

【S：好，快到的时候跟我说下，我出来接你。】

向榆回了一个乖萌猫的表情包。

正巧公交车要来了，向榆收起手机上了车。

公交车到站，向榆下车后走到小区门口停住，在那儿等宋怀时来接。

宋怀时所在的小区是俞峡这边比较高档的，对进出人员查得也比较严格。

见宋怀时还没来，向榆就蹲坐在旁边的花坛那儿打量着周围。

这是她第一次来这边，周遭的环境跟她家那边的环境截然不同。

这边都是高楼，环境卫生也很好，四周都很安静。

而她家那边则反之，喧闹熙攘的人群从早到晚都是，小区的房子也是那种老旧的居民楼，周围的环境更不用说，杂乱无序。

想到这儿，向榆心底萌生出一股自卑的情绪。

她感觉，自己与宋怀时是两个世界的人。

“嘎吱！”一辆出租车停在门口。

向榆闻声抬起头。

一条长腿率先迈了出来，随后徐宣林那张嬉笑的脸就映入向榆的眼帘。

“你怎么这么早就到了？”

向榆慢吞吞地站了起来：“还好吧，也不早了。”

徐宣林扯了下她高高扎起的马尾："在这等宋怀时？"

向榆一脸不满地抽回自己的马尾，捂着脑袋"嗯"了一声。

徐宣林也不介意，自顾自地往前走去："走吧，我带你进去。"说着，他还拿出手机要给宋怀时发信息。

向榆几乎是一眼就注意到他手中的手机，那是某牌子的最新款手机，价格能抵母亲一个月赚的钱了。

她记得，宋怀时和陆佳穗也是用的这款手机。

她小声说："能进去吗？好像要登记。"

徐宣林拽了拽身上的书包，不以为意："没事，我家有人也住这儿，我有门禁卡。"

几乎是那么一瞬间，向榆觉得不只是宋怀时，她跟他身边的朋友也都是两个世界的人。

"这儿呢。"

不远处，宋怀时站在一栋单元楼下朝他们挥手，然后小跑过来。

他站定在向榆面前，笑着打了个招呼："早上好。"

向榆笑着点头："早啊。"

被忽视在一旁的徐宣林有些无语。

似乎是看不惯他俩忽视自己，徐宣林掐着嗓子装模作样地说了句"早上好啊林林子"来安慰自己。

电梯缓缓上行，一直到十六楼才停住。

三人走出电梯口。

"陆佳穗和你另一个同学都已经到了。"宋怀时拉开密码锁的盖子，开始输入密码，"除了你俩，还有几个我的同学。"

向榆温暾地点点头："她们到得好早啊。"

宋怀时笑了下："陆佳穗还在这儿吃了个早饭。"

“嘀！”

宋怀时推门而入。

向榆穿好宋怀时递过来的拖鞋时，徐宣林已经大剌剌地走进去了。

宋怀时笑了下：“没事，他是常客，来习惯了。”

向榆应了声，跟着宋怀时走过玄关。

宋怀时家是复式楼，玄关对面就是客厅。此时陆佳穗一群人正坐在那儿。

听到门口的声响，陆佳穗回过头冲向榆挥了挥手：“来了啊，小榆。”

向榆走近，跟大家打了个招呼，最后把视线落在在场唯一一个大人身上。

宋怀时介绍：“这是我妈。妈，这是我朋友，向榆。”

向榆一下变得紧张：“阿……阿姨好，我叫向榆。”

宋母笑吟吟地点点头：“向榆，很好听的名字，跟你人一样。”

向榆红着脸说了句“谢谢”。

宋母没在客厅久留，离开之际趁着向榆没注意，跟宋怀时俏皮地眨了眨眼，意味不明。

宋怀时一脸无奈。

他妈妈这是又懂了什么？

陆陆续续又来了几个人，好在宋怀时家客厅够大，不然真的坐不下。

房子被装饰得十分好看，落地窗前还摆着一棵圣诞树，上面挂满了装饰的雪球和小人。

客厅开着暖气，向榆坐了一会儿就热得脱了件外套。

“佳穗姐姐，你要喝奶茶吗？”

向榆循声看去，就见宋怀安一脸殷勤地凑在陆佳穗身边问。

陆佳穗神色倦倦的：“不想喝。”

宋怀安：“那你想喝什么？”

徐宣林见状插话挑逗道：“安安，宣林哥哥要喝奶茶。”

宋怀安闻言白了他一眼："在厨房，你自己去拿。"

话音一落，惹得众人哈哈大笑。

"嘿，你这小屁孩，搞区别对待啊？"徐宣林一脸不爽地看向宋怀时，"你弟怎么这样？"

宋怀时摊手："我管不了，你让陆佳穗去管。"

"呵呵，不是亲哥。"

姜韵凑到向榆耳边小声道："今日一见，真是让人大开眼界。"

向榆忍俊不禁，转头看向宋怀时。

似乎是有心灵感应，宋怀时也正好看向她，两人的视线隔着几人在空中相撞。

宋怀时笑了下，故作无奈地朝她摊了摊手，下巴往陆佳穗那边一点。

向榆一下了然，她朝他安抚似的笑了下。

这点小互动在熙攘的环境中无人发现，眼神里的意思也只有彼此知道。

宋母中午做了意面，还准备了一些饼干、蛋糕当小点心。

家里这么热闹，她似乎也很高兴："大家多吃一点，不够还有。"

"谢谢阿姨。"

宋母特意朝向榆眨了眨眼，小声道："阿怀说你喜欢吃我做的点心，今天要多吃点哦。"

向榆顿时红着脸点头。

用餐时，餐桌上大家热热闹闹地聊着天。宋母虽然是大人，但跟他们也没代沟，聊得也很尽兴。

向榆悄悄抬眸往宋母的方向看了一眼，随后又匆匆低下脑袋。

宋怀时的确生活在一个很幸福的家庭里。

饭后，一群人在客厅里玩起桌游。

向榆对这些不太熟悉，玩了几次也不太顺手，总是会打乱规则。见状她也不玩了，把位子腾给其他人，自己则坐在旁边看。

“想想。”

突然，她听到耳边传来宋怀时的声音。

向榆侧头一看，宋怀时正站在楼梯那儿冲她招手。

向榆见状放下抱枕，悄悄地从沙发间退了出去。

她刚走到宋怀时身边，还来不及问什么，宋怀时就抢先一步说：“来，跟我来。”

向榆不明所以，但还是跟着宋怀时往楼上走去。

宋怀时带着向榆来到自己的房间。

向榆第一次进男生房间，还有些新奇。

和想象中不一样，房间整理得干净整洁，书桌前的墙面上贴了几张照片，旁边的书架上摆满了各种竞赛的奖状。

他的房间有股淡淡的青草味。

向榆打量着整个房间，看到床头柜前摆着的是他们一家的全家福。

宋怀时对着镜头微微弯唇，十分上镜。

“想想。”宋怀时喊她。

向榆应了声，跟着走了过去。

她这才注意到房间的角落也摆了一棵圣诞树，与楼下的不同，这棵圣诞树下还有几个礼物盒。

宋怀时：“向榆同学，过来接收你的圣诞礼物。”

向榆愣了下。

宋怀时替她拿了起来：“拿好。”

向榆没急着拆。

宋怀时：“这个是2010年的，剩下的是2011年、2012年、2013年的。”

他弯着唇，嘴角上扬成熟悉的弧度：“以后的每一年，都请你来领取自己的圣诞礼物。

“向榆同学，每年都请你遵守约定来拿走自己的礼物啊。”

暮色降临，一行人在宋怀时家里闹了一天总算起身准备回家了。

“大家路上小心，下次再来玩啊！”宋母站在门口冲他们挥手。

众人：“知道了阿姨，阿姨再见。”

宋怀时尽主人之谊，把他们送到楼下。

徐宣林家跟向榆家同个方向，家里有司机会来接，他就提议顺路送向榆回去。

向榆也没拒绝。

冬天天黑得早，宋怀时也觉得向榆跟徐宣林一起走会更安全一些。

见徐宣林正在一旁的花坛打电话，宋怀时就朝向榆靠了靠。

向榆纳闷：“怎么了？”

宋怀时像变戏法似的从兜里掏出一个红蛇果：“平安果。”

向榆接过平安果，看了眼后好笑道：“怎么弄成这个样子？”

平安果的表面被人用马克笔画上大大的笑脸，笑脸上的嘴巴咧得十分夸张，腮帮上还有两坨死亡芭比粉，算是腮红……反正这果子的模样让人一言难尽就是了。

宋怀时抓了抓脸颊：“这不是希望你每天开开心心的开心果吗？”

的确是开心果了。

“好吧，虽然乍一看挺瘆人的，但仔细看还挺好看的。”向榆安慰道。

宋怀时：“哪有你这么夸人的。”

“这苹果倒是让我发现一件事情，”向榆突然笑出声，拿着平安果晃了晃，“原来宋怀时你也有一个黑洞啊？”

宋怀时有些不好意思：“我从小就画画不太好。”

向榆：“我以为像你这样的，嗯，天之骄子，是不会有特别薄弱的地方呢。”

“怎么可能，”宋怀时耸肩，“我又不是什么天才，也不是什么天之骄子，我——只是一个平平凡凡的普通男高中生罢了。”

他特别强调了后面一句话，“我”字的音被拉得很长。

像是难得找到宋怀时的弱点，特别是这弱点还是自己的强项，向榆显得十分高兴。

她歪着脑袋笑了下：“那好吧，那就让我来弥补你在画画上的缺陷吧？男高中生。”

她今天的笑容比平常要自信许多，连带着宋怀时都被她的笑容感染。

宋怀时笑了下：“好。多多指教，向榆同学。”

“所以为什么还要再送一个平安果啊？昨天不是都送过了吗？”

“亲手给的东西意义当然不一样啊。”

“那为什么昨天还要送过来？今天送不就行了？”

“平安夜送平安果是希望你可以平平安安，今天送你平安果是补给想想的一份特殊的平安。”

“好吧，虽然我觉得大体没差。不过，阿怀自有阿怀的道理。”

宋怀时睨了她一眼。

向榆笑着说：“这是独属于阿怀的浪漫。”

是宋怀时对向榆的浪漫。

是阿怀对想想的浪漫。

高二上期过得很快，期末考试后学校就组织放假了。

因为是寒假，所以放假第二天向榆就先带着向暮回了乡下爷爷奶奶那儿。

这下她与大家至少要隔半个月才能见面，和宋怀时也只能在手机 QQ 上联系了。

假期第五天，期末考试成绩发下来了。

向榆发挥稳定，依旧在年级前四十。

但这次宋怀时不知怎么了，居然掉出了年级前三，排在第七名。

向榆有些担心，是不是因为宋怀时给自己辅导数学，他的成绩才下降了。

她打电话跟宋怀时说了这件事，宋怀时沉吟片刻才道："不是，是我那天身体有点不舒服，所以发挥失常了。"

向榆垂了垂眼，电话那头宋怀时的声音很清楚，但砸在她心上又是另一回事。

"想想，你别多想，这次考试的确是我发挥失常了，对不起，下次我会考回来的。"

"不是，"向榆抿了抿唇，"你知道我的，我容易多想。不知道你是不是因为考前给我辅导了，数学所以才考差了。我就是……"

"嗯，我知道。我不知道别人那儿是不是能这么说，但想想，"宋怀时的声音通过电波传了过来，"在我这儿，你可以永远相信我。

"我一定不会因为考试成绩下降就觉得你是我的负担，给你辅导数学对我自己的功课也有益处啊。"

向榆沉默了一会儿才道："知道了。"

宋怀时连忙把话题扯开，聊到新年上。

向榆跟他抱怨自己的爸爸今年又不回家。

宋怀时笑了下："没事儿，那下回再见。"

向榆还没从那股落寞的情绪中回过神，连带着语气都带着点不高兴。

宋怀时问："那你过年有什么想做的事情吗？"

"其实我想放烟花的，但是我怕点火。"向榆有些不好意思，"我喜欢看那种在天上绽放的烟花，虽然村子里都会放，但好像没有一簇是为我放的，我想有一簇是为我而放的。

"爷爷奶奶岁数大也不好放烟火，我妈也跟我一样害怕这些。

"以前爸爸回来的时候都会为我放烟花的。"

说到这儿，向榆的语气比刚刚更显落寞。

但她不习惯在宋怀时面前表现得这么矫情，转而又笑着打哈哈：“没事儿，明年再放也是一样的。”

宋怀时也笑着附和了一句。

两人没聊多久就挂了电话。

年三十那天清晨，向榆跟着爷爷奶奶去了村子里的寺庙。

他们这儿有个习俗，就是在年三十的时候带上家里的食物去寺庙先给佛祖献上，等拜完后再带回家。

到了寺庙后，向奶奶给两姐妹分了香，让她们拜佛。

向榆朝着面前的佛像举着香拜了三下，闭上眼睛在心里默念，而后起立鞠躬。

那边向奶奶招呼她过去烧金元宝，向榆把香插到香炉后便走了过去。

“希望我能与宋怀时一起考上江大。”

那时候她没有想那么多，也不知道自己对这个想法是不是抱以非常坚定的态度，但想和宋怀时一起走向未来是真的。

烟花绽放，窗外“砰砰”作响。

向榆趴在窗前看了一会儿烟花，眼睛终于有点酸了。

乡下没有禁烟令，大年初二，放烟花的人数依旧没有减少。

向榆合上窗帘，慢吞吞地爬回床上，刚准备合眼睡觉，放在枕侧的手机骤然响起。

看了眼来电，是宋怀时。

向榆按下接听键，人悄悄地躲到被子里，用气音“喂”了一声。

“睡了吗？”

“没呢。”向榆回答。

手机听筒里突然传来宋怀时的笑声，少年爽朗的声音传了过来——

“嗯，那现在能约向榆同学一起去看一场烟花盛宴吗？”

2

等向榆跑到村口时，一眼就瞧见了骑在车上的宋怀时。

她放慢了脚步，眼神也变得迟钝。

宋怀时穿着黑色的冲锋衣，领子半立着遮着半张脸，身子弓着骑在车上玩手机，一条长腿踩在泥地上。

他慢慢抬眼，视线与向榆在空中碰撞。

向榆一下就定住了，迈出去的腿也收了回来。

宋怀时倏然往前一扑，手肘撑在车头，脑袋微微歪着：“怎么，见到我还不过来？”

然后他长腿一迈，从车上下来，还是笑：“过来啊，想想。”

“啪嗒！”向榆脑子里的那根弦断了。

也不知道是什么信念在告诉她，腿一迈，身子已经不受自己控制跑了过去。

宋怀时背光站在那儿，挡住了光，却成了她的光。

宋怀时低眸看她，眉眼间满是笑意。

他捏了捏向榆的脸，语气温柔：“新年快乐，想想。”

向榆抬着脑袋冲他笑：“阿怀也新年快乐。”

宋怀时从车前拿出一副手套让向榆戴上，而后拉着她坐上后座。

向榆略微整理了下，问：“我们去哪儿？”

“秘密。”宋怀时回头冲她笑了下，“放心，不会把你带去卖掉的。”

向榆羞涩地笑了笑，手指抓住车子的两边。

宋怀时朝着前面喊了声：“出发啦！”

车子往前一冲，耳边顿时响起风声。

风吹得呼呼作响，天气也冷，这么一吹就像是无数把锋利的利刃在她脸上刮过。

“想想！”

宋怀时的声音从前面传来。

“欸！”向榆抬起脑袋迎着风回应。

宋怀时喊：“你可以把脸贴在我的背上挡风。”

向榆眨了眨眼。

今年还是温柔的宋怀时。

昏暗中，她眨了眨眼，嘴角微微弯着：“你想要占我便宜吧？”

少女的声音伴着风清晰地传入宋怀时的耳朵。

语调清脆，语气中带着戏谑。

宋怀时也跟着弯了弯嘴角：“我没那个想法，这话是你自己说的啊。”

话音刚落，宋怀时感觉自己的背部被人一靠。

他听到耳边那细微的声音——“借你的背挡挡风。”

宋怀时带向榆去的地方是一处河堤，这附近也有几个村子，不过比向榆爷爷奶奶所在的村子大多了。

几个村子隔得不远，周围的烟花炮竹声不断。

宋怀时带着向榆上了大桥。

大桥横挂在河面上，连接着两个村子。

桥很长，在这儿看烟花位置倒也很好。

宋怀时让向榆站在这儿，自己则跑到桥下。

向榆不明所以，在无人的桥上倒也不会害怕，只是许久还不见宋怀时有任何反应，她有些担心，扑到桥栏上，冲桥下喊：“阿怀你好了没有？！”

桥下一片漆黑，只能听见不远处炮竹的声音和河边的芦叶发出的“沙沙”声。

倏然，桥下传来宋怀时的喊声：“想想抬头看！”

向榆跟着抬起头，突然感觉亮光在眼前一闪而过，随之升上天空，“嘭”的一声在空中绽放。

“嘭嘭嘭——”

向榆手撑在桥栏上，眼睛里倒映着烟花。

烟花盛大。

这时，有一个人站在她的身侧同她一起看向天空中的烟花。

向榆没有回头，她知道是宋怀时。

她不知道该说什么话，这场烟花盛宴只能用无声的惊艳来形容。

两人就这么安静地看完这场烟花盛宴。

最后一束光落在黑幕上，“嘭”的一声，绽放出的烟花宣告着这场烟花盛宴的结束。

宋怀时微微低头：“好看吗？”

向榆眼底依旧闪着光：“好看。”

宋怀时还准备了一些小烟花，向榆试了试，整个晚上都玩得尽兴。

最后坐上车，宋怀时给向榆递了头盔，刚准备回身坐好开车时，向榆突然拉住他的胳膊：“阿怀。”

“怎么了？”

“谢谢你，”向榆眼睛亮亮的，“谢谢你给我准备了这么好的烟花盛宴。”

宋怀时笑了下：“不用谢。”

向榆笑着说：“以后我也可以很骄傲地告诉别人，也有人为我准备了一场只属于我的烟花盛宴。”

宋怀时侧头笑了下：“以后的每一年，都会有一个人给你准备烟花盛宴。”

年复一年，不止一年。

向榆抿着唇笑了下，突然伸出食指与中指在他冰凉的脸颊碰了碰，她轻声说：“谢谢你啊，阿怀。”

“我也是。

“想想，我也想要谢谢你，让我的世界多了一束光。

那是宋怀时带向榆看的第一场烟花，也是最后一场。

寒假一过，回到俞中他们就是高二下期了。

开学考试，宋怀时的成绩比期末考试好了一些，起码回到了年级前五。

两人的班级一个在上一个在下，一个在东一个在西，平时除非刻意去见面，也很少能碰见。

因为各种大小考试，还有已经落得满天的卷子，两人也没有那么多时间可以见面聊天。

但宋怀时每天都会写一张小字条，然后折成长方形，在晚自习下课的时候，等在向榆回寝室的路上递给她。

久而久之，这成了两人在学校里最常使用的联系方式。

跟从前的书信方式很像，但这是独属于他们的。

月考一过，向榆跟宋怀时去看了一次电影。同行的还有徐宣林和陆佳穗，以及姜韵和程淮。

姜韵和程淮还是在陆佳穗的撮合下认识的，两人很聊得来。

陆佳穗很高兴，觉得自己的功劳无比大。

周末那天，向榆跟宋怀时碰巧穿着同色系的衣服一同出现时，还被几人连番调侃了几句。

这次看的电影虽然没什么吸引力，但大抵是看的人多，还都是熟人，所以大家玩得也尽兴。

忙里偷闲后，向榆跟宋怀时又各自回到了自己忙碌的学习生活。

不过从那次之后，后面的大部分考试宋怀时都没考好，次次都在年级前五到十名徘徊，连他们年级的主任都去找宋怀时谈话了，毕竟他可是俞中冲刺明年高考状元的预备选手。

他偶有几次考回年级前五，向榆也高兴不起来了。

宋怀时以前可是在年级前三上下徘徊的。

反观向榆，她的成绩要么稳定发挥，要么超常发挥冲进年级前二十。

向榆一脸凝重地盯着自己手中的小字条，上面是宋怀时跟她汇报的最近一次周考的成绩，跟他之前比的确是差了点。

他在字条的最后还写了自己的确已经尽力了。

虽然不能这么想，但向榆总觉得是自己影响到了宋怀时。

她合上字条，盯着桌上的水杯眨了眨眼睛，有点酸酸的。

那之后，向榆跟陆佳穗吵架了，因为一点点鸡毛蒜皮的小事儿。

那时候只要吵架了就会摆出绝交的仗势，甚至都不想走到一起。

中午吃饭的时候，三个人就很尴尬。

向榆不想让姜韵一个人为难，中午一下课说了句自己买东西回去吃就先走了。

她总是这样，习惯把心事和不好的事情留给自己。

在寝室躺了一会儿，陆佳穗她们回来了。

陆佳穗给向榆带了平时她最喜欢吃的饭团。

虽然仍旧没说话，但两人还是和好了。

学生时代就是这样，因为一点小事吵架，也会因为一点小事和好。

晚上收到宋怀时的字条时，他在字条上问她是不是跟陆佳穗吵架了，今天中午看到她一个人在小卖部买面包，自己想要追上去找她的时候，她已经不见人影了。

他还说，他想来找她一起吃饭。

向榆的眼睛发涩，她知道宋怀时这么说是在为她考虑。

这也让她觉得，她现在不再是一个人了。

最近一次月考，向榆跟宋怀时发挥得都不错。

加之前段时间期中考试的原因，脑子里的弦一直紧绷着没放松过，于是考试一结束，宋怀时就提议周末去放松放松，毕竟神经一直紧绷着，对自己的身体和心理也不好。

向榆觉得有道理，便应了下来。

一番商量后，两人决定去商场里的电玩城玩一玩。

此时已经五月份，天气也慢慢变得炎热。

向榆那天早上忙得不行，也没时间打扮，套了件薄卫衣就出门了。

因为这随意的模样，见面的时候她还被宋怀时好一番调侃："真的是关系越熟就越懒得打扮了，细想你第一次跟我出来玩的时候，那真是从发丝到衣褶都透露着精致。"

向榆手抓着头发，嘴里咬着橡皮筋没空搭理他。

宋怀时也没再说，伸手过去帮她把旁边的一绺发丝撩了起来："这儿还有，没扎进去。"

"哦。"向榆应了一声，手指顺了顺把那一绺发丝梳了进去。

发丝在宋怀时的虎口处滑过，一转眼就消失不见。

宋怀时收回手，另一只手在刚刚的虎口处抓了抓。

有点痒。

周末电玩城还是很热闹的，有不少学生穿梭在电玩城的各种游戏机器之间，耳边也尽是闷而响的游戏音乐。

宋怀时换好游戏币回来，问："先去哪儿玩？"

向榆对这里不熟悉，索性就让宋怀时决定："看你。"

宋怀时也没多想，带着向榆先去玩了几个就近的项目。

几轮玩下来，两人就准备去玩溜冰。

路过跳舞机时，向榆跟着人流停住脚步。

此时跳舞机上有两个女生正甩着辫子在跳舞，周围熙熙攘攘地围了一圈人。

向榆眼里倒映的光随着跳舞机的光效不断地变换着颜色，看着跳舞机上自信洒脱的少女，她突然有些羡慕。

见向榆停下了，宋怀时也跟着停下脚步。

他注意到向榆眼里透着的光，有惊羡，有惆怅。

他笑着问："你要玩吗？"

向榆被他的声音唤回神，最后瞥了一眼跳舞机就收回视线跟着宋怀时往前走："不玩。"

宋怀时："感觉挺有意思的。"

向榆低低地笑了两声："太多人啦，我不敢在那么多人面前跳。"

这话的意思是，她想跳，但不敢跳。

宋怀时抿了抿唇，点点头，之后就没再问起这个事情。

向榆原以为这茬就这么过了，直到某一天，她突然收到宋怀时寄过来的同城速递。

里面依旧有一张字条，写着：跳舞垫，连上手机和电视都能用。

那时候，向榆心里突然翻涌出别样的热流。

宋怀时总是会在一些莫名其妙的小事上注意到细节。

溜冰场人不多，向榆跟宋怀时付完钱后，店员给了他们一人一双溜冰鞋。

宋怀时问："有护膝吗？"

"有的，不过要另外租借，现在只剩下一对了。"店员回。

宋怀时点点头："好的，给我拿一对吧。"

接过护膝后，宋怀时转身递给向榆。

向榆一愣："给我的？"

"嗯。"宋怀时笑了下，"你不是第一次溜冰吗？做好防护以防万一。"

向榆接过护膝和护肘，顺嘴问了句："那你呢？"

"男孩子皮糙肉厚，摔两下不怕疼。"

向榆没再推托，戴好护膝就跟着宋怀时一同踏上溜冰场。

刚踏上溜冰场，那种异样感顿时从身体里传了出来。

地面滑得很，向榆刚迈第一步就打了下滑，还好宋怀时在旁边，不然她就要摔个狗啃泥了。

有了开头的不顺，之后向榆抱着栏杆就不敢撒手了。

宋怀时踩着溜冰鞋在她身旁滑了两圈，最后堪堪停在她的面前。

向榆对他这种技术羡慕得不行，但再羡慕也只敢眼巴巴地看着。

似乎是看到她眼底的渴望，宋怀时朝她伸出手："来，走吧！"

向榆抬起头。

"我带你滑。"

向榆小心翼翼地抓着宋怀时的手指，哆嗦着腿迈出了第一步。

大概是给自己施加了太多的压力，向榆迈出第一步就打了个滑，人也直直地往宋怀时身上扑去。

"我……啊——"

这一扑，宋怀时也失去了重心，两人一同直愣愣地往后倒去。

"嘭！"

向榆从宋怀时身上抬起头，手脚并用地从他身上下来坐到一边。

她伸手拽了拽宋怀时："你没事吧？"

这一跤她是摔在人家身上，倒也没什么事，但宋怀时可是直接往地上摔的。

宋怀时撑起身子摆手："没事。"

向榆一脸愧疚，坐在地上也不知道该说什么。

宋怀时撑着地面站起来后，见她还坐在地上没什么反应，整个人就像是扎了根一样。

他笑了下，调侃道：“怎么了，扎根了？”

向榆踌躇片刻，小声道：“要不我在旁边看你玩吧？我这个技术肯定是滑不好了。”

她开始打退堂鼓。

宋怀时没应：“你刚玩，我教教你。”

“我太笨了，一会儿又拖累你了。”

宋怀时了解向榆在想什么，她总是会不自信。

他慢慢弯下腰，手掌撑着膝盖，眉眼略抬，眼睛一动不动地看着向榆：“哪有什么拖不拖累？”

向榆一愣。

“你又不是什么负担，”宋怀时的眉眼带着认真，“而且要跟你一起玩我才有兴致啊，一个人溜有什么意思。”

向榆神色木讷，微张着嘴没说话。

宋怀时直起身，再次朝她伸出手：“我想邀请你一起溜个冰，想想。要是不玩就白白浪费门票钱了哦。”

一语惊醒梦中人。

向榆伸手拽着宋怀时，借力爬了起来。

一番滑下来，向榆的技术虽然没突飞猛进，但也能滑几步不摔了。

看着墙边的壁画上挂着的是雪山图，她的眼里慢慢闪现出一丝憧憬。

“阿怀。”

宋怀时滑了过来：“嗯？”

向榆回过头，脸上扬着笑，眼睛也比平时亮了许多：“等高考以后，我们一起去看雪吧？”

南方的孩子很少能看到像北方那样的大雪，冬天难得飘片小雪花都会让人兴奋得不行。

向榆从小到大，也只在图片里才见过那种皑皑白雪。

宋怀时看着她的眼睛笑了下，抬手在她的脑袋上揉了揉：“好。”

有关于那天的记忆，长大后向榆也忘了许多。

但她始终记得那天宋怀时教她溜冰时，少年掌心里炙热的温度以及他嘴角挂着的笑容。

他的温柔缠绕了她一辈子。

一次放松后，后面的日子就是日日与试卷做伴。

就算再出门，也只是去图书馆学习。

向榆课桌上的书本已经垒到能挡住其他人的视线了。

班上的同学提议统一买收纳箱，程定询问了一番，见大家都没意见就开始着手准备了。

月考成绩刚公布，向榆从教室后面看完成绩，回来后整个人就有些闷闷不乐。

陆佳穗察觉到向榆的异样，转头问：“怎么啦？没考好？”

向榆闷闷地应了声。

这次试卷难，外加她生理期的原因，没发挥好，成绩比上次退步了不少。

陆佳穗见状安抚似的安慰了几句。

“佳穗，程老找。”

陆佳穗应了声，走之前拍了拍向榆的背以示安抚。

向榆在桌上趴了一会儿才直起身子准备开始自习，顺手在那沓书里抽出一沓试卷，突然的抽动让那沓书不安地晃动了几下，顶上的小章鱼挂件也“啪叽”一声掉在桌面上。

向榆被这章鱼吸引了注意。

这丑萌的小章鱼是上次去电玩城时宋怀时在娃娃机里夹到的挂坠。

章鱼有两面可以翻转，一面是开心的笑脸，一面是难过的哭脸。

向榆对这小章鱼挂件很是喜爱，一天到晚都捧着。

因为自己性格内敛，这个章鱼像是一个替她表达情绪的显示器。

她习惯在自己心情好的时候把章鱼翻到笑脸的那一面，反之，心情不好的时候就会把章鱼翻到哭脸的那一面。

这次亦是，她用手指捏了捏章鱼的脑袋，然后把它哭脸的那一面翻出来放在桌角就没再管了，自顾自地翻开试卷，收心做题。

这一做题，时间就过得很快，自习课一下就结束了，身旁的陆佳穗一直没有回来。

向榆抬眼看了下姜韵，见她还在做题也就没打扰，翻开下一张试卷继续写。

因为到了饭点，班上的人也都走光了。

从窗外看出去的天空与房子的交界处显现出晚霞。

“嘎吱！”

前方突然传来椅子拉动的声音，向榆停下笔，慢吞吞地朝前面看了眼。

这一抬头，她的视线直接撞上一双漆黑的眸子。

不是前桌，是宋怀时。

他的刘海似乎长了些，原本在眉下的位置现在已经到了半眼。刘海后面的眼睛隐蔽着，但看起来心情倒是不错。

向榆还没说话，宋怀时就先一步拿起桌上的小章鱼看了一眼，随后视线又从小章鱼上面落到她身上。

就见他微微弯了弯嘴角，连带着眼角都上扬了一些。他笑着问：“怎么啦，今天我的小章鱼怎么又不高兴啦？”

落日余晖打照在少年身上，他逆着光，也镀了一层光。

向榆瞥了他一眼，小声反驳：“什么叫‘又’！”

宋怀时闻言低笑了两声，身子微微前俯：“行吧，那跟我说说，今天小章鱼为什么不高兴了？”

他说的“小章鱼”，指的是章鱼的哭脸，亦是不高兴的她。

向榆拿起旁边的试卷看了眼：“这次月考没考好。”

“哪门？”

向榆抬眼悠悠地看了他一眼。

宋怀时哂笑：“数学啊？”

向榆把试卷捂在自己脸上：“为什么会有数学这么难的科目！”

向榆基础不差，但数学相较别的科目的确很薄弱，本来也只是勉勉强强能凑合，但是只要考题一难，状态一差，分数就是断崖式的下滑。

宋怀时拿起向榆的卷子看了眼。

跟向榆不同，宋怀时最擅长的就是数学，这次月考的题目刁钻，但对他来说也还行。

“跟你肯定没法比，我错了这么多。”

宋怀时边翻看着试卷，边道：“考试的时候状态不好？”

向榆愣愣地“啊”了一声。

宋怀时指了指试卷上的题目：“这是基础题，你不是会的吗？”

向榆：“我算错了。”

见她一副蔫巴的模样，宋怀时也安慰了几句：“其实还行，有几道错题你公式也都用对了，好好想想应该是能做出来的。”

向榆闷闷地应了声。

恰逢这时，陆佳穗正好从办公室回来。

“你怎么在这儿？”陆佳穗坐到自己位置上开始收拾桌面。

宋怀时捏着试卷没抬头：“过来看看你的成绩，一会儿向你妈汇报。”

“你好烦啊！”陆佳穗翻了个白眼，“明明就是找某人无事献殷勤，懂的都懂。”

宋怀时淡笑不语。

倒是向榆听到这话，脸上慢慢浮现红晕。

正值饭点，向榆她们也没在教室待太久，见陆佳穗回来就准备收拾收拾去吃饭了。

“你要一起去吗？”

宋怀时笑了下：“不了，我这就回去了。”

向榆点点头，倒也没觉得异样。

宋怀时还在她位置上看题，向榆跟他打了个招呼就先走了。等吃完饭回来时，教室里已经没有宋怀时的身影了。

桌面上的试卷与书本被整理得整整齐齐，唯一放在中间的是一本数学书，里面夹着考卷。

向榆没察觉异样，拿起书把试卷抽了出来准备看题，突然，她注意到试卷上贴着的五颜六色的便利贴。

便利贴贴在试卷的错题旁，上面的字迹刚劲有力，清晰地记录着每一题的解题思路。

大部分错题的解题思路都被写了出来，最后有几道难题问题出得刁钻，宋怀时没写解题过程，而是写道——

“这几题的解题过程比较复杂，我回去研究一下另一种解题方式教你。”

向榆捏着试卷眨了眨眼。

是宋怀时啊。

3

暮春，厚重的冬季校服还没脱下，俞中就迎来了春季踏青。地点不远，就在学校旁边的白云山。

分批组织爬山，先高三，再高二高一。

周五一早，学校组织了高三年段集合后，讲了一些注意事项就让大家出发了。

因着爬山，向榆也没带太多东西，只背了一点吃的，轻装上阵。

学校到白云山的距离有一两千米，等走到山下时，平时缺乏锻炼的学生们已经开始喊累了。

老师组织大家休息，一声解散，陆佳穗就拉着向榆和姜韵兴冲冲地跑到小卖部去买冰激凌。

甜腻的冰霜入口即化，向榆的舌尖被冷得一哆嗦，她又咬了一口冰激凌，眼睛一瞥就看到不远处站着的宋怀时。

少年身上厚重的校服已经脱下搭在臂弯，身上只穿着一件单薄的黑T恤，人站得笔直，嘴角弯着笑，似乎在跟同学逗趣。

向榆盯着宋怀时看了一会儿，也不知道是不是有心理感应，宋怀时也正好侧头往她这个方向看了过来。

他嘴角的笑意还未消散，与向榆对上视线后，脸上的笑意更甚，他轻轻抬手冲她挥了挥。

向榆也笑了起来，抬起手掌左右摆了摆。

隔着人海，两两相望，轻轻挥手，眼含笑意。

“小榆，再不吃冰激凌就要化掉啦！”

向榆回过神，收回视线微微一笑。

俞中组织学生走的是上山的公路，一圈又一圈的柏油路蜿蜒盘旋在山间，一眼望不到顶。

路程过半，周围的同学都开始号叫喊累。

“我要累死了。”

“爬山简直是要了我的命，我真是蠢到家了才会对这次踏青产生期待！”

向榆走了几步，鞋子有点顶脚，些许痛楚从指头处传来。

陆佳穗也在抱怨自己的腿要废了。

“好啦，很快就要到半山腰了，到那就可以休息了。”姜韵在旁边小声安慰。

向榆往她们的方向看了一眼，随后又将视线落在正前方。

远处的亭子出现在视线里，她暗自松口气。

“大家在原地稍作休息，不要跑远，休息片刻后我们继续赶路。”

段长一下令解散，围在一起的学生顿时松散开来。

亭子就那么几个位置，跑得慢的也就没有位置了。

向榆就愣了一秒，再回神时，亭子已经满得塞不下人了。

“他们跑得也太快了吧。”

“是啊，我真要被热死了。”陆佳穗扯了扯衣领，“我去趟洗手间，你俩去不去？”

姜韵表示自己要去。

“小榆你呢？”

向榆摆手：“不啦，我在这等你们，给你们看东西。”

陆佳穗点点头：“那行。”

俞中组织踏青倒是挑了一个好日子，天气晴朗，春意盎然。

但难得的太阳竟然出在爬山的日子，细想好像也不是一件值得高兴的事情。

向榆顶着太阳蹲在花坛边。

周围的树荫已经被人占满，向榆也不好意思去一群不认识的人那儿遮光，索性蹲在角落躲阳光。

光线亮得刺眼，照在眉眼上惹得向榆睁不开眼，浑身感到不适。

突然，向榆感觉到眼前的光被人阻隔，剩下的只是一片阴影。

她抬起掩在眼前的手，眸子往上看。

少年的嘴角含着笑，脊背微微弯曲，他背着光，出现在她的世界里。

他笑着问："这样会不会好些？"

他挡住了原本刺眼而又毒辣的日光。

向榆抬着头，问："你怎么在这儿？"

宋怀时笑着："给你挡太阳啊。"

向榆也跟着笑了："少贫。"

向榆也只有跟宋怀时待在一起的时候才会耍耍小孩子脾性。

"谁贫嘴了？"宋怀时眉眼略展开了些，"我呢，没啥优点，只能给别人挡挡太阳。"

少年语声清朗，听着却惹得向榆满身燥热。

感觉到脸上的温度，向榆低下头躲了躲，嘴里小声嘀咕："'中央空调'是吧……"

"喂喂。"宋怀时也跟着蹲了下来，手却依旧挡在向榆面前遮光，"我听得到。"

当场被拆穿，向榆脸一红，别开脸去不敢与宋怀时对上视线。

宋怀时笑着道："谁说我是'中央空调'了？向榆你最近越来越没良心了。"

"我怎么没良心啦？"向榆忍不住反驳。

宋怀时："给你挡太阳还要被你骂是'中央空调'，你说我是不是有点憋屈？"

向榆揉了揉脸，满不在乎地说："那你肯定不止给我一个人挡过阳光，我这么说也没错啊！"

话音一落，眼前的人突然没了声响。

向榆也有点躁，她后知后觉自己刚刚讲出来的话带了一丝……呃，小媳妇似的怨气。

果然，下一秒，她听到宋怀时发出一声轻笑。

他语调上扬："哦，吃醋了。"

向榆简直羞得没脸。

宋怀时："行吧，我跟你解释一下。"

向榆缓缓看向他。

"主动与被动，是不一样的，好吧？"宋怀时挑眉，"我呢，跟女生接触得少，班上的女生也很少有接触，但毕竟是同学，她们让我帮个忙我也就帮了。"

向榆"哦"了一声，语调拉得很长，表示自己听懂了。

的确，按照宋怀时的性格与教养，他是会去照顾别人感受的那一类人。

宋怀时见状笑了声："怎么感觉你还是很介意呢？"

"我哪有，你别乱说。"

见向榆一副奓毛的模样，宋怀时忍不住给她顺了顺毛。

他的手掌触上她的发丝时，一种异样的感觉由内而外萌生。

紧接着，她听到眼前少年许下的承诺——

"那行吧，以后我都听你的。还有，向榆同学想让我挡多久的太阳我都接受，随时候命，成不？"

期末考试结束，迎来了暑假。

不过这个暑假大家都很忙，长达二十天的补课，等补完课真正开始放暑假的时候，宋怀时又被家里人安排去了补习班，一天到晚与学习做伴。

向榆也忙着在店里给母亲帮忙。

八月八日那天，宋怀时逃了补习班的课来找向榆。

向榆见到他简直又气又好笑。

她怎么也没想到宋怀时会逃了补习班的课。

"你妈妈问起来怎么办？"

宋怀时说："没事，我就说我厌学，跑去电玩城放松了一下。"

向榆半开玩笑："好学生被我拉下马啦。"

原本只是句玩笑话，但不知道为什么宋怀时反而认真了。

他说："不是，我就是真的需要放松而已。"

向榆知道，他是担心自己会觉得耽误了他的学习。

两人也没去哪儿玩，就在附近的麦当劳坐着吃了两个甜筒。

宋怀时提起自己要过生日了。

向榆诧异："你生日不是九月二十三日吗？"

今天可才八月八日啊，距离他生日不还有将近两个月吗？

宋怀时难得有小孩子气性："让你早早准备礼物嘛！"

向榆无奈："知道啦。"

"用心点，"宋怀时突然凑近，笑着挑眉，"这可是十八岁。"

闻言，向榆忍不住笑了下。

她知道宋怀时的这句话意味着什么。

她推开宋怀时的脑袋："你满十八岁了我可没有，我还是个未成年。"

宋怀时见状佯装无奈："那好吧，我只能慢慢陪未成年长大了。"

话音刚落，两人都笑了起来。

那段不知道是否荒唐的十七岁。

4

向榆觉得最近母亲有些奇怪。

说不上哪儿奇怪，就是反应比平时迟钝了不少，时常坐在某处发呆就是好久，跟平日里雷厉风行的模样完全不同。

临近开学，向榆终于忍不住了。

她问："妈，你怎么了？"

向母好半天才回过神，一脸惆怅地扶着额头："没事。"

"我看你这样子才不是没事。"

安静片刻，向母揉了揉额间，叹了口气："真没事，就是你爸最近联系我的次数越来越少了，我想去他那儿看看。”

向榆一听这话倒是笑了起来：“哦，原来你是想爸爸了。”

向母挥手：“去去去，胡说什么呢，我就是担心。”

向榆耸耸肩：“那行吧。”她提议，“要不我们国庆的时候过去看看吧？那时候学校正好放假。”

“你现在高三，哪里还有时间瞎跑？”

向榆笑嘻嘻地说：“就是因为高三，正好出去放松放松缓解压力。”

向母转念一想也没错，就松了口。

高三提前开学，高三生们搬进了最南边的教学楼。

那里是学校后门，平时鲜有学生去那边，而且旁边靠近居民楼，平时也没有马路上车鸣的喧闹声，安静得很。

开学考，向榆成绩稳定发挥，在年级第三十一名。

她又转头去看宋怀时，他也没上学期掉得那么多了，重新回到了理科班的年级前五。

看来暑假恶补还是有点用的。

高三的第一个月就在一张张试卷中度过，向榆从一沓试卷中抬头都忍不住长叹一句“题海无涯”。

九月二十三日，迎来了宋怀时的十八岁生日。

俞峡这边有习俗，过生日整为大，一般也只有十岁、二十岁这些整十数才会大办。所以宋怀时不可能为了生日请假出去办生日宴。

本想着吃个蛋糕吹个蜡烛就算是过了这个生日，但他身边的朋友没几个是安分守己的，趁着宋怀时生日，一群人兴致勃勃地围坐在篮球场上讨论这个生日该怎么过。

有人提出跟着高一高二那些走读的学生一起溜出去吃个晚饭，逃掉那天的晚自习，再趁着下晚自习的空当溜回来。

“也行啊，虽然也没多好玩，但起码也能热闹热闹。”

一群人对这个提议没意见，宋怀时也随他们去了。

“哎，对了，”一旁的男生嬉笑着拍打了一下程淮的背，“这么好的机会不把姜韵约出来一起玩，热闹热闹？”

“对啊，出来一起玩啊！”

程淮笑骂了一句：“一个个惦记着我干什么？有精力关心我，不如问问宋公子有没有女生带出来玩。”

宋怀时睨了他一眼：“你有病啊，扯我干什么？”

“就是啊程淮，扯怀时干什么？”那男生挑了挑眉，“你把姜韵约出来，再顺便把她朋友也一起带过来，到时候怀时肯定会谢谢你，是吧，怀时？”

宋怀时被逗乐了，笑骂了一句。

张子杰故作老成地拍了拍宋怀时的背：“别装了，兄弟我是最了解你了，对你的小心思可是门儿清呢。”

宋怀时挑眉：“你最了解我？”

张子杰：“对，也不用你多感动，把你妈买给你的那款新游戏机借我玩就行了。”

“张子杰你可别装了，怀时那心思不是个蠢的都知道好吗？”

宋怀时笑道：“行了啊，一群人总是说就没意思了。”

一群男生嬉笑起来。

徐宣林坐在一旁没再搭腔，视线也慢慢收回来落在自己两只手的虎口交界处。

之前他喜欢向榆的事情闹得沸沸扬扬，身边的朋友也都清楚，偶尔也会跟着打趣几句。后来，宋怀时与向榆之间那些旖旎的互动，身边的朋友不是个蠢的也都发现了。加上他自己本人都坦坦荡荡地开始开起宋怀时的玩笑，一群人也就认为他跟之前一样，对这段单恋也没多在意，大家也就当之前的事情没有发生过，跟着嬉笑打趣。

的确没什么，从最开始，他对向榆的感情就是他一个人的一厢情愿。

敲定宋怀时生日怎么过后，一群人开始讨论起去哪儿吃。

考虑到不能去太远的地方，只能在周边，学校附近又只有几家餐馆，选择范围再一次缩小，最后一群人决定就去大排档热闹热闹。

决定好最终方案后，当晚宋怀时就去找了向榆。

还是在老地方，等向榆她们下来后，许是见到宋怀时站在那儿，陆佳穗她们就十分自觉地抛下向榆继续往前走。

向榆有些无奈，但心底又有些窃喜。

她走到宋怀时身边，宋怀时很自然地跟她对看一眼，然后两人一同侧身往前走去。

他们其实很少在晚自习下课后一同回寝室，所以今天这么一走，向榆还有些紧张。

走了一段路，大概是因为两人半天都没开口说话，两人之间的气氛也略显得怪异。

宋怀时低头看了眼。

恰逢这时，向榆也正好抬头。

似乎是接收到了宋怀时的视线，向榆笑着搭话："听说你们准备在生日那天偷偷逃课出去过生日啊？"

宋怀时笑了笑："你这么快就知道了？你的消息还挺灵通的，我刚准备跟你说呢。"

"晚自习的时候，姜韵跟我和佳穗提了一句。"

"准是程淮那大嘴巴。"宋怀时笑骂了一句。

向榆点点头："听姜韵说程淮问她要不要一起去，但她在犹豫，想看看我和佳穗的意见再做决定。"

"所以呢？"宋怀时突然看向她，"你决定去还是不去？"

“当然……”向榆音调拖得很长，拉得宋怀时整颗心都吊了起来，“要去啊！”

话音一落，宋怀时悬着的心回到原处。

向榆揶揄道：“我要是不去，某人指不定往后就拿这件事来翻旧账。”

宋怀时挑眉：“那个某人指的是谁？”

向榆瞥了他一眼：“我不说是谁，懂的都懂。”

宋怀时笑了起来。

“行吧，我承认就是了。”

但事与愿违，宋怀时生日如约而至，结果那天晚自习向榆却被班主任叫去帮忙了。

宋怀时惆怅得不行，但也只能接受这个事实。

餐桌上，程淮见他一副失了魂的模样，忍不住吐槽：“你瞅瞅你这样，大寿星怎么能耷拉着一张脸呢？”

陆佳穗端着一杯饮料，在旁边一副看热闹不嫌事大的模样：“我说你也别打趣他了，人家本来就没人陪，要难过死了。”

宋怀时见状笑骂了一句。

程淮一脸不可置信：“什么没有人？”

他站起身，双手大剌剌地张开示意了下周围：“我们这一大桌子兄弟庆祝你生日，你管这叫没人？那宋公子你也太没良心了。”

陆佳穗似乎已经兴奋过头了，顶着腮帮上的两坨红晕，口不择言：“我们这一群在他眼里算人吗？”

不是，姐，你这骂人就算了，怎么还把自己也骂上了？

见陆佳穗这模样，宋怀时就知道她有些玩嗨了，顿时有些头疼地捏了捏眉心。

考虑到明天还要早起上自习，一群人也没吃得太晚，到了晚自习下课的点就松松散散地溜回学校。

一群男女嬉笑着往寝室走去，男女寝室的两栋楼就在隔壁。

在岔路口分开后，一群男生大剌剌地往寝室走去，聊天声音大到频频惹人注目。正逢下课高峰点，宋怀时简直想装作不认识他们。

快到楼下时，张子杰突然拍了拍宋怀时的背："哎，怀时。"

宋怀时收起手机睨了他一眼："干什么？"

张子杰手往前一指："那是不是向榆啊？就寝室门口站着的那个。"

宋怀时顺着他的视线看了过去，还真是向榆。

少女穿着校服短袖站在男寝前面的花坛那儿张望，手里拎着一个方方正正的东西。

宋怀时当下撇开身后的一群朋友快步走到向榆面前。

向榆被突然出现在自己眼前的人吓了一跳："你怎么在这儿？"

宋怀时好笑："该我问你吧？"

向榆往他身后看了一眼，随后扯了扯他的袖子，视线往旁边的操场看。

宋怀时立马明白了向榆的意思，点点头跟着她一起往操场走去。

两人坐在操场的台阶上，周围一片漆黑，最近的光源也在百米远的花坛。

向榆把手里的盒子递给宋怀时："看看。"

"什么啊？"宋怀时边说边拆开。

盒子一打开，一个小巧精致的蛋糕出现在他的眼前，蛋糕上还写着一个"18"。

宋怀时弯着唇笑了起来。

向榆也跟着笑："喜欢吗？"

宋怀时点点头："还有点意外呢！"

"有什么好意外的？"

宋怀时："意外你准备了这些啊。"

"我当然得用心准备啊，"向榆笑了下，"这可是阿怀的十八岁生日欸。"

宋怀时也笑着，视线却看着蛋糕。

他突然被向榆戳到了。

向榆插上蜡烛，悄悄地用从别人那儿借来的打火机点了火。

她把蛋糕举到宋怀时面前：“来吧阿怀，许个愿望。”

宋怀时双手合拢：“愿望要说出来吗？”

向榆：“看你自己呀！”

“那好吧，”宋怀时闭上眼，轻声道，“我希望能跟向榆一起上江大。”

向榆在旁边淡笑不语，似乎早就知道他会许这个愿望。

不过，这的确是一个他们都想实现的愿望。

宋怀时生日过后，迎来了国庆。

高三学生有长达三天的长假，这直接把一群人高兴坏了。

宋怀时原本想约向榆出来玩，但向榆要去找爸爸。

见状，他索性报了三天的辅导班去学习。毕竟九月份的周考他考得不是很好，生日前后的那两次甚至掉出了年级前十。

向榆那时候已经很焦虑了。

宋怀时也有点担心自己会考不上江大，但他最近的状态的确有些松散。和之前不同，这时候自己松散下来，而别人都在努力的话，很快就会被别人甩开一大截。

成绩公布后，他幡然醒悟。

其实一直以来名列前茅的成绩根本不是自己的天赋有多高，而是因为自己的努力。他的确有天赋，但俞中有天赋的人实在是太多了，有天赋的人也没有停下脚步，只会更拼命地往前跑。

所以他得努力了。

坐上去往邻省的列车，向榆心里充满了期待。

这是她第一次去俞峡市以外的地方，虽然不是去玩，但就算是去见爸爸也挺让她高兴的。

坐了几个小时的列车，母女三人下车后就径直打车去了向父住的小区。

小区离火车站不远，没一会儿就到了。

下了车后，向母不清楚具体位置，三人就站在小区门口等向父。

等了许久，向榆被热得不行，忍不住问："要不你打个电话给爸爸？"

向母白了她一眼："电话费多贵啊，我不是发了短信嘛。"

话是这么说，但她也开始翻找手机。

"哎呀！"向母一声惊呼把向榆的视线又拉了回来。

"怎么了？"

向母举着手机："短信没发出去。"

向榆哭笑不得："你怎么不检查一下？"

"我怎么知道短信会发不出去？"

向榆："也就是说爸爸都不知道我们来这儿了吗？"

向母塌下肩膀，只能道："打电话吧。"

她滑动手机开始找向父的电话："向丛，向丛……"

"爸爸！"

耳边突然响起向暮的惊呼。

向榆顿时被吸引了视线，一边问"哪里哪里"，一边朝着向暮指着的方向看去。

视线落在不远处的拐角，向榆瞬间愣住。

这时，向母也正好抬头："哪儿？那我们直接……"

说话声戛然而止。

不远处的拐角，向父正搂着一个女人朝她们走过来。

他的视线并没有看着前方，而是低头看着女人跟她说着什么。

向暮突然问：“为什么爸爸搂着别的阿姨？”

向榆觉得自己心里的那道引以为傲、最坚强的防线崩塌了。

没等她反应过来，向母就直接冲了上去。

向榆心下一慌，来不及细想什么就赶紧跟了上去。

“向丛！”

向父抬起眼，直接跟向母的视线对上。

他的神色顿时变得慌张，搂着那女人的手也松开了。

他注意到向母身后跟着的向榆和向暮，神色慌张地问：“你们怎么在这儿？”

向母冷笑：“我们怎么在这儿？我们不在这儿怎么看你带着小三遛弯呢？”

向母眼睛往小三身上一瞥，注意到面前女人的腹部略略鼓起。

向母倏然抬起头，指尖微颤着指向向父：“你出轨？还搞大了别人的肚子？你今天最好把这件事跟我说清楚！”

周围不少人都看了过来。

向父只觉得难堪：“有什么事情我们回去说，在外面多难看？”

“我有什么好难看的？”向母扬声，“出轨的又不是我！爬别人老公床的也不是我！”

那女人也不说话，只是往向父的怀里靠了靠。

向父怒吼：“够了，你要怎么闹回家闹行了吧，别在这儿丢人现眼！”

“我丢人现眼？你自己做了这种下三烂的事情，你还有脸骂我？”

“这都是家里的事情，你闹得尽人皆知对你有什么好处？”

……

向榆拉着向暮站在一侧，抿着唇没说话。

她脑子已经乱成了一团，她不知道为什么一直让她骄傲的父亲，一直支撑着她的父亲会做出这种事。

他从头到尾都在力争，但自始至终没有反驳过身边这个女人的一切事情。

他，真的出轨了。

她最信任的男人，说出的话不过是一些编织的谎言。

Chapter 07 · 变故

荒唐的十七岁

N I S H I X I N L E

1

向父出轨的事情闹得沸沸扬扬。

向母到底也只是一个市井妇女，当天在向父所在的小区闹了一通，然后就直接带着向榆跟向暮回了俞峡。

一回到俞峡，她什么话也没说，直接奔到店里继续上班。

向榆有心劝阻，但自己心里也乱成一片，不知道下一步该怎么做。

国庆假放了三天，向榆在家里看了三天人的无耻下限。

向榆的爷爷奶奶也从乡下赶过来了，向父在国庆放假的第二天也从那个城市赶了回来，他一个人，没带着那个女人。

假期第三天，家里依旧在吵。

她拉着向暮的手坐在沙发上，眼睛盯着面前的果盘发愣，耳边是源源不断的辱骂声。

“这么多年我一个人辛辛苦苦地操持这个家，不管多累都不敢停下喘口气，因为家里的支柱是我在顶着。向丛你有没有良心？我给你们家当牛做马这么多年，就算没有功劳也有苦劳吧？你怎么就能对我做出这种事情？”

向榆的奶奶也恨铁不成钢地打了向父几下："小禾这么多年怎么照顾我们家的你又不是不知道，你怎么能辜负她在外面找三儿呢？我怎么就生出你这个不孝子啊，老天爷啊！"

向奶奶说着眼泪就掉下来了，向榆赶紧上前扶住奶奶，轻轻地在她背上舒气。

向爷爷沉默了许久还是开口了："你去跟那个女的断干净，回来我们再想办法。"

向父急急开口："爸，小惠已经怀有四个月身孕了。她肚子里的可是你的孙子啊！"

"那种用下作手段怀上的孩子不要也罢！"

向父："爸！"

向奶奶抹了一把眼泪："你这样要让小榆和暮暮以后怎么办？这两姐妹多好的孩子啊？小榆被小禾教得懂事听话，学习上更是从不让人操心，街坊邻居见我都得夸上她几句。她也是你的女儿啊！她现在高三了，是学习的最关键时期，马上就要高考了！你让她遇到这种事情，你让她怎么办啊？啊？"

向榆垂了垂眼没说话。

向父："我没想在小榆高考之前弄出这件事的，我本来是想等小榆高考过后再回来说清这些事。"

向榆只觉得反胃，第一次觉得自己一直信赖的父亲恶心。

"我跟小惠是真心相爱的。"

向母气不过："相爱？向丛你还有脸说这话？"

"小禾你别这样，我们坐下好好说，这件事的确是我做得不对，我跟你道歉。前几年工厂一直不景气，是小惠一直陪着我把工厂做大，互相扶持这么两年，我真的爱她。"

向母擦了一把眼泪，冷笑："又是爱。"

她的精气神一下落了下来，似乎没精力再跟向父纠缠这件事了。她语气轻了下来："算了，抛弃就抛弃吧，向丛，我们离婚吧。"

她妥协了，语气里充满了落寞。

假期结束，向榆很快回到校园。

但自从回到学校后，她的状态就一直不太好。

向榆这副郁郁寡欢的样子大家自然也能感觉到，陆佳穗尝试跟向榆沟通过，不过向榆不肯说，她也只好作罢。

而面对宋怀时，向榆也在无形中抗拒、疏远。

每次看到宋怀时的时候，她就会想到自己的父亲。

两个她最信任的异性。

就连自己信任多年的父亲都可以毫不犹豫地抛弃她，忘掉他对自己的承诺，把口中的誓言忘得一干二净。

那宋怀时呢？

他口中的承诺又有多真？

她能相信宋怀时吗？

连自己的亲生父亲都可以放下她，更不要说宋怀时了。

或许他也是，可能一毕业，两人之间的绳索就会断裂。

……

宋怀时察觉到向榆的抗拒，也想好好跟她谈一谈。

向榆答应了，不过她觉得最近就要月考了，让宋怀时先把心思放在学习上，很多事情等到月考后再谈。

宋怀时没说什么，或是说他不能说什么。

一连上了一个星期的课，向榆接到自己母亲晕倒了的消息。

她急忙请了假去医院看母亲。

向母躺在病床上，整个人很憔悴。

医生说她是因为劳累过度才会晕倒的。

向母见向榆来了，嘴里还忍不住怪罪道："你怎么来了？你不要为了我这么一点小事跑来跑去，你都高三了，你得好好学习。"

向榆一直应着，也不反驳她。

许久，向母的视线落在天花板上，眼神变得混沌。

向榆原本以为她又不舒服了，刚要开口问，就听见母亲长叹一口气，声音嘶哑着说："我和你爸爸居然走到了这一步。"

向榆一愣。

"我跟你爸当年是真的有爱的，年轻时他为了追我付出了全部的精力，为我跑上跑下，我有一点点小病，他都紧张得不行。年轻时候的他，看我时眼里的爱意是藏不住的。

"小榆，爸爸妈妈从前，是有爱的。但这个世界上最不稳定的也是爱。

"你外公外婆一直觉得你爸爸很好，也很喜欢他。你外婆还经常跟我念叨你爸的好，说你爸是个可靠的人。"

向母的眼角突然滑过一颗泪珠——

"原来你外婆，也会看走眼。"

来接向榆的是向父，父女俩再次单独相处，早没了以前的轻松气氛。

向父在前面开车，向榆坐在后面，两人都不说话，向榆也只当他是一个陌生人。

向父从后视镜里看了一眼向榆，嘴巴张了张，欲言又止。

向榆撇开脑袋装作没看见。

就在车子快要开到学校的时候，向父突然喊了声她的名字："小榆。"

他的声音沙哑，带着一点小心翼翼。

向榆原以为自己会破防，会心软，但是她没有。

好在她没有。

她没侧头看父亲，脸上的神色冷冷的。

向父叹了口气，说：“我跟你妈妈前两天办了离婚。”

向榆没说话。

向父说：“我知道你怨我，但成年人的世界的确有很多无奈是不能避免的。我跟你妈妈，早就不是当年那个感觉了。”

“所以，”向榆侧过头看他，“这就是你出轨的理由吗？”

她的声音清冷，听不出一丝情绪。

向父张了张口，最终还是没说话。

向榆继续道：“其实不是没有了当初的那个感觉，这么多年，变的人只有你，妈妈一直都没变。”

妈妈还是一直很爱你。

向榆垂着眼，轻声说：“是你变了。”

向父说：“成年人经历过社会的敲打总是会变的，这一路上也会遇到形形色色的人，可能在某一个瞬间，人就变了。

“人都是会变的，只是每个人变的方式不同。”

他在告诉向榆，不管是谁，都有可能在某一个瞬间发生改变。

向榆几乎是马上就想到了那个如沐春风的少年。

宋怀时会变吗？

向榆问：“你觉得自己错了吗？”

她不想称呼这个男人为“爸爸”。

向父愣了一下，随后缓缓道：“我对不起你妈妈。”

“你只会说对不起吗？”

向父沉思着没说话。

向榆看着他，眼神麻木。

“我只是不知道为什么，我最信任的人会把对我们的承诺碾碎，变得一文不值。

“你让我十七年建立的信任在一夜之间崩塌了。

“我现在已经有点不敢相信任何人了，因为你，我觉得所有人对我的承诺，不论是真还是假，我都开始怀疑了。但其实，我很想去相信那个人的承诺。

“爸爸，我有点恨你。

“你毁掉了我们这个家。”

2

父亲在向榆的生活中扮演了很重要的角色，哪怕父女俩见面的时间不多，但他一直都是向榆的支柱。

而一直为向榆撑起世界的父亲，却出轨了。

现实就像是狠狠地打了向榆一巴掌。

她原以为父亲会否认，会认错，会好好地解决那边的事情然后回到她们身边。

但他没有，他选择了那个家，放弃了她们。

好像一夜之间，她对人的信任慢慢消失了。

以至于以后在听到别人给她的承诺时，向榆再没有从内心相信。

她的思想变得扭曲，她不再相信别人对自己的承诺，因为她觉得承诺始终会变，就跟她的爸爸一样。

爸爸当初也是爱妈妈的，但最后呢？还不是出了轨，抛弃了整个家？

那个曾经满眼都是妈妈的男人也变了，有爱也依旧会变。

这让向榆觉得，世上的所有东西都会变。

她想起生活中的种种例子，不乏因爱生恨的，最容易得到的是爱，最容易变质的也是爱。

她不相信了。

月考结束后，宋怀时又来找向榆了。

他觉得两个人应该坐下来好好聊聊最近的事情。

向榆有点抗拒，她现在满脑子的想法都是再多的话与承诺最后都会变成谎言。

她下意识地想拒绝，忽而抬头就瞧见了宋怀时红透了的眼眶。

她心一紧。

宋怀时低着头，小声问：“想想，我们还要一起考江大吗？”

那一刻，向榆觉得自己真够讨厌的。

为什么要因为自己父亲的事情就给宋怀时也下了定论。

她最后还是应了下来。

宋怀时是不是认真做了承诺她是清楚的，可就算是清楚也阻止不了她内心的动摇。

向榆觉得自己应该试着去区分两者。

她意识到自己的思维已经扭曲，这时候该做的不应该是适应，而是要改变。

只要慢慢来，她相信，她一定能跨过这个坎的。

但在向榆放松的下一刻，老天直接给了她当头一棒——

她的妈妈得了胃癌。

向榆跟宋怀时约在月考成绩出来后好好聊聊。

在月考成绩出来当天，她被程定叫去了办公室。

办公室里坐着好几个老师，甚至还有年级主任，他们无一例外，脸色都很凝重。

向榆突然有些不安：“老师，有什么事吗？”

话音一落，像是把办公室里的老师都吸引了过来。

程定轻咳两声，语气委婉："向榆啊，你最近压力大吗？"

"还行。"

"是这样的，"程定搓了搓手，"有老师注意到你跟八班的宋怀时平时交往过于亲密，老师今天就是想问一下你这件事，你们俩是不是在谈恋爱啊？"

向榆一愣，回了会儿神才接道："没……没有啊。我们就是朋友，怎么了？"

程定说："哦，那就好，主要是有老师经常看到你俩走在一起，所以老师就比较关心。你们现在处于关键时期，可不能被这些事情耽误了学习啊。"

向榆垂了垂眼："我知道的老师，我们也知道高考的重要性，但我们没有……"

"今天来了这么多老师，其实也是想跟你聊一聊这件事。"

向榆抬头。

"因为宋怀时一直都是我们学校冲击明年市理科状元的好苗子，老师们也一直在重点培养他。

"宋怀时的确很有天赋，虽然没有一直居于第一的位置，但发挥一直很稳定，之前也一直没有掉出过前三。

"我们跟他初中的老师也有了解过，他初中的时候就一直都是学校的第一名，中考在市里也是前五。

"但就是这么一个成绩一直以来都名列前茅的学生，他的成绩现在却变得越来越不稳定。

"老师们也经常找他，但他都说自己发挥正常，倒也没紧张，就是单纯的考不好。

"这让老师们都很担心，这么好的一个孩子在即将高考时成绩一路下滑，现在还在十来名徘徊。"

程定轻轻咳了声：“学校老师猜测，不知道是不是有别的原因啊？”

向榆垂着眼没说话。

程定让那些老师先出去，自己单独和向榆谈话。

毕竟向榆也是个好苗子，总不可能为了宋怀时让她的心态又崩了吧？

程定柔声道：“老师们没有怪罪你的想法，就是想找你了解一下宋怀时的情况。不知道他成绩下滑得这么厉害，有没有别的因素在里面。”

向榆摇头：“老师，我不知道。”

“其实吧，老师还是觉得你们这个时间段应该以学习为重，不管你俩有没有谈恋爱，别的都可以放一放。高考对你们真的很重要。等过了高考，你们还有很好的人生，你说是吗？

“现在别的因素容易让你们分心，也太影响你们的成绩了，你还好，我看了你的成绩不是稳定就是上升，老师对你还是蛮放心的。

“毕竟宋怀时不是我班上的，我也不好对他做出什么评价，代表他的立场什么的。就是八班的江老师让我问你一句，你们能不能把一些别的事情先放一放，先弄好学习，别的等高考结束后再说？”

向榆一直听到最后一句话才算是明白，其实程定讲得已经很客气了，他是一个好老师，她知道。

她抬头，刚要说出的话堵在喉咙，耳边传来程定的碎碎念。

“其实出于私心，就是自己班同学的私心，你也是老师看了两年的好孩子，老师很喜欢你，所以我还是希望你也能对自己的未来负责。

“或许等你成年后，或者高考后你再来做这个决定，细想自己到底要不要接受这个选择。”

“老师。”

向榆打断他，她垂着眼，声音虽轻但很坚定——

“我知道了，我们知道怎么做，我也会把重心放在高考上。”

出了办公室，向榆忽略了刚刚出门前程定那欲言又止的模样，而是径直回到班里趴下。

陆佳穗见她这个模样，以为她不舒服，问她要不要去医务室。

向榆只是摇头。

下午上课的时候，程定来班里公布了成绩。

向榆特意去楼下看了这次月考理科班的前十名，前十名的名字里都没有宋怀时。

他的成绩真的掉得很厉害。

她晚饭也没去吃，就一个人坐在位子上发愣。

她抽出一张纸开始给宋怀时写今天的小字条，当笔尖写到“别”的时候，她的眼泪吧嗒一下落在了字条上。

眼泪洇染了字迹，笔墨瞬间糊了一片。

向榆仰起头，尽量让眼泪不落下来。

怎么办，她不舍得，他们真的做错了吗?

晚上来到老地方，宋怀时等在那儿。

向榆一走过去他就递上了字条，等向榆接过后，他还轻声道歉：“抱歉，这次我没考好，发挥失常了。”

向榆笑了笑：“没事。”

宋怀时看见她笑心里就一咯噔，心下萌生出一种不好的预感。

果然下一秒，他听见向榆说：“阿怀，以后别再来找我了。”

3

向榆很少用那么坚定的语气跟宋怀时说话，而这次用这么坚定的语气竟然是说这话。

女孩抬着眼，眼神丝毫不闪躲地看着他。

看得越久，宋怀时的心理防线越崩塌。

她如果有一丝丝闪躲，他都不会这么难过。

可偏偏她的眼神那么坚定，语气亦是，这是她做好的决定，她不会再改了。

僵持片刻，周围不少同学都注意到他们这儿的动静。

陆佳穗更是震惊，瞪大眼，张着嘴。

宋怀时率先低头，轻声问："什么原因？你跟我说说好不好？"

少年神色暗淡，语气卑微，这副模样是向榆没有想到的。

她觉得自己快要疯了。

如果再不离开这儿，她面对宋怀时真的要心软了。

向榆轻声说了句"对不起"，人直接毫不留恋地走开。

向榆转身的下一秒，眼泪从眼眶里涌出。

她破功了。

不过还好，她逃开了。

宋怀时愣在原地，身子僵在那儿一动不动。

陆佳穗心有不忍，走上前拍了拍他的背安慰："小榆可能是遇到了什么事情，你先别想太多，我们回去问问。"

宋怀时摇头，声音嘶哑："别了。"

他看了眼人群，里面混杂着向榆小小的身子。他张了张口，语气满是落寞："她说出口的话都是她再三思考过后的结果。"

向榆认真想了好久，所以才提出赶他走的。

回到寝室后，陆佳穗也想跟向榆旁敲侧击地打听她与宋怀时的事情。

但向榆像是受了什么刺激，一晚上都没跟她们说一句话。

最后念着她今天心情不好，陆佳穗也就作罢，没再问了。

接下来的几天，宋怀时总是会到三班来找向榆。

但向榆决定的事情就不准备改了，而且现在他也没什么资格来挽回，断开联系就是他们最好的结局。

宋怀时最后一次来三班找向榆的时候，向榆给了他一张字条。

向榆给完字条，说："别再来了。"

宋怀时等她走后才拆开字条看。

字条还是用他们俩平时传信的折法折的，这可能也成了一个习惯。

他低眼一看，熟悉的字迹映入眼帘——

如果我们纵容彼此，你我皆荒唐。

宋怀时收了纸，眼睛发酸。

他不能再缠着她了。

少年的背挺得很直，但心里的身躯已经弯了。

自那天起，宋怀时就没再来找过向榆。

但也是自那天起，他开始消沉。

他的成绩一落千丈，甚至掉出年级二十名开外，上课也不怎么听讲，老师抽他起来回答问题都发现他在发呆。

宋怀时的堕落让很多老师看在眼里急在心里。

以前是失误，现在他是真的就不想学了。

向榆听到这消息也有些惊讶，但她现在不能回去找他，只要一找他，之前的种种都会破功。

陆佳穗去找过宋怀时，见到他就直接挑明："你是不是因为和小榆之间的关系才开始自甘堕落？"

她以为宋怀时会点头，但没有。

宋怀时迟钝地收回看着窗外的视线，嘴角轻轻勾了下，笑："不是。"

他说："我只是学不进去，一点也学不进去。"

少年的声音满是落寞，听得人心一揪。

陆佳穗没再久留，直接走了。

她差点就忍不住了，宋怀时毕竟是和她从小一起长大的青梅竹马。他从小到大都是天之骄子，在哪儿不是骄傲又耀眼的存在？

可现在，她看到的只有少年越来越消沉的状态，他眼里的光、嘴角含着的笑意都消失了。

本来作为双方的朋友，她不该掺和这件事的，但她实在是忍不住了。

自习课，陆佳穗小声跟向榆说了宋怀时的状态，想看看向榆是什么反应。

但让她失望的是，向榆的反应淡淡的。

陆佳穗心里憋了一股子气，忍不住直接开口：“小榆，你真的是因为宋怀时成绩下滑，怕耽误他学习才不理他的吗？还是有什么隐情？要不你跟我说说吧，你们的事情发生得太突然了，你要不跟我说说原因？”

向榆手上写字的动作没停：“没什么，就是觉得高三了，我也不想再因为别的事情耽误学习了。”

陆佳穗一噎。

她安静片刻，还是小心翼翼地说：“但这种事情还是要说清楚吧，你看你和宋怀时本来不也挺好的吗？你们成绩也没掉很多啊，你俩不是还约定了一起考江大吗？他现在的状态真的挺不好的，你看你也知道，都高三了，现在让他有个心结挺不好的，要不你们再说清楚点？”

向榆眼一抬，看向陆佳穗无奈道：“真的没什么好说的了穗穗，我真的只是不想他再来耽误我了，也没什么原因。而且穗穗……”

她一字一句地说：“他现在那个状态，我没有资格也没有立场去管这件事，所以这其实已经不关我的事了。”

向榆能感觉到自己的话说重了，毕竟现在她面对的是陆佳穗。陆佳穗不仅是自己的朋友，更是和宋怀时从小一起长大的青梅竹马。

但她没有办法，她现在只能摆脱宋怀时，把他推得越远越好。

果不其然，在向榆最后一个话音落下时，陆佳穗的脸色也跟着暗了暗。

她皱着眉，抬眼看着向榆：“向榆，我觉得你说得有点过分了。”

向榆知道陆佳穗不高兴了。

陆佳穗说：“我知道我没有立场去管这件事，作为朋友最好的做法就是不要试图去插手你们的事情。

“但是向榆，你是我的朋友，宋怀时也是。他现在的状态很差，让人很担心，所以我才会来找你，插手了我不应该插手的事情。

“我很担心他，也很担心你。你们俩绝交得莫名其妙，他的状态不好，你的状态也不好。所以我会希望你也能趁着这次和他讲清楚的机会也试着放开自己，这样彼此都能调节状态。”

“你说只是不想耽误学习，那向榆，之前他给你辅导数学呢？这是在耽误你吗？向榆，你在利用他吗？”

向榆呼吸一滞，眼神也慢慢聚焦到陆佳穗身上。

她不知道自己该不该解释，但她似乎做了一个错误的决定。

她说：“你说是，就是吧。”

话一出口，她就知道自己不该这么刺激陆佳穗。

果然，陆佳穗听到这话就倏然站起身，班上不少同学的视线都被吸引过来。

陆佳穗一字一句地说：“向榆，你不应该这样的。”

陆佳穗其实没说什么重话，但她最后那个失望的眼神的确刺痛了向榆。

向榆知道她相信了自己的话，哪怕自己说的是谎话她也相信了。

那句话是她没有经过大脑说出来的，刚刚她只是想把宋怀时推得更远一些，推离自己的世界，推离自己注意力能感觉到的地方。

而且她也不想再让陆佳穗追问下去，她怕露出破绽。

她影响到了很多人。

向榆跟陆佳穗算是吵架了。

往常充当“和事佬”身份的姜韵现在人又不在学校，她生了病，需要做手术，所以还在医院。

向榆的性子摆在那儿，她不喜欢解释这些事，人也不主动。而陆佳穗还在气头上，自然也不愿意找她。

于是她与陆佳穗的关系越来越疏远。

陆佳穗去找了宋怀时，每天都和他还有几个初中就在一起玩的朋友吃饭。

向榆觉得挺好的，有陆佳穗在，宋怀时的状态也会好不少，陆佳穗也能看着他一些。

等以后，宋怀时就会慢慢把她放下，然后开始新的生活。

这荒唐的十七岁，这荒唐又遗憾的感情就留在这一年吧。

Chapter 08 · 离开

宋怀时，我要走了

/
N I S H I X I N L E

1

中午吃饭，向榆端着餐盘四处张望找空位。

突然，她的目光一顿。

不远处的桌子坐着一帮人，宋怀时跟陆佳穗就在其中。

她与宋怀时对上视线，下一秒，她面不改色地移开目光，端着餐盘径直走过他们，找了处靠窗的位置就座。

她全程低着头，生怕一抬头就跟宋怀时对上视线。

她刚刚看到了宋怀时眼里的挣扎，以及微微起身的动作，不过她装作没看到，目不斜视地走过。

他们之间不应该再有羁绊。

看到向榆移开视线，宋怀时想要起身的动作僵住，而后又慢慢坐回位置。

他看到向榆找了处靠窗的位置坐下，一个人吃饭，身边没有朋友。

宋怀时心里一紧，抿了抿唇。

他抬头看向坐在对面的陆佳穗，问：“你跟向榆不能和好吗？”

陆佳穗也闷闷不乐地吃着饭，闻言道：“什么和好，我才不要向她低头。”

宋怀时扯着唇笑了下，“其实你不用为我说话的，你跟向榆也是朋友，这样你们俩都会很难做的。”

陆佳穗：“什么啊！我知道有关你们俩的事情我不应该插手，但我就是不太喜欢向榆只拿你当上分工具。”

她小声嘀咕：“她明明不是这样的人。”

宋怀时笑了下：“你看，你也知道她不是这样的人。”

陆佳穗一愣。

宋怀时低声说：“每个人都有自己的选择，她有她自己的原因，我们不要再问了。”

他一抬眼，看到徐宣林直接走过去坐在了向榆身边。

宋怀时蓦地低头一笑，这样也好。

如果她不愿意跟自己待在一起，换一个也行。

徐宣林也挺好的，他也真的改变了很多。

向榆感觉到自己身侧落了一片阴影，目光从窗外收了回来往旁边看去。

徐宣林坐在她身侧笑道：“你就吃这么少？”

向榆问：“你怎么在这儿？”

徐宣林：“看不出来？陪你吃饭。”

向榆皱了皱眉：“不用的。”

徐宣林浑不在意地夹了口菜：“你吃你的，我坐我的，你别管我就行了呗。”

向榆张了张嘴，刚想说点什么就被他堵了回去。

徐宣林转头，一脸认真地说：“你放心，我们也是朋友？对吧？朋友一起吃顿饭怎么了？”

但徐宣林说吃顿饭还真不只是吃“顿”饭。

他经常坐到向榆身边跟她一起吃饭，偶尔还会给她带瓶水，她不要，他就直接塞到她怀里然后跑开。

一月一次的休息日，向榆回到家时恰逢母亲也正好回到家。

向丛已经把自己的东西搬走了，这个家就只剩下她们母女三人了。

向母的身体还没好，累倒之后她又开始发起高烧，后面被诊断为胃癌中期。

这次回来收拾收拾东西，她就要去医院化疗了。

关于抚养权，向暮被判给爸爸，向榆被判给妈妈。

因为向母的身体，就算向暮再不愿意，她也只能跟着父亲，等她这学期读完，下学期就要转学到父亲那边去了。而向榆可以照顾自己，平时又住校，倒也不需要向母多照顾。

向母得病的事情，向榆还是无意间得知的。

那时候听说母亲的状态很不好，她就又请了个假出去看母亲，无意间在病房门口听见外婆跟母亲的对话，才得知母亲得癌了。

她们得知向榆知道后就没再瞒着她，只让她别担心，好好学习，让她别为了这些事耽误了高考，有外婆跟外公来城里照顾向母。

客厅里，向榆坐在一旁，耳边是外婆的抱怨。她说是自己不好，当时还以为向丛是个顾家的好男人，是自己看走眼了。

听到这话，向榆不禁想到那日从病房出来之前母亲跟她说的话。

向母说："小榆你一定不要早恋，一定不要。

"你一定要知道自己的未来比爱情更重要，未来是把握在你手上的，但爱情不是，它太不稳定了。

"小榆你一定要好好学习，妈妈只有你跟妹妹了。以后妈妈跟妹妹就只能靠你了。"

不知道为什么，向母这番话说得莫名其妙。

后来外婆还打电话跟她说，让她在学校里好好学习，考个好大学，母亲病倒后，她就是家里的顶梁柱了。

然后她就被班主任叫到办公室说了宋怀时的事情。

想到最近发生的种种，向榆心里最后一道防线崩塌。

父亲的出轨让她开始焦虑，开始怀疑别人的承诺是不是也只是个谎言或者随口一说，她不敢再相信别人。

母亲病倒后，让她必须得一个人撑起这个家才能不散。

还有宋怀时之前的优秀跟现在越来越糟糕的成绩对比，这无一不在指责是她耽误了宋怀时。

所有人好像都在跟她说，让她不要那么相信所谓的承诺。

因此她才下定决心，要跟宋怀时分开一段时间。

陆佳穗跟向榆一直没和好，双方没有人愿意先低下头。

向榆就这么过着自己的生活，在学习上比以前更努力。

她还是会注意宋怀时的成绩，经常会去楼下看理科班的年段排行榜。

宋怀时再也没有上过前十，他就像是被遗忘了，成了众多竞争者中的落败者。

但向榆知道，宋怀时迟早会回去的，他会站回顶峰，因为他就是那样的人。

然而不知道从什么时候起，向榆发现自己被人针对了。

是班上的几个女生，为首的那个叫林莹莹，之前虽然不熟悉，但也不会这么被针对。

林莹莹是家里交了建校费被塞进三班的，但人缘好，偏科严重，别的都是吊车尾，只有语文成绩常年占据班里的第一，所以语文老师格外喜欢她。

向榆不知道自己哪里惹到她们了，平时在班里总是会被她们若有似无地针对。

例如走过她身边的时候故意撞一下她，或是在发什么东西的时候故意跳过她，还在班上传播有关于她的谣言，说她是个渣女，喜欢玩弄别人的感情，平时的乖巧性格都是装出来的。

那个年纪本就是听风就是风，听雨就是雨，外加向榆不去解释，大部分人也就在无形中远离了她。

陆佳穗现在除了上课大多数时间都不在班里，对她们之间的矛盾都不知晓。

直到某次语文课上，语文老师组织班上的同学读作文，而向榆的作文本又不见了。

随后，她听到老师在喊自己的名字。

就那么一瞬间，向榆想到什么，往林莹莹的方向看去。

林莹莹正好也在看向榆，见向榆看过来，她朝向榆弯了弯嘴角，笑容里尽是嘲讽。

向榆一下就明白了。

老师见向榆半天没有动静，便问："怎么了？"

向榆抿了抿唇："老师，我作文本不见了。"

果不其然，老师皱起眉："又不见了？向榆你最近怎么总是丢三落四的？前几天不是试卷不在就是没写，你最近怎么回事啊？有没有把重心放在学习上？"

向榆低着头不说话。

下课后，她走到林莹莹的位置前。

林莹莹上一秒还在跟人打趣，下一秒脸上的笑容就收敛了："干什么？"

向榆冷着脸："是你做的对吧？"

林莹莹笑："什么我做的？"

向榆："有意思吗，林莹莹？你这些小动作我小学时就不做了。"

林莹莹挑眉："你在说什么啊向榆，我怎么听不懂呢？"

"你承不承认无所谓，我就是想知道你为什么突然针对我？"

林莹莹还是笑，没正面回答她："你猜呢？"

向榆回到位置上，陆佳穗皱着眉问："怎么了？"

这是两人这段时间以来第一次讲话，但向榆没感到诧异。

她摇头："没事。"

她的糟心事不要让别人跟她一起糟心。

2

自从作文本那件事后，林莹莹也不藏着掖着了，越发大胆地捉弄起向榆。

她甚至趁着向榆去吃饭时把向榆的日记本翻了出来，然后撕掉扔进了垃圾桶。

班上有同学看不下去说了几句，也被她堵了回来。

学生时代大家都这样，对这种学生总是又惧又怕，自然而然地也就不敢说什么了。

向榆回来后看到自己位置周围满地的纸张，顿时心一紧，气怎么也忍不下去了。

看到坐在位子上笑得嫣然的林莹莹，向榆直接冲上前把她的课桌掀翻。

林莹莹猝不及防，惨叫一声退开："你有病啊？"

向榆直视她："你非要做得这么绝吗？"

"你装不下去了是吧？"说着，林莹莹直接上前推了向榆一把，"你倒是继续忍啊，继续装啊。忍不了了，你还可以卖卖惨把宋怀时喊过来帮你啊。他不是最喜欢跟着你了吗？"

"啪嗒！"

向榆脑子里最后一根弦绷断，她已经顾不上想什么，直接伸手往林莹莹肩膀上推了一把，使林莹莹往后踉跄了几步。

等林莹莹反应过来后，抬手打了回去，两个人互相拉扯着，林莹莹身边的小姐妹纷纷上来帮忙，有人拉架，有人趁机打了向榆几下。

周围的桌椅被撞得歪七扭八，其他同学赶紧过来拉架。

“干什么啊你们！”

陆佳穗从门口一进来就看到向榆被林莹莹那一群人抓着头发拉扯，当下气不打一处来，立马冲过去抓住林莹莹的手腕，往旁边一折，然后推开：“林莹莹你有病啊！”

“陆佳穗你插什么手？”

虽是骂着，但林莹莹也没再上手。

陆佳穗没搭理她，转身查看向榆的情况：“没事吧，小榆？”

向榆头发凌乱，脸上被抓出的几道口子正流着血。

气氛一安静下来，向榆的肩膀也跟着耷拉下来，她拨开陆佳穗的手，轻声说了句“没事”，然后就往门口走去。

见向榆走了，林莹莹忍不住嘲讽了一通：“都闹掰了你还管什么闲事，人家根本不领你的情。”

向榆跟陆佳穗冷战的事情，班上的大多数人都看出来了。毕竟平日里天天黏在一起的两人都不在一起吃饭，也不一起上厕所了，大家也就在这些小事里发现了两人的不对劲。

陆佳穗冷冷地瞥了林莹莹一眼：“关你什么事？”说完，她也没等林莹莹有什么反应就跑出去找人了。

但在学校找了一圈，她也没找到向榆，情急之下，她就去找了宋怀时。

宋怀时见陆佳穗急匆匆地跑过来还有些诧异：“怎么了？”

陆佳穗喘着气：“小榆，小榆不见了。”

饭后时间，操场上到处都是闲逛的学生。

宋怀时在人群中找了一遍又一遍，目光落在每个人身上又收了回来。

找遍整个学校他也没找到向榆。

找人的路上陆佳穗跟宋怀时说了下情况，听完后宋怀时的呼吸像是被扼住了。

在他不知道的情况下，向榆被班上的人排挤，被针对，而她对谁都没说，只是把这些事情都憋在了心里。

那么一瞬间，宋怀时的心里充满了后悔和愤怒，他那么在意向榆，却连她受到的遭遇都不知道。

他真该死。

“找到小榆了吗？”

两人一会合，陆佳穗便急急地问。

“没有——”

突然，宋怀时脑海里想到一个地方，那里……

他让陆佳穗回班上看看向榆回去没有，自己则急匆匆地往学校综合楼的方向跑去。

综合楼位于学校的最角落，那里除了上课时鲜有人过去。

它的旁边有个废弃的小操场，那里除了偶尔会有体育生过去训练也没人会过去。

但那里宋怀时跟向榆去过。

有段时间宋怀时打球不顺，像是中了什么魔咒一样怎么打都打不好。

临近学校篮球赛，他不能给自己班级拖后腿，于是便天天去后操场的那个篮球场里练球，只有向榆陪着宋怀时。

那时候每到下午自习课结束，宋怀时下楼梯时总能看到向榆等在楼梯口。

她弯着眉眼笑：“打球？一起去？”

她去了也没别的事干，就坐在篮球架下托着腮帮看宋怀时练球。

宋怀时偶尔还会调侃：“看得懂吗？”

向榆总是会笑：“不看球，看人。”

那时候周围很安静，而这旖旎的气氛总惹得两人红透了脸颊。

最后双双而笑。

宋怀时的确在这儿找到向榆了。

她一个人坐在器材室旁边的小巷子里，也不管周围的环境干不干净，就一个人抱着膝盖坐着。

听到动静，她麻木地回过头。

两人的视线对上。

一时间，没有一个人说话，周围只有风的声音。

“没事吧？”宋怀时启唇，音色沙哑，“你有没有受伤？我送你去医务室。”

向榆看着他，没吭声。

宋怀时又道：“快上课了。”

向榆收回视线，轻轻地“嗯”了声。

但看她的样子，丝毫没有起身的意思。

宋怀时走过去蹲在向榆面前，踌躇片刻还是问道：“她们为什么要针对你？”

话音一落，向榆愣了下，而后勾着唇嘲讽地笑了下：“不喜欢我吧。”

宋怀时心一揪。

他明明记得，向榆性子虽然不算活泼，但性格好，哪怕不跟班上的同学常接触，但关系也还可以。

宋怀时说：“那你怎么办？她们要是还针对你怎么办？

“我去找她们好不好？

“我帮你去解决这件事行吗？”

向榆站了起来，开始撇清关系：“不用。宋怀时，你不用管我的，我跟你没什么关系。”

宋怀时蓦地红了眼眶，唇瓣动了动没说出一句话。

向榆一秒也看不下去了，转身就往操场外走。

"想想。"

向榆身子一僵。

她听到宋怀时问："如果我偏要管呢？"

向榆倏然低下头，薄碎的刘海遮住眼底的情绪。她没回头，尽力控制着声线，冷声说："随便你。"

说完，她头也不回地离开了操场。

只要再待一秒，她就要对宋怀时破防了。

怎么办？

她又跟宋怀时拉扯上了。

宋怀时是在陆佳穗的带领下找到林莹莹的。

彼时她正跟一群女生坐在操场上看别人打球赛。

见到宋怀时过来，林莹莹也没带什么情绪，像是早就预料到了。

她挑眉："宋怀时？"

宋怀时抬眼看了看她："我来找你。"

林莹莹微微点了点下颌："来为向榆出头的？"

宋怀时没说话。

"你想怎么出头？拉着我打一顿警告我，还是扯着我直接去教导处？"

林莹莹根本不否认自己欺负过向榆的事情，反而很爽快地承认了。

她对任何威胁都不怕，她从小当不良少女当到大也不是没挨过打。教导处更不用怕了，她爸跟俞中的校长关系好，这些小事她爸会替她收拾好烂摊子。

"不是，"宋怀时开口，"我是想问问你，要怎么做才能放过向榆？"

他一开口，不止林莹莹被惊到了，连陆佳穗都在旁边瞪大眼睛："宋怀时？"

她以为宋怀时会教训林莹莹一顿，让林莹莹别再针对向榆。

结果宋怀时没有，他只是低着头，语气低到尘埃里地问了句，要怎么做才能放过向榆。

林莹莹皱着眉：“搞什么啊你？”

她以为宋怀时是来找她算账的。

宋怀时又重复了一遍刚刚的话。

林莹莹见宋怀时这样反而不知所措了起来，面对宋怀时的反问，她随口说了句：“你求我啊。”

她原以为宋怀时会因此暴怒，毕竟她羞辱到他的人格了。

但没有，她看到宋怀时头低了低，轻声说了句：“我求你。”

林莹莹一脸错愕地看着宋怀时。

少年脊背挺直，但头垂得很低，垂在一侧的拳头紧握着，像是在隐忍什么。

陆佳穗站得低一些，这个角度正好能看见宋怀时那双被碎发遮住的眼睛。

红得像是充血。

就那么一瞬间，她感觉自己的心都揪在了一起。

宋怀时明明是那么骄傲的一个人。

林莹莹显然是没料想到宋怀时真的会向她低头，她也不是真心想要羞辱他。

等反应过来，她神色不自然地移开视线：“算了，既然你都这样了，我以后不针对向榆就是了。”

话音一落，她明显看见宋怀时的肩膀塌下去，像是了了一件大事。

宋怀时没抬头，只说了句“谢谢”人就走了。

陆佳穗反应过来后连忙跟上。

林莹莹身边的小姐妹也刚从惊讶中缓过神来：“居然就这么简单？我还以为宋怀时是来找你麻烦的。”

林莹莹咂舌："因为他把向榆放在了第一位。"

小姐妹没听懂，愣愣地"啊"了一声。

林莹莹突然笑了下："向榆怎么这么好运，遇上一个这样的男生。"

陆佳穗跟在宋怀时身侧，悄悄抬眼看了下宋怀时，他眼底的猩红还没褪去。

她喉咙一哽："宋怀时……"

宋怀时红着眼眶转头对她笑："你可以去找向榆了，让她别担心，不会有人再欺负她了。"

那时候陆佳穗很不理解宋怀时为什么这么做，她以为林莹莹那种人，宋怀时去吓唬一下就不敢再作妖了。

结果宋怀时没有，他反而好声好气地去求人家。

后来听宋怀时一说，陆佳穗才后知后觉地反应过来。

初中宋怀时跟林莹莹一个班，林莹莹就是那种一点就炸的性格，而且叛逆得很，在好学生扎堆的俞中算是特别的一人。她根本不怕威胁，也不怕被打。

宋怀时说，对待林莹莹这种人不能来硬的，来硬的只会加剧她的逆反心理。

他得把向榆的安全放在第一位。

"林莹莹实质上没做出什么伤害到向榆的事情，学校就算处罚也不会太重的。

"她性格就摆在那里，吃软不吃硬。如果是我跟她有矛盾，我肯定喜欢爽快地解决。但向榆不行，如果跟林莹莹来硬的，她可能会变本加厉地针对向榆。她会把我对她撒的气撒在向榆身上，我不能让向榆再受到一点伤害。"

陆佳穗说："所以你选择低头，你选择低三下四地去求人家，你不要你的自尊了。”

“没有什么自尊，”宋怀时忽地一笑，“跟向榆比起来，这的确没什么重要的。”

向榆回到教室，发现原本扔在教室后面垃圾桶的日记纸被擦干净放在她的桌面上。

她走过去，陆佳穗的脸色不是很好看。

等向榆落座后，陆佳穗才开口解释：“这些都是宋怀时替你捡回来擦干净的，他没看，他是把纸的反面朝着自己擦的。”

说到宋怀时，陆佳穗就想到刚刚宋怀时站在桌前，小心翼翼地擦着手中的纸，也不敢多看一眼。

她在旁边看得很不是滋味。

向榆愣了一下，而后又像是没什么反应地点点头，脸上丝毫不见触动的模样。

陆佳穗不死心，还是说：“宋怀时去找了林莹莹，他去求了她，林莹莹说以后不针对你了。”

向榆点头：“谢谢。”

见她一副毫无波澜的模样，陆佳穗像是放弃了，只好开口解释：“我今天大概是弄懂了为什么林莹莹要针对你，是因为徐宣林。”

徐宣林？

向榆皱了皱眉。

陆佳穗说：“林莹莹一直喜欢徐宣林。”

“最近你不是跟徐宣林走得近吗？她可能因为这个就开始针对你了。”

向榆听完后只觉得复杂。

她是真没想到自己身上还能发生这么戏剧性的事情。

陆佳穗嘀咕：“林莹莹就是太闲了，都高三了还一点都不紧迫，天天搞这些有的没的。”

向榆没再说话，神色淡然地收起桌上的碎纸，然后从桌洞掏出试卷开始刷题。

陆佳穗见她一脸淡然的模样也不知道该说些什么，心里暗自骂了句向榆没有心。

她以为向榆真的就觉得这些事没什么大不了，对宋怀时也已经放下，所以对他做的所有事都不会动容。

直到她那天半夜迷迷糊糊起来，看到向榆一个人站在阳台。

她悄悄侧过头去看，耳朵里却听到细小的抽泣声。

向榆在哭。

她肩膀微微抖动，娇小得让人看着心疼。

她这模样和平时那温和不在意任何事的模样截然不同。

那天晚上，陆佳穗回想了向榆最近种种怪异的举动，突然发现一些自己没有注意到的细节。

但她没有细想，也没打算去问。

既然向榆不打算讲，那自己就不要再去过分地探究她的隐私。

但陆佳穗弄清楚了一件事，向榆肯定是发生了什么事情，有她自己的原因。

陆佳穗也没打算去跟宋怀时说，作为朋友，她还是不要再插足两人之间的事了。

几天后，姜韵休养好身体回来。

在姜韵的牵线搭桥下，再加上陆佳穗本就跟向榆有和好的意向，两人慢慢和好。

3

十月底，学校举办了运动会。

但这次运动会没有高三学生的事了，他们只能坐在教室刷刷卷子，被题海淹没。

向榆每周都会去排名榜那儿看，前十名的位置宋怀时的名字依然没有出现在上面。

他的排名在十多名徘徊。

但她知道，假以时日，宋怀时会回到那个顶峰。

看完成绩后，向榆也准备回教室去自习。

几日超负荷的学习已经让她筋疲力尽，整个人累得连眼皮都懒得抬。走楼梯时她也垂着眼，一步一步慢吞吞地爬着楼梯。

忽而，眼前落下阴影。

向榆没多虑，以为是过路的同学，就侧身让了让，自己仍低着头往上走。

“向榆。”

与身旁的人擦肩而过时，她听到那个熟悉的声音。

她的身子僵了僵，而后抬起头，慢吞吞地掀开眼皮。

果然是宋怀时。

他似乎剪头发了，额前的刘海短了不少，看起来比之前更有精气神了。

向榆温暾地点点头，像是对待普通同学一样跟他打招呼。

宋怀时问：“你刚刚去哪儿了？”

向榆：“下去转了转，透透气。你最近成绩怎么样啊？”

她问得自然，好似刚刚去看成绩的不是她。

话音一落，宋怀时抿了抿唇，神色有些紧张：“挺好的，也都尽力了。”

向榆点点头。

其实这成绩对于宋怀时最近的状态来说是挺好的了，但对于宋怀时这个人，这成绩远远不够。

宋怀时：“下次周考，我尽量回到前十。”

向榆“嗯”了一声：“加油。”

说完，两人之间又没了话。

等了片刻，向榆刚准备开口道别，就被宋怀时抢先一步。

他问：“我们能聊聊吗？”

向榆看了他一眼。

少年还是熟悉的眉眼，只是这眉宇间没有了曾经的骄傲，只剩下小心翼翼。

她想到自己的事情，这段时间她已经慢慢冷静了下来。

对于她与宋怀时的关系，向榆也觉得不该那样不明不白地断了，对谁都不好，索性趁着这个机会跟宋怀时说一说，她也就答应了下来。

两人上了楼，站在两栋楼之间的走廊上，身子面对着操场，也不看对方。

正好是饭点，高三这边的学生不是在学习就是在食堂吃饭，走廊上鲜有人经过。

向榆手肘撑着栏杆，也不开口说话。

宋怀时踌躇片刻后，小心翼翼地开口：“你最近怎么样？成绩那些还行吗？与班上的同学人际关系怎么样？还有人刁难你吗？”

向榆笑了下，随后摇摇头：“没有，我都挺好的。”

宋怀时松了口气：“那就好。”

“宋怀时，”向榆突然喊他，视线对上他的眼睛，“那件事情，我一直没能跟你说句谢谢。”

宋怀时：“没什么好谢的。”

向榆摇头：“你做了很多事情，我也不知道该怎么感谢你，弄到最后，也只能跟你说一句谢谢。”

宋怀时说：“那件事对我来说的确没什么，你更重要。”

话音一落，他又道：“这段时间的冷静，也让我想了很多事情，我也一直在等。”

他没有说他在等什么，但向榆清楚。

向榆："最近这段时间，你是在等我来找你吗？"

宋怀时："我知道你不擅长主动。我的确一直在等，但我不是在等你的道谢和道歉，我只是在等你想通，一直到现在。向榆，如果你方便的话，你能跟我说说当时到底发生了什么吗？是我做了什么让你感到厌恶的事情吗？"

少年说得委婉，语气也很小心翼翼，像是生怕下一秒会惹向榆不高兴。

向榆笑了下，摇头："你是一个很好的男生，我也挺庆幸自己在高中期间能认识你。是我自己的原因，是我不够好，我没办法对你敞开心扉，没办法对你持以百分百的信任。我大概也跟她们说的一样，我不是一个好——"

"你是一个很好的女孩。"宋怀时打断她。

向榆突然有点想哭。

为什么宋怀时会这么好？

他明明什么都不知道，在不知道原因的情况下被自己那样对待，而他却没有一点埋怨，从头到尾不管她做了什么，他都依旧认为她是一个很好的女孩。

向榆笑着抹了抹眼角，那里已经变得湿润："其实那天下午，班主任找我去了办公室。"

她没有挑明，但一句话就能让宋怀时懂了。

他给向榆递了一张纸巾："你被班主任教训了是吗？对不起，向榆。"

向榆摇头："没有，他们就是劝我把重心放在学习上。他们说了很多话，我觉得挺对的，老师也是为了我们好。我们现在的确不应该走得这么近，这个年纪不能触碰的禁忌我们差点就要碰到了。宋怀时，我们之间应该是要保持一段距离的。

"我那时候其实也挺迷茫，关于你的成绩，我不想拖累你，也不想拉你的后腿。我希望我跟你的关系是在帮你进步，而不是拖累你退步。所以在那种情况下，我很焦虑。

“我以为我们的关系是共同进步，可是只有我一个人在进步，你因为我，在退步。

“宋怀时，我真的很纠结，每天都很烦躁。”

宋怀时看着她：“嗯，我知道。”

我知道你会因此焦虑。

“所以我就变成了那样子，我那时候没有别的想法，我只想摆脱这个焦虑。但我不知道该怎么办，在那个情况下，我选择了推开你。”

一段话说完，向榆突然道歉：“对不起啊宋怀时，我那时候对你说了过分的话。”

宋怀时笑了下：“没关系，我原谅你了。”

安静了一会儿，宋怀时突然道：“其实我今天来找你不只是为了这个，还有别的。”

向榆看着他，没说话。

宋怀时小声问：“向榆，我就是想问问，如果可以的话，我们还能一起考江大吗？”

问完这些话，宋怀时的神色也有些紧张，其实他心里也没底。

向榆愣了下。

宋怀时怕她拒绝，连忙道：“不用走近，就像现在这样的关系。只是约好一起考江大，就这样。

“我觉得我们俩能维持这个关系也挺好，如果你不放心的话，我们联系少一点也没关系。”

向榆抬手打断他说话。

宋怀时的声音戛然而止。

两人的视线在空中相撞，向榆没有移开视线，大大方方毫不掩饰。

少女站在栏杆旁，最后一点光照在向榆身上，给她的发丝镀了一层光晕。

四周很安静，耳边只有风的声音。

她说：“宋怀时，我要走了。”

上个周末，学校放了月假。

放学后向榆照例去了医院。

刚到病房门口，她就听到外婆和林阿姨在门口说话。

“俞峡这边的医疗水平肯定没有那边好，小禾去那边肯定会好一些啊。”这是林阿姨的声音。

外婆有些犹豫：“那边啊……”

“阿姨您在担心钱的事情还是什么？去那边的确花销会比较大，但小禾的费用向家那个不是说会出吗？他对不起小禾，就想拿这个买心安，我们就拿嘛，说到底还是小禾的病重要。”

外婆：“不是，我是担心小榆。去那边的话我和老头子都会过去，家里没有人照顾小榆了。”

“您二老都过去了，那让小榆也跟着一起过去吧。你们都在那边，我还可以照顾你们。”

……

向榆绕开她们走进病房。

向母躺在病床上，人瘦了一圈，有气无力的。

见到向榆来，她干瘦的脸上总算是露了点笑意：“放假了啊？”

向榆扬起笑：“嗯。”

“晚饭吃了吗？”

向母跟她唠了几句家常，她都一一作答。

向母问：“月考怎么样啊？”

向榆笑了下：“挺好的，很稳定。”

见向榆笑着，向母也尽力扯着唇笑了笑：“那就好，小榆啊，你想考什么大学？”

向榆的脑海里突然浮现了江大的名字，她想起从前与宋怀时的约定。

她静了一会儿，道：“我想考江大。”

向母道：“那可不好考，不过我相信我的女儿。”她的目光看向天花板，“人是该往外面走走，不要局限在一个城市，一辈子都被困在这儿。”

向榆呼吸一窒，她想到刚刚在走廊上听到的对话。

病房里很安静，静得连呼吸声都听得一清二楚，其他两张床的病人都出去做检查了，整个房间内只有她们母女二人。

“妈。”向榆突然喊道。

向母迟缓地转了过来：“怎么了？”

向榆轻声问：“你想出去吗？离开俞峡，去别的城市。”

她喜欢俞峡这个城市，如果可以，她想在这里待上一辈子。

但比起这个城市，她更希望母亲能够痊愈。

之前心理医生也说过，以向母的状态，换个生活环境心情或许会好一些。

所以，如果母亲想要离开，她愿意跟着母亲一起离开。

病床上的向母突然笑了下：“小榆。”

向榆眨了眨眼。

“我在这个城市待了数十年，每一年都在为别人而活。以前是你父亲，后来是你和妹妹。妈妈年轻的时候也渴望外面的世界，想去大城市，去闯，去拼搏，但我最后还是选择了安逸，留在俞峡与你父亲组成一个家。

“可是我安逸吗？生活里的每一件事无一不在压倒我，就算我每天起早贪黑地工作，尽心尽力地照顾身边的人，生活依旧没有善待我。

“我选择了安逸，所以才留在俞峡。但现在我发现，好像我留在俞峡，生活也没有如意。”

这是向榆第一次听见母亲跟她抱怨起生活的苦。

她这时候才切身感受到母亲这么多年的不易，以及母亲深深隐忍的苦楚。

“如果可以，以后带妈妈去别的地方看看吧。”

向母回过头，冲她笑了下：“妈妈尽量坚持一下，好好活到我的小榆高考结束。”

向榆的眼泪夺眶而出，她趴在母亲床前，肩膀微微颤抖，似乎想把最近受到的所有委屈都哭出来。

向母的手轻轻在向榆的背上拍着，一如既往的温柔。

向榆主动跟外婆提起这件事的时候，外婆还有些惊讶，震惊之余过后又满是担忧。

外婆皱着眉：“小榆啊，你可得想清楚，转学不是那么好转的，那边的环境也跟俞峡不一样，你现在高三，到时候跟不上咋办？”

向榆说：“可是我放不下妈妈。到那边以后我想走读，每天都可以陪陪妈妈。”

她也不知道母亲能活多久，多陪伴一天总是好的。

她根本不想离开母亲。

林阿姨虽然担心向榆的学习，但也挺支持向榆跟着一块儿过去的想法：“小禾这情况，小榆多陪着也是好的。都在省内，教学上面也不会差到哪儿去。小榆这孩子努力，到那边肯定也能跟上。”

林阿姨说她在那边可以帮忙，再加上向榆的成绩不错，去一个好的高中不是什么问题。

外婆犹豫不决，最后看了眼病房才算是确定下来。

在外婆点头的那一刻起，向榆就清楚，自己要离开了。

至于什么时候回来，她也不知道。

但她其实也有点不舍，舍不得俞中的人和事。

可是又有什么办法？

她总得离开。

听到向榆面不改色地说出这句话，宋怀时心里一咯噔。

他慌了。

宋怀时忙问：“什么？你要走了？你要去哪儿？”

向榆：“可能过几个星期吧，我要转学了，去临安那边。”

“好端端的怎么就突然要转学了？”

向榆没吭声。

“你走了，我要怎么办？我要去哪里找你？我怎样才能找到你？”

宋怀时慌得手都不知道往哪儿放，眼睛直直地盯着向榆看。

“宋怀时。”向榆抬手按住宋怀时，让他的手停止颤动。

她轻声道：“我很喜欢俞峡这座城市，以及这座城市里的人和事。”

包括你。

宋怀时的呼吸像是被按了放慢键。

“你知道的，这个年纪，什么承诺都不能当真。

“我前段时间情绪有些不太稳定，所以我先一步违背了我俩的约定。

“我不是一个勇敢并且主动的人，你知道的。这次离开，我也不知道自己要什么时候才会回来。

“我已经不敢再跟你做什么约定了，我无法保证我是否能够做到这个承诺。”

宋怀时哑着声：“向榆，我不逼你。但有件事情，我真的必须问清楚。”

向榆：“你问。”

宋怀时问：“我们还一起上江大吗？”

意思不言而喻，他从来不舍得放下。

向榆笑着摇头。

她永远不敢迈出那一步，也不敢跟任何人做出承诺。

宋怀时做了这么多，朝着她走了这么多步，现在只要她向前走一步，两人也许就会有好的结局。

但向榆真的敢吗？

她父亲的背叛，真的还能让她相信年少的感情吗？

“宋怀时，你放下我吧。”

她不敢朝他迈一步，也始终摆脱不了父亲出轨的阴影。

她已经不想再去面对感情的事情了。

4

向榆转学的事情是在两周后才确定下来的。

那时候她已经办好转学手续，上完那天的课就可以离开了。

临走时，程定利用最后一节课在班上开了班会，提起了这件事。

“向榆因为家里的原因，之后就要转学去临安了，大家和向榆当了快两年的同学，现在她要走了，大家一起祝她学业进步，前程似锦。”

“哗哗哗！”

台下响起掌声。

向榆迎着四面八方看来的视线，温暾地笑了笑。

她看向身旁的陆佳穗，陆佳穗没有什么反应，但脸上的神色不难看出是在生闷气。

向榆想到早上她得知转学手续办下来后，就跟陆佳穗她们提了这件事，陆佳穗当场就有些生气。

她怪向榆这么大的事情不提前说，觉得向榆并没有把她当作朋友。

这个气生着生着，就生到现在还没好。

想到这儿，向榆暗自叹了口气，随后伸手在桌下拉住陆佳穗的手。

她感觉到陆佳穗的手轻轻一颤，身子似乎也僵硬了不少。

陆佳穗没抽开手，只用余光瞥了她一眼，就别扭地看向别处：“干什么啊？”

向榆轻声道歉：“对不起啊，佳穗。”

陆佳穗还是臭着一张脸没说话。

向榆：“转学这件事我不是有意要瞒着不告诉你的，我就是觉得这种事情没到最终确定下来也不太好说，万一发生什么意外中途不转学了，那大家不就白难过一场了吗？转学的确是因为我家里发生了一些事情，得去临安那边。到那边以后，我也会记得跟你联络的。”

陆佳穗扯了扯嘴角，嘟囔：“好吧，我也不是因为你不跟我说转学，我知道你也有自己的事情。我就是觉得，我们是好朋友，好朋友是应该告知这些大事的。”

向榆弯着唇笑了下：“好，以后我会记住的。”

陆佳穗顿时露出笑容，回头冲向榆扬起笑。

但笑着笑着，她的眼眶慢慢变红，扬着的嘴角也耷拉下去。

向榆问：“怎么啦？怎么又不高兴了？”

陆佳穗哽咽着：“小榆，我舍不得你。”

向榆心里一震，见这场景眼睛也忍不住跟着发涩。

她佯装镇定，拍着陆佳穗的背回过身：“好啦，该听课了，不然一会儿该被程老点名了。”

陆佳穗点点头。

向榆轻声笑了下：“佳穗，这是最后一堂和你还有姜韵一起上的课了。”

陆佳穗刚刚止住的眼泪瞬间又哗啦啦掉了下来，一颗颗“金豆子”砸在桌面上，她努力压抑着哭声，隐藏在班上喧闹的氛围当中。

向榆紧紧拉着她的手，手掌间已经沁出细汗，但仍不舍得松开。

最后一堂课，她们握着手直到下课。

下课后，陆佳穗跟姜韵陪着向榆一起回了寝室收拾东西。

三个人收拾那么一点东西其实很快，而且棉被那些在中午的时候已经被向榆的家里人拿了回去，现在留下的只有一些生活用品。

“小榆。”

向榆抬起头，看见姜韵拿着一瓶洗衣液从阳台走了进来：“洗衣液你还要吗？”

陆佳穗站得近，先一步接过，拿着洗衣液掂了掂：“好像没剩多少了，也挺难带的，要不扔了吧？”

向榆笑着摇摇头，朝着陆佳穗伸出手：“给我吧。”

这个洗衣液是从前她和宋怀时一起选的味道。

这个牌子里这个味道的洗衣液现在已经停产了，之前她想买几瓶囤着的时候就找不到了。

就跟他们一样，过去的都过去了。

对于向榆这怪异的举动，陆佳穗跟姜韵没想太多，把洗衣液递给向榆后就去收拾别的东西了。

向榆东西不多，收拾完只有一个行李箱。

陆佳穗先一步把她的行李箱拉了出去，向榆最后回头看了眼这个寝室，然后取下钥匙放在寝室的桌子上，转身离开。

等三人拖着行李箱到校门口时，居然看到了两个意想不到的人。

是徐宣林和程淮。

姜韵快步走了过去：“你怎么来了？”

程淮笑道：“徐宣林要来，我想着你肯定也在这儿，就跟着过来了。”

他转头看向向榆：“一路顺风啊，向榆。”

向榆点点头：“谢谢。”

她跟程淮交情不深，基本只有点头之交。

在门口等人的时候，姜韵拉着程淮在旁边说话，陆佳穗也跟着他们闲聊。

徐宣林趁机凑到向榆身边：“你不够朋友啊向榆，要转学了都不跟我提一下。”

向榆朝他笑了笑：“这又不是什么大事。”

“要走了还不算大事啊？”徐宣林白了她一眼，“听程淮说，你要去临安？”

向榆点点头。

“那离得倒不远，平时放假了我还可以过去找你。”

向榆哭笑不得：“你来临安找我干什么？”

“我找你还需要理由？”徐宣林一脸无所谓，“我吧，就是担心你在那边又被人欺负了然后一声不吭，所以我只能随时过去考察一下情况，看看你会不会被欺负。”

向榆笑了两声，没作答。

突然，也不知道为什么，她的视线越过徐宣林往教学楼的方向看了过去。

徐宣林似乎察觉到了她的视线，笑着逗趣：“别看啦，宋怀时没来，他请假了。”

向榆收回视线笑了笑，脸上也没浮现什么情绪。

宋怀时大概是不知道向榆今天要走，所以两人也见不到最后一面了。

两人一同面对着校门外静默了许久，就在向榆准备开口说点什么的时候，徐宣林先一步喊了声她的名字：“向榆。”

向榆侧头看了徐宣林一眼，徐宣林依旧盯着校门口没看她。

他说：“我是真的希望你能好。”

恰巧，门口有辆轿车堪堪停住，向榆认出那是林阿姨的车子。

她没急着往前走，而是静静地盯着车子，然后对徐宣林说：“我也是，我也希望你能好。”

“小榆，那是不是你家里人的车子？”耳边传来陆佳穗的声音。

向榆应了声，拖着行李箱准备往前走。

突然，一只手拽住了她的手腕。

向榆回过头，看到徐宣林红着一双眼，笑着说："路上小心，一路平安啊向榆。"

向榆心里有些不是滋味，但还是笑着点点头。

谢谢你啊，徐宣林。

向榆上了后座，车子开动。

她侧头看了眼窗外，陆佳穗他们都站在校门口还没走，姜韵还一直朝车子挥手。

向榆没降下车窗，收回视线便不再往那边看。

"小榆在学校有这么多朋友啊。"林阿姨打着方向盘在前面调笑。

向榆笑着点点头。

林阿姨笑着说："看来小榆很受欢迎。"

向榆轻笑着叹了口气，低声道："没有。"

她只有这么几个朋友。

一路上林阿姨都在跟向榆说着话，让她去了临安以后安心学习，平时有空就多陪陪妈妈。

林阿姨是向母的发小，两人从小一起长大，关系一直很好。

她嫁到临安也就定居在那边，这次来俞峡看向母也是专门请假回来的。

林阿姨一直陪伴在向母身边。因为向榆外婆家只有向母一个孩子，医院里很多大大小小的事情向榆的外公外婆弄不明白，都是林阿姨弄的，她对向榆也像是对自己亲生的孩子一样。

车子开到小区门口时，林阿姨突然说："小榆啊，你在临安那边的转学手续都已经办妥了。在临大附中，跟小池一个班，平时让小池照顾照顾你。"

萧池是林阿姨的儿子，因为一个在临安一个在俞峡，所以虽然两人的妈妈关系很好，但向榆也只见过他几次。

向榆乖巧地点点头。

车子开进小区，即将开到家楼下时，她在那儿看到一个熟悉的身影。

她瞬间愣住了，眼里也只剩下少年孤寂的身影。

她一推开车门，宋怀时的视线就看了过来。

两人的视线在空中相撞，最后是向榆先有反应，她几步走了过去，站在宋怀时面前。

因为身高差，向榆只能抬着眼：“你怎么在这儿？”

宋怀时低下头：“等你。”

林阿姨从身后走了过来：“怎么啦小榆，是同学吗？”

向榆点点头。

宋怀时也跟着打招呼：“阿姨你好，我是向榆的同学宋怀时。”

林阿姨笑着点头：“同学真好啊，一个个都来送你了。”

她拖了拖行李箱：“那行，你们聊，我先上去了。”

等林阿姨走后，宋怀时先一步说：“中午听程淮说了你今天要走，所以就回了趟家，然后来这里找你了。”

向榆有点蒙，直到宋怀时递过来一个东西。

她低头一看，是一块金牌。

是高二时宋怀时参加跳高项目拿的金牌，当时这块金牌还挂在她的脖颈过。

向榆第一时间没接话，而是问：“你给我这个干什么？”

宋怀时垂着眼：“知道你要走，我回家把它找了出来，这个当作送行礼物。”

他低声道：“祝你平安，向榆。”

向榆从他手中接过金牌，动作缓慢。

送金牌的意义不言而喻。

这是两人的一个羁绊。

宋怀时送完金牌就没话了，向榆知道他还得赶回学校，也没打算多说些什么话，两人现在的关系也没有当初那么亲密。

向榆轻笑了下：“你快回去吧。”

宋怀时问：“你什么时候走？”

“明天。”

宋怀时点点头，抬手屈着手指轻轻触碰了下向榆的脸颊：“那好，向榆，记住我说的话。”

一定要平平安安。

说完，宋怀时率先转身离开。

向榆盯着他离开的背影，也没有急着上楼。

似乎是有感应，宋怀时在走到拐角处时，微微侧身回头看向向榆，然后，他抬起手冲向榆挥了挥。

虽然隔得很远，但向榆还是能感觉到，他的脸上肯定挂着笑容。

宋怀时收回手，身子走过拐角，直至消失。

就那么一瞬间，向榆的眼泪夺眶而出，泪珠无声地滑过她的脸颊，然后滴在衣领上渗进去，消失不见。

向榆回到家，林阿姨正在跟外婆叮嘱什么，见到向榆回来了，她露出笑：“聊完啦？”

向榆点点头。

“小榆跟那男孩子什么关系呀？看着有点不一样哦！”林阿姨揶揄道。

向榆几乎是一瞬间红了脸：“没有。”

林阿姨见好就收：“行啦，我不说了。”

她转头跟外婆说：“阿姨，那你们今天晚上好好休息，明天我来接你们啊。”

外婆笑着点头：“小意啊，麻烦你了。”

林阿姨：“这有什么好麻烦的，您好好休息啊。”

她转头跟向榆说：“小榆照顾好外婆啊。”

向榆应了声。

林阿姨又说了几句话才离开。

等林阿姨走后，外婆突然问：“刚刚你林姨说的什么男孩子？我们小榆有喜欢的人了？”

向榆笑着打哈哈：“林阿姨她开玩笑呢，那是我的……”

最后一句话，向榆停顿了一会儿，似乎在心里踌躇着该怎么形容她与宋怀时的关系。

最后，她只是笑了下：“我的同学罢了。”

5

到了临安，一家人住进了新租的房子里。

这个房子有七十平方米，在林阿姨家旁边，主要是方便两家走动。

向榆跟着外婆到新房子里简单收拾了下，就一起去林阿姨那儿吃饭了。

林阿姨做了一桌子的菜当接风宴，向榆到的时候，整个房子都已经飘满饭菜的香味了。

“来了呀，随便坐，当自己家哦。”林阿姨忙着出来招呼两句又钻回厨房。

向榆在客厅的沙发上坐下，茶几上摆了满满一桌子的零食，电视机也已经被人贴心地调到最近热播的电视剧。

向榆视线转了转，看到电视机柜上摆放的几张照片。

有全家福，也有林阿姨和她老公的照片。

每一张照片里林阿姨都笑得很开心，是那种发自内心的笑容。

细想也是，林阿姨明明是跟妈妈一样的年纪，脸上的细纹都没有几条。

当年林阿姨选择来到临安，在大城市打拼，然后在这儿遇到了她的丈夫，两人从恋爱到结婚，一路都是顺风顺水。

哪怕到现在，他们结婚也有十几载，但林阿姨和她的先生还是生活得很幸福。

而妈妈呢？她和林阿姨就像是两个截然不同的人生。

向榆突然想到，如果当时妈妈没有遇到爸爸，她也选择跟林阿姨一样往外闯，那她现在也不会有那么多遗憾了吧。

林阿姨的家庭就跟宋怀时家一样美满，都是她最羡慕的。

午饭时间，林阿姨的先生萧成匆匆从公司赶了回来。

他把公文包一放，先是跟向榆他们打了个招呼，就赶到厨房里去帮林阿姨的忙。

然后林阿姨解下围裙从厨房里走了出来，坐到沙发这边陪他们聊天。

聊到一半，林阿姨突然道："哎呀，我忘记了。"

向榆一愣，就见林阿姨扯着嗓子冲厨房喊："小池昨天晚上回来了没有？"

"回来了，大半夜回来的，现在大概在房间睡觉。"萧成应道。

林阿姨拍了拍向榆的手："小榆你先看着电视，阿姨上去把我儿子喊下来。"

向榆点点头。

林阿姨上了楼后，没几分钟又下了楼，抱怨萧池睡得跟死猪一样，怎么都喊不醒。

外婆笑着道："孩子要睡就让他睡吧。"

林阿姨点头称是。

一直到开饭，林阿姨的儿子萧池才下楼。

少年穿着白卫衣和家居裤，懒洋洋地走下楼到餐桌前，全然一副睡眼惺忪的模样。

萧池眼皮一抬，率先看到向榆的外婆和外公，不等林阿姨开口，他就先一步打了招呼："爷爷奶奶好。"

外婆笑着抓着他的手拍了拍，"好孩子。"

萧池笑着应声，手也没抽回来。

林阿姨似乎对他的举动很满意，连带着对他睡懒觉的怨气都少了许多。她拍了拍向榆的背：“来，小池，这位还认识不？”

萧池盯着向榆看了一会儿，随后嘴角一弯，吊儿郎当地笑着：“向榆？”

向榆跟着点点头。

她有点惊讶，没想到只有过几面之缘的萧池还记得她。

林阿姨也满意地点点头：“得亏你还记得，你们都这么多年没见面了。”

萧池笑道：“你儿子记忆力好。”

“贫嘴。”林阿姨笑骂了一句，继而又道，“向榆因为许阿姨的事情转学到这边来了，妈把她弄到你们班了，平时你多照顾照顾她。”

“知道啦。”萧池懒懒地应了声。

“行了，那咱们吃饭吧。”

隔天，向榆去了附中报到，在附中开始了新的生活。

只是偶尔，她还是会收到有关于宋怀时的消息，或是想到宋怀时。

“向榆，”萧池往她桌上丢了个快递，“我看门卫那儿有你的快递，顺路就给你拿回来了。”

向榆一愣。

快递？什么快递？她最近买过东西吗？

等她拆开快递后，才发现这个快递是谁寄的。

袋子里是一条围巾，围巾中还夹着一张字条，方方正正地叠着，是他们当初传递书信的叠法。

字条上写着：降温了，注意保暖，别感冒了。

没有署名，但向榆知道这条围巾是谁寄的。

除了宋怀时，还有谁会叠当时两个人传字条的叠法呢？

此后每隔一段时间，宋怀时都会往向榆这儿寄点东西。

什么杂七杂八的都有，围巾手套、糖果零食，还有一些数学笔记。

这些东西都没有署名，但无一例外都来自那个在俞峡的人。

新年，向榆跟外公外婆去医院陪完母亲后，就回到出租房。

外公外婆是老人家，他们这个年纪已经不习惯守岁了，跟向榆看了一会儿春晚后就回房间睡觉了。

向榆一个人待在空荡的房间里，显得孤独。

“丁零零！”身侧的手机突然响起。

向榆一愣，拿起手机。

是向暮打来的电话。

向榆抿了抿唇，摁下接听键。

“姐姐！”电话一通，那边就传来了向暮活泼的声音。

向榆弯着唇笑了下：“怎么啦？”

“什么怎么了！过年了当然是打电话跟你说新年快乐呀！”

闻言，向榆忍不住笑了两声：“好，新年快乐。”

向母和向父离婚后，向榆姐妹俩一个归向母一个归向父。

向榆因为母亲治病来了临安，而向暮跟着父亲去了他那边，姐妹俩上一次见面还是在临走之际。

向暮叽叽喳喳地跟向榆聊了一会儿，一会儿问妈妈怎么样，一会儿又说自己在新学校交到了好朋友。

向榆一直认真地听着她的碎碎念，嘴角含着笑意。

突然，电话那头的向暮声音变得哽咽：“姐姐……”

向榆一下慌了起来，她直起身子冲着电话那头问道：“怎么了，暮暮？发生什么事情了？”

“姐姐，我想回家。”

心里最柔软的那一处地方被狠狠击中，向榆拿着电话，嚅动着唇不知道该说什么。

缓了一会儿，她才放柔声音问道：“怎么啦？是在那边生活得不开心吗？”

向暮哭着：“不是，我就是想回家。”

向榆的眼眶红了，但她还得强撑着笑，让自己的声音听起来自然：“爸爸那里也是你的家啊。”

“这里不是我的家，”向暮的哭腔通过听筒传了过来，“这里是他和别人的家。”

向榆喉咙一紧，说不出话来。

她的妹妹本该生活得很幸福，会在妈妈和姐姐的陪伴下好好成长。

但这个年纪的她们又能做什么呢？

她只能不停地安慰自己的妹妹，嘴上说着很多话，却起不到一点作用，最后只能恨自己无能为力。

向榆安慰了向暮几句，承诺自己以后会来接她的。

“姐姐，可是我现在就想和你生活在一起。”

闻言，向榆嘲讽地笑了一下。

怎么生活？外婆外公年岁已大，照顾生病的妈妈都已经很吃力了，现在全家还有谁能够腾出精力照顾向暮呢？

她现在高三，每天走读，晚自习上到九点半才回家，第二天早上六点出门。她想把妹妹接过来一起生活，但显然也不可能，她照顾不了向暮。

向榆只能拒绝：“暮暮，你好好听话，等姐姐高考完，我带你回来跟妈妈过暑假。”

挂了向暮的电话后，向榆身子后仰，靠在沙发上盯着天花板发愣。

电视机里放着春晚的小品，耳边也有几声鞭炮声响起，仅有的年味都在提醒她今天是除夕。

“啪嗒！”突然，她听到窗边响起石头砸玻璃的声音。

大概是某个顽皮的小孩。

她踩上拖鞋走过去查看，推开窗户，窗下空无一人。

向榆不禁怀疑是不是自己幻听了，刚准备合上窗户，她看到自己眼前出现一束光，随后，那束光在空中炸裂，形成烟花。

向榆愣愣地盯着天空中的烟花。

它不断在空中变幻着颜色，一朵又一朵地绽放。

直到最后一朵烟花在空中绽放，宣告了这场烟花秀的结束。

向榆垂了垂眼，收回视线后关上窗。

临安的城里是禁鞭的，除非市里统一放，否则放烟花被抓到是要被罚款的。所以一直到除夕夜这天也只有零星几朵烟花从四处绽放。

但难得，现下有一朵烟花在她眼前绽放，让她看了一场烟花秀。

她不知道是沾了谁的光。

但是看到这场烟花秀，向榆突然想到了去年过年时宋怀时为她放的那一场烟花。

那是最惊艳，也是最令她难忘的烟花秀。

回到沙发上，向榆打开手机登录社交软件，在上面发布了一条动态——

今年看到烟花了。

Chapter 09 · 重逢

我至死热爱烟花，和烟花下的你

N I S H I X I N L E

1

过年后，向榆回到附中开始了高三的最后冲刺阶段。

她的生活与试卷相伴，偶尔会去林阿姨那儿吃几顿饭，但大多数休息时间都是在医院里度过的。

母亲做各种化疗时，向榆都陪在她身边逗她开心。等母亲睡着后，向榆才拿出书本开始刷题。

长时间的劳累使向榆变得特别疲惫，每天都没有保持充足的睡眠，自习课上她总是会困得趴在桌子上睡着。

萧池也看出了她的精神状态，忍不住提醒：“向榆你要注意身体啊，你不注意身体，到时候累坏了怎么办？”

向榆知道他是好心，点点头应道：“我知道，我会注意的。”

“萧池，望希找。”

“欸！来了。”萧池应了声，迈开步子往门口走去。

向榆的视线也被吸引了过去。

萧池走到一个女生面前同她说着话，不知道他说了什么惹那女生生气了，气得女生上手直接打了他一下。

那女生向榆认识，是隔壁班的同学，叫望希。

她跟萧池的关系很好，萧池打球，观众席上都有望希的身影。

向榆看着门口他们打闹的背影发呆，她突然想到了在俞峡的宋怀时。

放学后，向榆跟萧池一起打车回家。

因为今天周五，学校不上晚自习，林阿姨特意发信息让向榆跟萧池一起回家吃饭。

刚出校门口，萧池站在一侧拦车，而向榆就站在他身边等着。

“向榆！”

突然，向榆听到不远处传来自己的名字。

她朝声源处望去，一眼在人群中找到了那个熟悉的人。

萧池也听到那声“向榆”，跟着转过来问：“是不是有人在喊你？”

向榆点点头，刚准备说话，那边的徐宣林已经拨开人群跑了过来。

他跑到向榆身边，还喘着气：“你这学校放学还挺挤。”

向榆有些诧异：“你怎么在这儿？”

徐宣林抓了抓头发：“我不是说过我会来找你的吗？”

向榆看着他没说话。

徐宣林的确说过，但向榆原本以为只是一句戏言，所以之前就没当真，她哪里能想到徐宣林还真大老远跑到这边来找她了。

萧池站在一旁，看看徐宣林，又看看向榆：“你朋友？”

向榆点点头：“嗯，之前在俞峡的同学，他叫徐宣林。”说完，她侧了侧身给徐宣林介绍，“我朋友，萧池。”

徐宣林朝萧池点点头：“你好兄弟，这段时间承蒙你照顾向榆了。”

一听这话，向榆忍不住被逗乐了。

她捶了下徐宣林：“你有病啊。”

徐宣林笑着：“我很认真的好吧？”

萧池也是个会接哏的性格：“哪有哪有，小事，不足挂齿。”

这下剩下向榆在一旁无语：“你俩都有病。”

因为徐宣林的到来，向榆只能临时改道不去萧池家吃饭了，让萧池顺道跟林阿姨说句抱歉。

萧池也没介意，应下来后就打车走了。

等向榆用手机给林阿姨发完消息，一抬头就看到徐宣林站在自己身侧贼兮兮地笑着。

向榆起了一身鸡皮疙瘩：“你干什么？”

徐宣林捂着自己的心口：“向榆，我好感动哦，你为了我放了别人的鸽子。”

看着他浮夸的演技，向榆抽了抽嘴角。

向榆带着徐宣林去了附近一家面馆吃饭，其间徐宣林一直叽叽喳喳地跟向榆说着俞中的事情，谁的都有，就是没有宋怀时的消息。

两人都默契地没有提到宋怀时的名字。

向榆问：“今天周五，俞中放假了吗？你就到这边来？”

徐宣林满不在乎：“没啊，我是逃课过来的。”

向榆瞪大眼：“高三了你还逃课？”

徐宣林讪讪地摸了摸鼻子：“又不是经常，就这么一次。”

向榆说：“下次别来了。”

徐宣林一听急了：“什么别来？为什么不来啊？”

“你有点自知之明好吗？都要高考了大哥，你别这么闲，俞峡和临安往返的时间都够你刷几套卷子了。”

徐宣林撇嘴：“反正你管不了小爷我。”

向榆：“……”

“哎！”徐宣林喊她，“你大学要考哪里？江大吗？”

向榆夹面的动作一顿，随后脸色又恢复正常：“可能吧，看情况，这不是还有几个月吗？”

徐宣林“哦”了一声：“我记得之前你好像是说过要考江大，所以这次就来确定一下。”

向榆低着头吃面没说话。

她之前的确说过目标大学是江大，这个目标还是和宋怀时一起定下的。所以那时一起玩的时候，一群人问起大学的事情，宋怀时就说，以后他俩要一起考江大。那时候还没发生后面的事情，面对朋友们探究的表情，向榆也是笑着点头。

可发生了那些事情后，向榆也萌生过放弃江大的想法。

见向榆不说话，徐宣林也没再纠结这个，十分自然地扯开话题聊了别的。

徐宣林没在这儿待很久，乘坐当天晚上的高铁回俞峡。

他说：“我就是来看看你的，看你没事我也就放心了。”

向榆笑着点头。

分别之际，徐宣林突然伸手掐了下向榆的脸颊：“我说向榆，你在这边是水土不服还是怎么？人怎么瘦了这么一大圈？”

向榆揉了揉脸：“这不是高三，累的嘛！”

徐宣林哼唧两声：“我看你是思念在俞峡的我瘦的吧？”

向榆暗骂他不要脸。

但的确，如果问她想不想俞峡，她的回答肯定是想的。

她想念俞峡那里的一切，熟悉的街道，熟悉的人。

她想回去俞峡，回去俞中，去见那个想见的人。

徐宣林上了出租车，说：“多吃点啊你，别学别人追求骨感美，你瘦了可不好看。”

向榆摆摆手：“知道了，你可别拿我打趣了。”

徐宣林警告：“下次见面别再让我看到你这么瘦的模样，不然有你好果子吃的。”

“行了行了，你快走吧。”

“那我走了啊，”徐宣林摆手，“照顾好自己啊，向榆。”

向榆笑着点头：“嗯，一路顺风啊。”

“拜拜。”

车窗被合上，车子扬长而去，把向榆甩在身后。

等到车子混进车流，向榆拢了拢校服外套，转身走进小区。

题海无涯，埋头苦读。

模拟考试结束，向榆的成绩不错。

放完学，向榆刚准备回家里收拾东西去医院跟向母分享自己考试取得好成绩的消息，医院那边就下达了向母病情加重的通知。

外公外婆本想瞒着向榆的，但医院一通电话歪打正着被向榆接到，她便知道了这个消息。

向母的胃癌是中晚期，本就难治，再加上她的心情一直不是很好，导致病情也不乐观。

五月初，医院下了病危通知书。

向榆的爷爷奶奶带着向暮和几个亲戚都从俞峡赶到临安这边的医院来了，但向父没有来。

向榆不想见他，但又希望他能来见母亲最后一面。

一连等了几天，向父也只打了几通电话，告知向榆自己不能过来了，有什么需要钱的地方记得打电话给他。

向榆这才知道父亲回不来的原因，是他的现任妻子即将临盆。

向榆的心在那一刻凉透了。

但也确实，在他心里，前妻哪有儿子重要。

一天傍晚，向母进了手术室，医生再次下了病危通知书。

向榆整个人失魂落魄的，坐在医院的长椅上说不出一句话。

四周都很安静，亲戚各自坐着也不说话，脸上各种神色都有。

“丁零零！”

一阵清脆的手机铃声在这安静的氛围响起。

向榆循声看去，是爷爷在接电话。

隔着十几米远，她隐约听到一些“儿子”“手术”的字眼。

向榆走了过去，从爷爷手中不顾阻拦地拿过手机。她听到听筒里爸爸语调中掩饰不住的高兴：“给您生了个孙子。哦，对了，小禾怎么样？好点了吗？”

向榆嘲讽地笑了声，那边的声音戛然而止。

她嘲弄道：“恭喜你啊，喜添一子。”

“小榆，爸爸……”

“嘎吱！”

手术室的门推开，医生从里面走了出来，声音不大，但落在这安静的氛围确实格外刺耳——

“对不起，我们已经尽力了，请节哀。”

“咚！”

向榆感觉脑子里像是有什么东西砸落。

耳边的手机听筒里父亲还在解释，对这边的情况一无所知。

向榆心里突然生出浓厚的恨意。

“向丛，”这是她第一次喊父亲的名字，“这一天是你儿子出生的日子，也是我妈妈的祭日。”

她恨父亲毁了这个家，却依旧能美满地生活。

她替自己母亲惋惜在生命的最后一刻都没有等到这一辈子的爱人。

她恨父亲，恨向丛。

向母的丧事是在临安办的，因为向榆一直记得，向母想要出去，不想留在俞峡了，所以最后就选择把向母葬在临安。

外公外婆一夜之间像是老了十几岁。

向丛这次终于肯过来了，但向榆没让他来参加葬礼。既然生前见不到，死后也没必要了。

向榆忙完葬礼的事情后就准备回学校了。外公外婆本想让向榆再多休息几天，但向榆觉得没必要，就回了学校。

家里人认为向母的事情对向榆打击很大，生怕她在这个节骨眼上出什么差错，就给她请了个心理医生。

向榆也很配合，心理上也没出多大的问题，只是性格比以前更安静了。

那时候家人都在感慨，觉得向榆这孩子心理素质实在是太强大了，在自己妈妈去世后没多久就又可以重新进入学习的状态。

但没人知道，向榆也会彻夜彻夜地睡不着。

但她没办法，现在的她什么都不能做，只能用学习来麻痹自己。

偶尔，她会收到陆佳穗发来的短信，告知她现在宋怀时的成绩。

他已经重回年级前五，从前的天之骄子终于回来了。

而向榆大概是处于瓶颈期，怎么努力学习也赶不上前面几名，在附中，到现在她依旧在年级三十多名徘徊。

但她对这个成绩也已经满足了，稳定发挥下去，重本还是有希望的。

高考前夕，她收到宋怀时发来的短信。

简简单单，只有四个字——

高考加油。

高考来临。

那两天，街上的车子不鸣笛了，学校的广播也没有再出差错，就连平时凶得不行的老师都变得和蔼可亲起来。

学生们在考场上奋笔疾书，笔墨划过之处留下一列列字迹。

最后一场考试的结束铃声打响，高考结束。

向榆跟着同学回了附中，那里已经开始在扔书了。

向榆对这些没什么兴趣，但她的同桌一直缠着她扔一本，她便随手抄起桌上的试卷顺着窗户扔了下去。

试卷最后飞向何处她也不知道，但那卷子就跟她的青春一样，陪伴她，再离开她。

填报志愿的时候，向榆盯着“江大”两个字看了许久，最后手指滑动着鼠标滑开了这个页面。

没多久，她的录取通知书下来了。

她高考比平常考试发挥失常了一些，甚至比模考还低了一些，江大那种重点大学她是踩着分数线考上了，但她去了江大只会滑档到一些分数线低的专业，她没得选。

在几番权衡下，她放弃了江大，选择了未来，去了一所南方的双一流重本大学。

她拿着录取通知书去了一趟墓地，慢慢地蹲下后，抬手，拇指在母亲的照片上摩挲。

录取通知书被放在母亲墓碑前，向榆红着眼眶却依然笑着，她说：“妈妈，我考上大学了。”

我以后，也要努力去救助其他人了。

经历母亲的事情后，向榆对生命的脆弱很有感慨。

所以母亲去世后她就决定了，学医。

她学的是中医学专业，和最开始定的目标不太一样。

陆佳穗问过她为什么要学这个专业，她不好把理由说出来，就说了句“随便选的”。

至于宋怀时，听陆佳穗说他去了江大，读的是工商管理。

听到这个结果时，向榆只是笑了笑。

他最后去了江大，而她没去。

她放弃了江大也放弃了宋怀时。

她失信了。

2

向榆原以为自她失信没有填报江大的志愿那一刻起，她和宋怀时就再也不会有交集了。

毕竟录取通知书拿到后，宋怀时也正好打了个电话过来。

“向榆，我考上江大了。”

而她只有沉默。

等到开学，向榆就独自拉着行李去了大学。

大学生活过了大概有一个多月，一天，向榆突然接到了宋怀时的电话。

他什么也没说，只让向榆到校门口来。

向榆有些诧异，但还是快速穿好鞋往校门口跑去。

在那里，她看到了快一年没见的宋怀时。

他的身高长了不少，肤色也比之前黑了一些。

明明才一年，向榆却觉得自己已经有好几年没有见他了。

向榆走过去，抬眸看着他：“你怎么在这儿？”

宋怀时扯了扯书包带子：“我来找你。”

“找我干什么？”

“向榆，”宋怀时突然喊了声她的名字，“我想了很久，到了江大之后也一直在想这个问题，现在我想通了，所以我来找你了。”

向榆呼吸一滞，喃喃道：“什么？”

宋怀时站得很直，手指不停地扯着书包带子，整个人看起来紧张又小心。他低了低眉眼，轻声说：“我觉得，如果我还有这个信念，就算我俩不在一个地方也无所谓。”

向榆愣住。

“知道你没上江大后我很迷茫，好像自己一直坚持的信念突然被击碎，让我很接受不了。所以我到了江大后也一直在想这个事情，上了一个月的学，我走过江大的很多角落，这是我们从前的目标。但后来，我发现不管在江大的哪一个角落，我都会想到你，即使你没有在这儿出现过。因为……我已经下意识把你融入我的生活了。

“我不知道该怎么跟你讲述这个事情，我过不去我心里的那道坎，我也没想要过去。

“有人跟我说，如果我想要去相信一个人，可以给她一次又一次的机会。

“向榆，我还想再相信你一回，不管你还会不会失信。”

向榆抬着眼，一动不动地盯着眼前这个男生。

他还是这样，不管自己再怎么欺骗，他的眼里还是有自己。

宋怀时小声说：“想想，未成年也已经长大了。”

“轰！”

向榆的脑海中像是有什么东西炸裂，过往和宋怀时的回忆一幕又一幕地在她脑海中播放。

“你成年了，我可没有。”

“那好吧，我只能慢慢陪着未成年长大了。”

……

宋怀时朝向榆伸出手：“想想，你什么都不用做，不管你心里有什么芥蒂，一切都让我来朝你靠近吧？”

向榆看着眼前的手，骨节分明，是她从前最喜欢的。

她看着宋怀时的手发愣。

等了许久也不见向榆有什么反应，宋怀时心里也很紧张。

他其实也没底，不确定向榆是否会愿意。

但他还是选择勇敢一次。

这才符合他的性格。

许久，向榆总算是开口了："宋怀时，你这么做到头来可能会空欢喜一场。"

宋怀时笑着："那不还是有百分之五十的概率吗？"

向榆说："百分之二十的概率有没有都不一定。"

"只要有百分之一的希望，也是希望。"宋怀时说。

"小榆，"室友于诗雅拍了拍向榆的床栏，"刚刚你朋友打了寝室电话找你，好像叫宋怀时？"

向榆揉着眉眼从床上坐了起来："宋怀时？"

于诗雅点点头："他让你醒了给他打个电话。"

自大一时宋怀时来找向榆之后，尽管向榆对感情之事很抗拒，但宋怀时依旧选择朝着向榆靠近。

语罢，她又盯着向榆的脸端详了一会儿："怎么你脸色不太好的样子？"

向榆闻言摸了摸脸颊："来例假了，痛经。"

"这么惨，要我给你泡杯红糖姜茶不？"

向榆笑了笑："没事，忍会儿就好了。"

于诗雅见状也没有勉强，打了声招呼就出了寝室。

向榆所在的是四人寝，但只有三个人，还有一个床位一直空着没人。

除了向榆和于诗雅，还有一个叫陈琳的女生。不过陈琳一心扑在图书馆很少在寝室，所以寝室里基本上只有向榆和于诗雅两人。

向榆想到刚刚于诗雅的话，打开手机看了眼。

宋怀时的未接电话的确不少，有五六个，还有十几条信息。

向榆打开手机拨了电话过去。

宋怀时那边接得倒很快："想想，你醒了？"

向榆“嗯”了声：“我中午睡了会儿，所以就没接电话，怎么了？”

宋怀时说：“也没事，就是看你没回信息有点担心你。”

说完，他忽然想起什么似的：“今天陆佳穗给我发信息了，说他们学校要来我们这儿社会实践什么的。她跟我提到你了，说想找时间再跟你聚一聚。”

陆佳穗高考发挥不错，考上了北方一所一本大学，跟姜韵离得挺近的。

三人即使人在南北，这一年联系也没有断过。

向榆想了下，上次和陆佳穗见面还是暑假的时候。

那时候她留在学校跟着导师做课题，就没回临安，恰逢那时候陆佳穗跟着社团来她这边旅游，两人就小聚了一次。

向榆摸着下巴：“嗯，我知道了。”

两人顺着话题聊了两句。

从大一到大二，宋怀时真的在兑现他所说的话，一直很努力地朝着向榆靠近。

他不急着拉近两人的关系，只跟向榆以朋友的方式相处，颇有几分高中时的味道。

向榆感觉自己心里的芥蒂在慢慢消失，与宋怀时相处起来也越来越自然。

突然，宋怀时问：“你今天是不是不舒服？”

向榆一愣：“这种事情你都猜得到？”

“因为我见你以前是没有睡午觉的习惯，也不睡回笼觉的。”

向榆失笑，宋怀时总是能记住这些小事。

宋怀时说：“入秋了，注意保暖。”

向榆应了句，之后宋怀时那边上课了，两人也就挂了电话。

挂了宋怀时的电话后，向榆还是不怎么舒服，原本要下床学习的想法也放弃了，索性戴着耳机听英语短文然后躺下。

不知道是身体不舒服的原因还是英语太催眠，向榆没多久就又睡着了。

向榆再次醒来是被敲门声吵醒的。

她没什么起床气，披上外套顶着鸡窝头就去开门。

原以为是于诗雅或者陈琳没带钥匙，但打开门一看，门口站着的是一个陌生的女生。

向榆愣了下：“你找谁？”

女生看了眼手机，抬头问：“向榆是这个寝室的吗？”

向榆：“我就是。”

女生笑着递上手中的东西：“这是你点的红糖小丸子。”

向榆一脸蒙：“我没点过这个啊。”

“啊？”女生确定了一下手机里的门牌号，“哦，这个是宋怀时点的。”

向榆一下了然：“哦哦，我知道了，谢谢你啊。”

“没关系，祝学姐生活愉快。”

向榆前脚刚拎着东西回到桌前，后脚宋怀时的电话就打了过来。

“喂？”

“我刚才忙，忘了给你发信息，刚刚看到东西送达的消息才想起来，吃的拿到了吧？”

向榆：“好端端的给我点这个做什么？”

宋怀时：“天冷了让你吃点热乎的。”

向榆看着桌上的东西笑了下：“我们这边还穿着短袖呢。”

“对了，”她问，“你怎么找到别人送上门的？我们寝室不是不让那些商家外卖进来的吗？”

“我听我朋友说学校有些学生会做跑腿的兼职，专门帮那些不想出门的人买东西或者拿东西，我就去你们学校贴吧找，一下就找到了一个。”宋怀时在电话那头笑了下，“你别说，真还挺方便的，比麻烦你室友好。”

向榆也听别人说过这个兼职，是学生私下搞的。她没再多问，跟宋怀时扯了两句就挂了电话。

她拉开椅子坐下，打开包装袋，红糖小丸子还冒着热气，吃起来还是烫的。

小丸子一入口，红糖味瞬间填满口腔，丸子软糯的口感吃起来倒不腻，入口也不难嚼。甜味也适中，不会甜得发齁。

不知道是心理作用还是什么，向榆觉得吃了这个，身体和心情都跟着舒服了起来。

周五上午上完最后一堂课，向榆收拾好东西匆匆出了教室。

学校组织课研，要去江海那边的学校交流学习。

今天下午的飞机，向榆要跟着导师一起过去，准备的时间很少，她还得赶着回去收拾行李。

走得太急，刚过拐角向榆直接撞上一个人。

那人留着花白的头发，被向榆吓了一跳。

“哎哟！”

向榆赶忙扶住：“教授。”

林教授站直身体抬了抬眼镜，见是向榆，刚刚升起的火又降了下去：“这么急匆匆干什么？”

向榆乖巧地喊了声“教授”，说：“我赶着回寝室收拾东西呢。”

“这样啊，那你抓紧点时间，到点了要集合的。”

向榆点头：“嗯，好，我不打扰您了，再见教授。”

告别林教授，向榆一路赶回寝室收拾东西。

好在她东西少，收拾起来也快，收拾完又和于诗雅说了声，就出门了。

向榆背着包先去教研室里跟一群同行的人集合，然后结伴一起去吃了午饭才由老师带队去机场。

上了车后，向榆想到前几天宋怀时说陆佳穗也在江海，想着两人许久没见，或许可以趁着这个机会见个面。

她给陆佳穗发了条信息。

那边几乎是秒回的——

【佳穗：我还在呢！那你到时候来找我？】

向榆打字：【行啊，我空闲了就来找你。】

【佳穗：好呢！】

【佳穗：亲亲 .GIF】

到了江海市时已经是晚上七点，学校也没安排别的活动，带着学生回了酒店让他们早点休息，明天早起去学校参观。

房间是标准间，一般是两人一间。

但向榆正好是女生中多出来的那一位，这正巧给她吃了香，一个人住一个房间。

向榆回到房间后刚把手机充电开机，里面一条条信息就弹了出来。

【宋怀时：陆佳穗说你来江海了？】

【宋怀时：什么时候到？你怎么没跟我说？】

向榆抿了抿唇，回：【刚到，我也是上飞机前刚跟佳穗说的。】

她没想瞒着宋怀时，这件事也没什么好瞒的。只是上飞机前她跟陆佳穗顺口提了一句，两人聊完后她手机就没电了，她也就打算到了江海后再跟宋怀时说这件事。

“嗡嗡”，有消息进来。

【宋怀时：这样啊，吃晚饭了吗？一会儿要不要出来吃个夜宵？】

夜宵啊。

好像不错，她在飞机上机餐都没吃多少，现在肚子还饿着呢。

这样想着，向榆也就答应了下来。

趁着宋怀时还没从学校里出来，她索性去洗了个澡。

等她顶着一头湿漉漉的头发出来时，放在桌上的手机已经响个不停。

向榆边擦着头发，边走过去接了起来：“喂？”

“我在酒店楼下了，可以下来了吗？”

宋怀时的声音从扩音器里传了出来。

向榆：“你这么快？”

见她这么说，宋怀时立马懂了：“你还没弄好吗？先等你弄好，别急。”

“嗯，你在大堂等我一会儿，我吹个头发马上下来。”

宋怀时：“不急，你慢慢来。”

向榆胡乱应了几句就挂断电话跑去洗手间吹头发。

大概是想到宋怀时在楼下等，向榆也没好意思吹多久的头发，吹到半干左右，她随手套了件外套，拿起桌上的手机就出了房间。

刚出房间走到电梯口，向榆碰上两个同校的人。

向榆笑着打了个招呼。

两个同学一看就是精心打扮过的，跟她现在这副凌乱的模样倒是成了鲜明的对比。

其中一人问：“好巧啊，你也要出去？”

这人是大三的学姐，叫曾书瑶，她跟向榆经常一起在实训室做科研，两人交情不错。

向榆点点头：“你是去吃饭吗？”

曾书瑶：“嗯，不过不知道去哪里吃，我和她准备四处去逛逛。”

正巧电梯来了，三人一同走了进去。

“酒店后面那条街过去有个小巷，穿过去后有个小吃街，那里吃的东西应该挺多的。”向榆说。

曾书瑶挑眉：“你这么清楚？看来是做足攻略了？”

向榆笑了下没说话。

这不过是刚刚宋怀时说的，她也就是现搬现用。

电梯到达一楼，门一开，向榆就看到了等在大堂里的宋怀时。

天气入秋，他穿了一件灰色的薄卫衣和运动裤，看起来倒也清爽。

“向榆，你跟我们一起去吃饭吗？”

曾书瑶向向榆发起邀请。

“啊，不了，”向榆指向宋怀时的方向，“我朋友在等我。”

曾书瑶看了一眼，然后露出一副“我懂”的模样：“男朋友啊？”

向榆笑着摇头。

曾书瑶见状也没多问，跟向榆打了个招呼就先一步出了大堂。

那边的宋怀时像是感觉到了她们这边的动静，一抬头就与向榆对上了视线。

他抬手朝向榆挥了挥。

向榆走过去跟宋怀时打招呼：“好久不见。”

其实也没多久，开学前夕宋怀时刚去向榆学校找过她。

宋怀时点点头：“嗯，好久不见。”

他注意到向榆半湿的头发：“你怎么头发没吹干就下来了？这样容易感冒。”

向榆见状“啊”了一声，抬手摸了摸发尾：“还行，没什么关系。”

话音刚落，宋怀时推着她上楼：“吹干再下来吧，你这头发湿漉漉的，被风一吹就感冒了。”

向榆拗不过宋怀时，只能回楼上吹头发。

等她再下来时已经是十分钟后的事情了。

宋怀时带向榆去的地方也就是刚刚向榆跟曾书瑶说的美食街。

也不知道为什么，向榆原本在房间里时肚子还是很饿，但一到这美食街，又觉得自己一点也不饿了。

宋怀时见她吃不下正餐，就带着她去买了一些小吃，然后两人拿着吃的东西一起去江边散步。

话题都是一些很平常的询问，虽然两人之间话少，但相处起来也不尴尬。

江风吹起来有些大，特别是在入秋以后，隐隐约约还能感觉到一些刺骨。

向榆不禁拢了拢外套。

就是这么一个小动作，一下就落入了宋怀时的眼里。

他不动声色地跟向榆换了位置，自己走在外侧：“晚上的江风有些凉，要不我们回去吧？”

向榆却没点头，只是静静地看着远处的江，不知在想什么。

无声的气氛在两人之间弥漫开来，宋怀时只做好替向榆挡风的工作，别的多余的话一句也不说。

许久，向榆总算是开口了：“宋怀时。”

“嗯？”宋怀时应了一声。

向榆没看他：“这样不知疲惫地靠近我，你会累吗？”

宋怀时一愣，张了张嘴，却没说出一句话。

这个问题……

累吗？单方面的付出，得不到一个肯定的答案，当然会累啊。

可他又能怎么办呢？

只要一想到对面的人是向榆，他就不想放弃。

“会累吗？”宋怀时缓缓开口，在向榆看向他时，他毫不掩饰地与她对上视线，“可是我一想到对面的是你，我就觉得再累也值得。

“向榆，你就是我一直想靠近的人，不管结果也要一腔孤勇。”

少年说出来的话落在向榆心里，掀起了很大的波澜。

向榆朝他笑了下：“宋怀时，你要好好的啊。”

3

向榆跟宋怀时在江边又闲逛了一会儿。

等到周边人慢慢减少，向榆觉得时间差不多了，就和宋怀时说了一声。

两人刚准备到路边拦车回酒店时，向榆就接到了陆佳穗的电话。

“谁啊？陆佳穗吗？”宋怀时问。

向榆点点头，手指按了接听键。

“小榆——”

电话刚被接起，那头就传来了陆佳穗激动还拖着长调的声音。

向榆：“怎么啦？”

“今天晚上有空吗？来聚一聚吃个夜宵啊，我明天一早就回去了。”

向榆有些吃惊：“这么快吗？你不是过几天才走吗？”

陆佳穗哭丧着脸说：“我也不知道学校搞什么，居然提前结束调研准备回去了。”

“那好吧。我是没什么事情啦，你把地址发给我就行了。”

“行，那我一会儿发你手机上。”陆佳穗，“那就这样啊，我去把在江海的同学都聚过来。”

向榆笑了下：“好，那一会儿见。”

挂了电话后，宋怀时问：“陆佳穗找你去吃饭？”

向榆摆弄着手机没抬头：“你怎么知道？”

宋怀时摇了摇手机：“刚刚看到信息，一起去吗？”

向榆应下。

反正两人在一路，一起不一起都没差。

坐上出租车后，向榆才从宋怀时这里得知当时俞中的同学现在的情况。

高考毕业后，俞中认识的同学都各奔东西。

向榆原本在俞中认识的人就少，与宋怀时的共同好友就更少了。

从头到尾，她也只认识了徐宣林、程淮和张子杰。

聚餐的地方就定在江大门口的一个大排档，地方虽然简陋，但一群人倒是也不介意，还觉得这种地方更容易加深感情。

向榆到的时候，门口的摊位上已经坐了几个人了，她一眼就瞧见了站在那儿招呼的陆佳穗。

陆佳穗也看到了向榆，忙朝她挥手：“小榆！”

向榆跟宋怀时走了过去。

她往摊位上扫了一眼，一个摊位上也只有程淮是她认识的。

陆佳穗见向榆是和宋怀时一起来的还有些疑惑："你俩咋一块儿来了？"

没等宋怀时和向榆说话，程淮就在一旁戳了戳陆佳穗："你问的什么白痴问题，你说他俩怎么会一起来？"

程淮的话几乎是一语击中，陆佳穗一下就反应过来，朝着向榆露出一个意味深长的表情。

陆佳穗拉着向榆坐到她旁边，向榆没拒绝。

宋怀时也跟着坐了下来。

程淮就坐在宋怀时的旁边，见状赶紧撞了下他的肩膀，脸上笑得贼兮兮的："怎么，你跟向榆和好了？"

宋怀时好笑地瞥了他一眼："你说哪种和好？"

"别装啊，我知道你懂。"

宋怀时笑了下："没有，就之前那样。"

"啊不是，向榆还没同意啊？"程淮摸着下巴，"我真是奇怪，你俩这关系到底怎么了？"

宋怀时没应这声，只说："算了，慢慢来吧。"

的确，当事人都不完全清楚的原因，旁观者又怎么能看清呢？

这次聚餐来了不少人，大多是陆佳穗在俞中的朋友，很多跟向榆也只是点头之交。

许是怕从两人聚会变成一堆人的聚会会让向榆多想，陆佳穗还特意跟她解释了一遍："我就想着趁着我生日把大家聚在一起，毕竟我今年在学校那边，跟你们也聚不了。"

向榆表示自己不介意。

见向榆真的还好，陆佳穗也就不说了。

一堆人吃吃喝喝，时间倒也过得很快。

一转眼，就已经是深夜一点了。

向榆转头问宋怀时：“你学校有门禁，进不去了吧？”

宋怀时喝了一口酒：“嗯。”

“哎，没事，”程淮在一旁搭腔，“陆佳穗还有下半场呢！一会儿一群人准备去K歌了。”

向榆闻言点了点头。

宋怀时问：“你去吗？”

向榆拒绝了。她没打算去，今天晚上回酒店休息，明天早上不知道还会有什么安排。

见向榆不去，宋怀时也跟旁边的程淮说自己不去了。

程淮纳闷：“你不去干什么？你明天又没课。”

宋怀时笑了下：“人老了，通宵不了了。”

程淮腹诽：装是吧？

就在他准备开口揭穿宋怀时时，不远处突然传来一个女生在喊宋怀时的声音。

一桌人看了过去。

那女生小跑过来，脸上露着笑：“好巧啊，你也在这儿吃夜宵呢？”

宋怀时礼貌地笑了笑：“嗯。”

向榆看着眼前的女生正跟宋怀时攀谈着，尽管一方不是很有兴趣，但她还是乐在其中。

“这是谁啊？长得挺好看啊。”

“哦，她也是江大的。叫林时月，系花呢！家就在江海市区内，各方面都很优秀，妥妥的白富美。”

“牛啊，那看这情形，那女的喜欢宋怀时？”

“她都追半年了，在我们那儿都不是什么秘密。”

“宋怀时牛啊。”

耳边不断传来叽叽喳喳的讨论声，向榆瞥了他们一眼，随后又没什么反应地收回视线。

程淮趁机看了一眼向榆，后者脸上神情自然，也不见什么吃味或者生气的表情。

程淮不禁感叹一句，向榆没有心啊。

“那我先走了。”林时月跟宋怀时打了个招呼，就兴奋地跑开了。

宋怀时一回头，就撞上向榆的视线。

他心里一咯噔，刚要解释，就见她漠然地收回视线，脸上又扬起笑容跟另一边的陆佳穗聊天。

宋怀时心下一沉。

饭后，宋怀时送向榆回酒店。

向榆原本不想让他送，觉得他赶来赶去也挺麻烦的，而且只是坐个出租车，也不会有多大的危险。

宋怀时说：“我打算去你那边的酒店住一晚，所以顺路的。”

向榆哑口无言。

这下也没了理由能赶宋怀时走。

回到酒店，宋怀时开了间房。

他的房间在向榆上面几层楼，所以电梯一到向榆所在的楼层，向榆就没让他继续送了。

回到房间后，向榆脑海中情不自禁地浮现出刚刚在大排档遇到的那个女生。

对方漂亮大方，性子活泼，肯定是一个比自己要招人喜欢的女孩子。

那如果是这样的人，宋怀时也很可能心动吧？

想到这儿，向榆自嘲地勾着嘴角笑了下。

她也不知道自己无缘无故想这些乱七八糟的干什么。

当天晚上，向榆被一阵敲门声吵醒。

她揉着眼走到门口时，门外还不停地传来敲门声。

向榆觉得怪异，如果是酒店服务员肯定会出声说话，而不是一个劲地敲门。

“谁啊？”她壮着胆子问了句。

但门口的人没有回复，只是停顿了一会儿，继而又继续敲门。

向榆心里有些发怵，回到床边赶紧给酒店大堂打了电话。

酒店很快就派了人上来带走了门口敲门的人，并跟向榆道了歉，说明天早上会给向榆一个合理的解释。

大半夜的向榆也不好意思折腾人家，跟服务员说了几句就把门关上锁好。

回到床上，向榆对着漆黑空荡的房间突然有些恐惧。

她打开床头的夜灯，抱着被子想要重新睡去，但脑海里一直浮现门口的敲门声，弄得她很焦虑害怕，完全睡不着。

这个酒店没有和她有多相熟的人，唯有宋怀时。

她想打电话给宋怀时，但又怕打扰到他。

她不是一个喜欢麻烦别人的人，所以她拿着手机看了好一会儿，最后还是放下躺回床上。

一直到第二天，酒店工作人员给了向榆解释。

他们说昨天那人是同一层的客人，喝醉酒了，也不知道什么原因就站在向榆房间门口敲门。他们表示对打扰到向榆感到抱歉，所以替她免了一晚的房费。

向榆一晚上没睡懒得再折腾，加上酒店工作人员态度挺好，她也没有纠缠。

她看了眼群消息，班导说九点在酒店大堂集合。

看看时间也差不多了，向榆回房间收拾了一下，给宋怀时发了条信息，然后就去集合了。

到达实训地点，导师从酒店那里得知了向榆昨天晚上的情况，慰问了几句，见她没事也就放心了。

向榆也全心投入课研中。

等到向榆再看手机时，她已经结束了一天的课研，人也已经在回酒店的大巴车上了。

一天下来，手机里的私人信息寥寥无几。

她也习惯了。

从前向榆还想过，如果自己哪天消失了，应该都不会有多少人发现吧。

陆佳穗下午两点发的信息在最上面。

她说自己已经下飞机了。

向榆给陆佳穗回了一个收到的表情包，嘱咐她好好休息。

下面一条消息是宋怀时中午发的，说他的教授找他有事情，现在已经回学校了，等过几天空闲下来再带她好好玩玩。

向榆垂了垂眼，打字道：【好的，注意休息。】

然后她锁了屏，头仰在椅背假寐。

之后的时间也没如宋怀时所愿，他学校那边忙得不可开交，根本没有空闲时间出来找向榆。

而向榆也是。

偶尔空闲时翻翻朋友圈，她还看到了程淮发的一个小视频。

视频里一群人围坐在一起吃着盒饭，镜头转向宋怀时时还被他笑着挡开了。

但也就那么一秒，向榆还是看到了一闪而过的坐在宋怀时身边的林时月。

向榆面不改色地退出小视频，手指一滑，滑过这条朋友圈。

课研结束，向榆他们准备回去了。

一直到这天，宋怀时才从学校里赶了过来为向榆送别。

向榆看他喘着气的模样忍不住道：“其实你来不来都无所谓的，又不是不再见面了。”

宋怀时撑着自己的膝盖：“当然不行，送你这件事怎么能错过呢？”

向榆见状笑了下。

“对不起啊，这次你来江海我都没带你好好玩玩。”

向榆摆手：“没事，你也有自己要忙的事情。”

宋怀时“嗯”了一声，但脸上还是浮现出愧疚之色。

向榆只能安慰他几句，自己实在也不知道该说点什么。

“向榆！走啦！”

大巴车旁传来集合的声音。

向榆应了一声，再回头看向宋怀时时，他已经调整好了情绪。

少年带着笑，手掌轻轻摆动：“再见啊，向榆。”

向榆也笑了下：“嗯，再见。”

就在她转头之际，她仿佛听到了一道很轻很轻的声音——

“这么多年了，我总算能光明正大地跟你说一句再见了……”

向榆一愣，转过头看向宋怀时：“什么？”

宋怀时笑了下：“没事，没什么，你快走吧！”

“好吧。”

“向榆，一路顺风啊。”

向榆点点头。

嗯，一路顺风，你也是啊。

4

临近年底，学校的一切活动接近尾声。

“小榆，你今年过年回家吗？”

于诗雅从床上探出头来。

向榆："不回，我要留在学校做课研。"

自打上了大学以后，向榆很少会回临安，她每天的时间不是上课就是跟在教授后面做课研。

教授也有意向好好培养向榆，见向榆肯努力又肯吃苦，平时什么活动都带着她。

今年也是，过年那段时间有个更忙的项目。

"行吧，"于诗雅撇撇嘴，"你居然能在学校待这么久都不想家。"

向榆朝于诗雅笑了笑，没说话。

她怎么可能不想？她也是个女孩子，孤身一人来到这么远的地方上大学，她当然也会想家。

但现实让她不能有这种矫情的情绪。

她必须好好努力，以后才能出人头地，然后把妹妹接过来一起生活。

"嘎吱"一声，寝室门被推开，陈琳背着帆布包从外面走进来，身上还带着一股子寒气。

"琳琳，"于诗雅喊了陈琳一声，"一会儿一起去吃晚饭吗？"

陈琳放下背包："晚饭？吃什么？"

"去吃火锅吧？正好驱驱寒。"

"那行。"

于诗雅注意到她手上的广告纸："哎？你拿的是什么？"

"你说这个啊，"陈琳看了眼，"刚刚回来的时候别人发给我的传单，好像是烟花秀的预告单。"

听到那三个字，向榆神色一顿。

耳边传来于诗雅激动的声音："烟花秀？哇哦，好棒啊，今年居然搞这么盛大？"

"谁知道呢，我也是第一次听说。"

“哎，那你要不要去看？”

陈琳说：“去看看倒也不是不行。”

于诗雅喊了一声向榆的名字：“小榆你去不去？”

向榆回过神：“啊？”

“你刚刚没听我们说话吗？跨年那天海边有烟花秀，我们要不要一起去凑个热闹？”

向榆垂了垂眼，烟花秀啊……

“我觉得这个场景肯定很盛大！哇！想想就好激动啊！”

“想想，这是一场只属于你的烟花盛宴。”

“小榆你去不去啊？”

向榆抬眼笑了下：“嗯，那去吧。”

烟花啊，哪怕不是一场只属于自己的烟花也去看看吧。

许是因为是这座城市的第一场烟花秀，这次举办得格外盛大。

向榆跟室友刚到江边，就一会儿没拉住，几个人就被人流冲散开来。

三人在群里一番交涉，决定各自分头行动，等结束的时候再来会合。

向榆见状也就放下心，跟着人流一起走到围栏边。

仔细想想，她也有两年没再看到烟花了。

上一次看烟花还是在高三的那个寒假，家里小窗外那一场不知道是谁放的烟花，让向榆沾了光也看到了。

等大一到了这边，她就没有再看过烟花。

去年宋怀时倒是拍了俞峡那边的烟花给她看，但毕竟不是现实中看到的烟花，看起来总是缺少几番趣味。

向榆正失着神，突然她感觉自己身侧的人被一双手臂隔开，而自己正被身后的那人圈在怀里。

向榆心下一慌。

别是遇到什么变态才好啊。

她刚要回头挣扎开来，身后的人蓦地靠近，随后，她感觉到他凑在自己的耳边。

向榆都快要哭了，刚准备出声，她就听到自己耳边落下的声音——

“别看我，看烟花。”

“哗——嘭——”

烟花在黑幕中炸开，五颜六色的光晕渲染了向榆的五官。

烟花很美，但此时的她全身上下的感官全在身后的人身上。

如果她没听错的话……

她浑身紧绷着，呼吸越来越急促。

就在她感觉自己要绷不住的时候，身后的人突然收回了手臂。

向榆的思绪也被慢慢拉了回来。

她慢吞吞地回头看去，视线一寸一寸地往上挪。

宋怀时穿着灰色外套站在身后，他的手插在兜里，眼睛没看天上的烟花，而是对着向榆的视线。

这就好像，梦中的人突然来到了现实。

“你怎么在这儿啊？”

向榆理了理衣服在椅子上坐下。

见她坐下了，宋怀时也跟着坐了下来：“前几天逛你们学校的贴吧，看到你们这儿有烟花秀，就想着来找你带你一起去。想给你一个惊喜，所以我就没说。结果今天刚到你们学校门口，就看到了你跟你同学走出来，然后我就跟上了。”

向榆忍不住笑出声：“你这样好像跟踪狂。”

宋怀时不自在地抓了抓脸：“是吗？我以为你能发现我的，结果一路上你都没抬头。”

“注意力都放在今天的烟花秀上了。”向榆说。

其实并不然，今天一路上她心思不定的原因，只是因为烟花联想到了从前的事情。

宋怀时问她：“烟花秀好看吗？”

向榆说：“当然好看。”

这么一场盛大的烟花，怎么可能不好看。

但这次看烟花，总感觉少了一点感觉。

宋怀时没再接着问，两人就这么静默地坐在长椅上看烟花。

“向榆。”

“怎么啦？”

“这边的烟花秀虽然盛大，但永远不及俞峡的烟花盛宴。”

向榆垂着眼帘笑了下。

当然，她当然知道。

宋怀时明天早上还得上课，当晚赶了夜里的飞机回去。

向榆送了他一路，之后自己打车回了学校。

因为门禁，她就找了一家宾馆睡下。

凌晨时，宋怀时给她发了一条信息。

是一段很长的小作文，大致意思就是说他觉得今年这场烟花盛宴不够盛大，明年他会带向榆去看一场更大的烟花盛宴。

向榆看着这条信息轻笑了下，没回，锁屏仰面躺在床上。

十分钟后，她爬起来发了一条动态在空间——

我至死热爱烟花，和烟花下的你。

这条动态仅自己可见。

Chapter 10 · 没有结局

她没有勇敢一次，所以她失去了他

/

N I S H I X I N L E

1

天气回暖，不止天气有变化。

向榆的变化连她室友都看出了不一样。

于诗雅还揶揄她：“小榆这满面春风的样子就跟谈了恋爱一样。”

向榆有些不好意思。

“哦，不对，有宋怀时在，向榆是没办法跟别人谈恋爱啦！”于诗雅补充道。

向榆红着脸追着于诗雅打闹。

好像一切都在好转，和煦的春光与春风驱散了她眼前的昏暗，抵挡了她身边的雾霭。

学期进行到中旬，向榆的导师向她抛出机会。

“虽然苦了一点，但是你跟着我去做一年，回来后肯定是不一样的。而且到时候去医院，未来就业什么的都有很大帮助。”

向榆当然知道这是一个很好的机会，但去国外那么远的地方意味着什么？而且每天都会很忙，她也很少再有时间碰手机去跟人联系。

而她和宋怀时，刚走到这一步。

导师让向榆回去好好考虑一下，向榆应了下来。

向榆回去想了很久，思来想去还是要把这件事跟宋怀时说一下，看看对方是什么想法。

虽然没有表明，但两人好像已经形成了一种默契，他们对彼此和自己的未来心知肚明。

今天是周六，明天周日没课，向榆立马买了机票去江海。

她没发信息给宋怀时，而是只身一人直接去江大找他。

江大是重本之重，就算是周末学生也没有丝毫松懈，一大早就能看到周围路过形形色色的学生，或是背着包，或是拿着几本书。

向榆跟周围的同学打听到宋怀时他们专业所在的寝室楼，等到楼下了才给宋怀时打电话。

但奇怪的是，宋怀时的电话许久都没人接听。

向榆也不急，索性就在路边的花坛坐了下来。

也不知道等了多久，向榆被春光照得直犯困。

“我觉得教授说得挺对，要不你再好好考虑一下吧？”

“没什么好考虑的，我的确不想出国。”

熟悉的声音从不远处传来，向榆一下睁开眼往那个方向看去。

宋怀时背着包低头玩手机，身边跟着一个矮他半个头的女生，正朝向榆这个方向走来。

那女生向榆认得，是之前来江海时听说喜欢宋怀时的那个林时月。

女生长得漂亮张扬，整个人都很有记忆点。

向榆看到他们慢慢站了起来。

宋怀时也注意到面前的人，一抬头就对上了向榆的目光。

向榆看到他的目光从呆愣到惊喜。

宋怀时几步走上前：“向榆？你怎么在这儿？”

“我来找你。”向榆往他身后的林时月身上看了一眼。

宋怀时反应过来，介绍："这个是跟我同个专业的同学，我们刚从班导那里回来。"

他向林时月介绍向榆："这是向榆。"

林时月笑着跟向榆点点头。

向榆也没什么敌意，朝她笑了下，也不多言。

宋怀时对林时月说："那今天就这样吧，我还有点事。"

"行，那我先回去了。"

临走时，林时月也朝向榆摆摆手。

等林时月走后，宋怀时就带着向榆去了学校里的咖啡厅。

学校的咖啡厅里坐满了学习的同学，大部分都趴在桌上学习，鲜有人在闲聊。

宋怀时端了两杯咖啡过来："这个咖啡味道不错，你尝尝。"

向榆道了声谢，她没急着进入话题，就这么顺着宋怀时的话聊了下去。

宋怀时也没问她过来是什么事，两人也就照平常那样相处。

中途，宋怀时接了电话出去。

向榆倒没察觉到不对劲，收拾了桌上的东西后准备去一趟洗手间。

"不是，怎么你也来劝我？"

宋怀时的声音从走廊那儿传来，向榆脚步一顿。

"我是真的真的不想出国。"

"没什么原因，我就觉得待在江大也挺好的。"

"你胡说八道什么呢？什么叫我恋爱脑？"

"行行行，我不跟你说了，我就是不想去国外，就想待在这边，美国实在是太远了。"

向榆没去洗手间，而是原路返回了位置。

没等一会儿，宋怀时回来了。

他表情自然，看不出一丝异样。

只是突然间，向榆突然不知道该怎么跟宋怀时提起这件事。

下午的时候向榆跟宋怀时一起去江大旁边的商场看了场电影，还是那部《哈利·波特》，向榆也没想到这么快就重映了。

身边的人还是从前的人，但好像没有当初的感觉。

为什么？

是因为当初是开始，这次是结束吗？

看完电影后，向榆察觉到宋怀时的手机一直在响。

她看了一眼，说："你手机一直在响，不用接吗？"

宋怀时看了眼手机，手指滑了滑："没事。"

之后他又像是什么都没发生一样，带着向榆去电玩城又玩了一波。

两人玩好出来后，恰好在门口碰到一个人。

那人见到宋怀时还有些吃惊："宋怀时你怎么在这儿？"

宋怀时皱了皱眉。

那人似乎是察觉到向榆还在，即将脱口而出的话又憋了回去。

向榆意识到他的欲言又止，借口自己上洗手间离开了这个地方。

不知道出于什么原因，可能是她自己本身性格的原因，她做了一个很不明智的决定——

她返回去想要问清楚今天的事情。

"蒋二在群里一直在找你，好家伙，你在这儿谈恋爱？"

宋怀时有些烦躁："你们一个个都来劝我，太烦了。"

男生说："这不是班导让我们来的吗？人家让我们劝劝你，别放弃这么好的机会。"

"啧，"宋怀时说，"但我是真不想去。"

"因为刚刚那女生？"

宋怀时没说话，那男生接着说："你这也太蠢了吧？就只是谈个恋爱，出去又不是不可以谈。之前听说你恋爱脑我还不相信，没想到是真的。”

宋怀时笑骂了一句。

“我是说真的，出国这么好的机会，为了一个女生放弃很不值得。”

“行了行了，你别说了，我说我不想出去就是不想出去。”

“宋怀时你这样不行，你这样做以后肯定会后悔的。一旦有这种想法，你以后还会放弃更多的事情。”

宋怀时刚要说话，一抬头就看到了向榆站在不远处看着他。

街边，两人一声不吭地并肩走着。

许是受不了这气氛，宋怀时刚要开口就被向榆打断：“宋怀时，你把事情完完整整跟我说一下吧。”

宋怀时也不知道该怎么说这件事，整件事其实就一句话，班导那儿有个机会，想让他出国做交换生，但他因为想留在国内陪着向榆，所以不想出去。

向榆突然笑了下：“又是因为我吗？”

宋怀时没听清，刚要问就被打断。

“所以你为什么不愿意出国？”

宋怀时一愣：“我真的不想出国啊。”

向榆盯着他的眼睛：“因为我？”

宋怀时沉默了一会儿，突然说：“向榆，我知道你生过病。”

那是高三毕业以后，向榆觉得自己情绪不太对，被萧池的妈妈看出异样后带去看了心理医生，查出患有中度抑郁症。

因为发现得早，治疗也很配合，所以大一下期的时候医生就说她痊愈了。

但这个痊愈没有个概念，你可以痊愈，也可以复发。

而宋怀时来找向榆的那个阶段她还处于生病阶段，她本身就不愿意去相信别人。

但她不知道，宋怀时为什么会知道这个事情。

向榆看着宋怀时："你为什么会知道这个事情？"

宋怀时："萧池和我是同个社团。"

向榆一下就懂了，萧池。

宋怀时说，是之前听到萧池的妈妈给他打电话让他平时多跟向榆聊聊天，同龄人之间话题总是会比较多，这样向榆也更容易好起来。

宋怀时那时候就问了，萧池没说明，只点到为止，但宋怀时一下就懂了。

他知道向榆很敏感，很没有安全感。

所以这次他也不愿意出去。

他怕他出去后，向榆在国内抑郁症复发了，而自己不在她身边。

他怕向榆那么敏感、那么没有安全感的一个人会多想。

向榆笑了下："所以呢？"

宋怀时垂着眼："我想陪在你身边，好好陪着你。"

他能感觉到向榆的变化，现在的她已经比之前好太多了。

他想把她从深渊里拉出来。

向榆一下红了眼，但她又不想认输，四处张望着来掩饰自己的慌乱。

缓了一会儿，她突然觉得自己是个负担。

"那你有问过我的意见吗？问过我是不是需要你？"

向榆想到之前在陆佳穗手机上看到的一张照片。

是陆佳穗在刷朋友圈时无意间刷到的一条林时月的朋友圈，她那时候还指着林时月的照片说："不说别的，这女生是真好看也是真优秀。"

向榆看了一眼照片。

照片里的林时月捧着一个金灿灿的奖杯笑得嫣然。

现在她突然想到这个事情，也终于发现了……

真正合适的女朋友不会是像她这种一直拖累人家退步的，而是应该像林时月一样和他站在顶峰。

她似乎一直都是一个累赘。

都说抑郁症会复发，在什么样的情况下、什么样的事情刺激到这都说不准。

但如果重演一遍当初的事情呢？

向榆突然想到了高中的时候，她好像也在拖累宋怀时。

宋怀时一愣："你说什么？"

向榆理了理自己的头发，说："今天来找你，我是想告诉你一件事情。

"学校给了我一个机会，让我跟着导师去国外进修。

"最开始进修一年，但我导师说了，这个是不确定的，也有可能会在国外待很久很久，如果可以的话，以后甚至会留在外面工作。"

学校承担了很大一部分她的学费和资助费用，所以之前向榆一直在犹豫，这的确是个不可多得的机会。

这也是她努力两年，才换来的机会。

但来之前，她动过想要为了宋怀时放弃的念头。

"宋怀时，我想选前程。"

向榆上了飞机后，脑子里还是念念不忘宋怀时的那句话。

少年像是被她的话定住了，眼睛一眨不眨地盯着她。

这场景像是回到了那次向榆跟他说，让他不要再来找自己的时候。

宋怀时自嘲地笑了下："向榆，我在你那里永远比不上任何人或事吗？"

向榆没再说话。

在她拦住出租车准备上车之际，她听到宋怀时说——

"向榆，这次你走了，我就再没有勇气找你了。"

而向榆只是愣了一瞬，继而坐上车没再看宋怀时。

两条直线只会短暂相交，然后越走越远。

其实从高中时就应该能看出来了，她和宋怀时不会有结局的。

2

“叮咚叮咚！”

门口传来门铃声，向榆终于从过往的回忆中挣扎出来。

她叹了口气，把怀中的抱枕往沙发上一丢，趿拉着拖鞋前去开门。

门一开，一双拎着外卖的手率先挤了进来，然后人才进来。

见来人这滑稽的动作，向榆抿着唇笑了下：“搞什么啊你？”

徐宣林拎着外卖在她面前晃了晃：“看不出来？给你送晚餐。”

向榆似是习惯了，跟着坐到吧台前，也不客气，直接拆开外卖，随口问道：“你这个大老板怎么这么闲？”

徐宣林没好气道：“没良心了啊向榆，我可是特意为你腾出时间的。”

向榆边吃着外卖，边点点头：“知道啦，下次别送了，我记得吃饭呢。”

“你记得什么记得，上次因为没吃饭低血糖晕倒进医院的是谁？”徐宣林开始翻向榆的黑历史，“你这医生当得不称职啊，别人的身体是身体，自己的身体就不是了？”

向榆求饶：“行行行，我一定记着。”

大二那年出国之后，向榆换了自己所有的联系方式，留有联系方式的也只有那么几个人。徐宣林不知道从哪儿要来了她的联系方式，断断续续又跟她联系上了。

大学毕业后，向榆跟徐宣林的联系一直没断。她大学毕业后回到俞峡，两人的关系反而更近了些。

这么多年向榆一直都知道徐宣林喜欢自己，但这种不说出口的喜欢更是不好拒绝。而且这么多年徐宣林一直以朋友的身份与她相处，久而久之她也就习惯了。

徐宣林递给她一个保温杯：“我看你的保温杯都磨坏了，就给你买了个新的。”

向榆笑道：“你怎么这么贴心啊？”

徐宣林笑了下，转而想到什么张了张嘴又闭上了，一副欲言又止的模样。

向榆猜到他要说什么，这么多年，宋怀时这个名字鲜会出现在她的耳边。

徐宣林是唯一一个知道她当初跟宋怀时分开的种种原因的人。

起因就是在向榆刚毕业那两年，向丛找上门来，他不知道从哪里打听到向榆跟徐宣林之间熟络的关系，想让向榆去跟徐宣林说说情，因为向丛想从徐宣林家的公司拿一个项目，他想借着这个关系拿下。

那时候徐宣林正好赖在向榆家不走，想赖着蹭饭。

向丛找上门来时跟徐宣林一碰面，就认出这个徐家的小少爷，当下就开始对徐宣林殷勤起来。

徐宣林听向丛介绍是向榆的父亲，也就耐着性子跟他聊天。

直到向榆买完菜回来，她看到向丛的那一瞬间脸色就变了，在听明白来意后，更是直接拉下脸对向丛下逐客令。

她说：“这么多年你也没有找过我，我早就当没有你这个爸爸了。既然我没有你这个爸爸了，你也别再来找我了。”

那时候徐宣林才知道向榆跟她父亲关系不好，更像是有血海深仇似的。

那天晚上向榆跟徐宣林一起喝了很多酒，时隔这么多年第一次提起宋怀时这个名字。

她跟徐宣林说起自己那段时间遇到的事情，她原以为自己会哭，但好像随着时间流逝，她早就麻木了。

徐宣林很心疼向榆，但同时也很敬佩她。

一个女孩子，顶着那么大的压力和痛苦，依旧在乐观地生活，没有因此崩溃，他真的很佩服向榆。

徐宣林问：“所以你高中跟怀时分开，就是因为你家里的那些事吗？”

向榆摇了摇头：“我其实不是一个很自信的人，甚至有点自卑。

“我很敏感，当年宋怀时成绩直线下滑，我从一开始就注意到了，关于这件事也在很早的时候就在心里埋了颗种子。

“在你们看来没什么大不了的事情，对我来说或许就是很严重的事情。

“我就是觉得他那么优异的成绩是因为我才会下滑，是我在摧毁一个天之骄子。”

徐宣林说：“你就是容易想多，这种事情怎么能怪你呢？”

“可他那段时间成绩真的下滑得很厉害，他那么厉害的一个人，成绩居然考到了年级十名开外，而且找了很久也找不到原因。我就觉得，可能是我在耽误他。”向榆眨了眨干涩的眼睛，“而且后来我离开之后，他的成绩又慢慢上去了，那时候我就觉得自己做了一件正确的事情。”

“这样啊，”徐宣林问，“那为什么大学的时候，你不再努力一把？”

“我努力了，但我过不了那道坎。他遇到任何不好的事情，我都觉得是我的原因，我好像一直在拖累他。”

“那你毕业回来后呢？我觉得宋怀时还没有放下你。”

向榆垂了垂眼：“算了吧，当初是我抛弃的他，也没资格再找他。”

其实当年两人分开的原因现在想起来还是有些幼稚，甚至让人有点难以理解，但当时他们又确确实实是因为这个而分开的。

这么多年了，向榆也没有一直在缅怀那段过去，每个人都有属于自己的青春，或疼痛或甜蜜，都要过去的。

后来她也的的确确爱了宋怀时很多年，但再到后面，到底是执念还是爱，她也分不清了。

“向榆，这么多年了，你还爱他吗？”

“无论是执念还是爱，都会过去的。”

可能是暗恋的戏要做全，所以我喜欢了你岁岁年年。

向榆旁敲侧击地从陆佳穗那儿得知宋怀时的婚礼地址。

宋怀时结婚那天她去看了，但只是远远地站在门口看了一眼就走了。

他的确是结婚了，但不是他失信了。

最开始失信的，就是她。

3

后来，江城暴发新型传染病，形势严峻。

向榆自愿报名去支援江城。

这件事她在跟陆佳穗吃饭的时候提了一下。

得知这个消息，陆佳穗一脸震惊："你要去江城支援？"

向榆点点头。

"小榆！这很危险的！"她拉着向榆的手，"你不能去，这真的很危险，一不小心命都没了。"

向榆倒觉得没什么，她是医生，她得为国家做出贡献。

她安慰已经红了眼眶的陆佳穗："没事的，我一定会平安回来的。"

陆佳穗还是哭。

之后大概是陆佳穗说漏嘴了，这件事被徐宣林知道了。

出发前，他跑到车站对向榆劈头盖脸的就是一顿训，训完后自己又忍不住伤感起来。

一个大男人，就这么当众红了眼眶。

他哽咽着说："向榆你不可以这样，你不能再一声不吭地直接走了。"

向榆好笑道："谁一声不吭地走了？你这不是还来送我了吗？"

她其实是准备到江城再告诉徐宣林这件事的，因为她害怕徐宣林一激动会直接绑走她，阻止她去江城。

但徐宣林大概是知道这件事已经成定局了，只拉着她婆婆妈妈地叮嘱了许多话，最后还是因为要赶车，他才依依不舍地松开她。

上车后，向榆看到站在站台上的徐宣林冲她挥了挥手。

那一瞬间，她突然有点想哭。

这次一分别，她还能再见到他们吗？

车子一开动，她突然想到了宋怀时。

她有点想见他。

但他已经结婚了。

在江城待了半个月，向榆在生日那天接到了徐宣林的电话。

他在那头支支吾吾地说了半天前言不搭后语的话，最后才来了一句：“向榆，要不等你回来后咱俩试试吧？”

向榆愣住了。

他说：“反正你以后也是要嫁人的，我惦记你这么多年，你就嫁给我吧。”

她不知道该回答什么。

徐宣林吧啦吧啦说了一堆，最后说了一句：“我最开始的确很渣，但我这么多年早就改掉了，我这么多年，还是只爱你一个人。”

从始，至终。

向榆没有正面回答，但她的心里大概真的已经有了答案。

完成了长达几个小时的救护，她感觉自己的身体有些不舒服。

见周围人都在忙，向榆便找了个位置坐下缓缓。

护士见她脸色不对劲，便问：“向医生，你有哪里不舒服吗？”

向榆点点头。

护士的神色突然慌了，拿来体温计一测量，39.3℃。

她发烧了。

向榆躺在洁白的病床上，脸上罩着呼吸罩。

旁边有几个平时熟悉的医生和护士，他们正在抢救她。

向榆觉得自己身子一下轻一下重，自己的眼皮也越来越沉了。

最后，她合上眼。

她的脑海里突然想到了宋怀时，不是现在结婚了的宋怀时，是那个穿着整洁的校服，浑身散发着温柔的宋怀时，十七岁的宋怀时。

他依旧穿着那身校服，身子懒懒地靠在路边的栏杆上。

他勾着唇喊她："发什么呆啊，向榆？"

还是执念吗？还是爱吗？

她朝着那个"宋怀时"走去，她想要抱住他，抱住那个属于十七岁的向榆的宋怀时。

这次她不想再当那个自卑敏感的向榆，她想要自信、大方地走到宋怀时身边。

她不想再放弃他，不想因为任何事放弃他了。

"嘀——"

死亡时间，晚上九点二十三分十四秒。

"阿怀，你能不能再给我放一次烟花？"

"想想要看多少次都行。"

她后悔了，她没有勇敢一次，所以她失去了他。

番外一 · 徐宣林

你把下辈子留给我行不行

N I S H I X I N L E

向榆的葬礼是在俞峡举行的。

因为向榆家里长辈年龄都比较大，而向父又多年不与向榆来往，向榆早当自己没有这个父亲，所以葬礼是由徐宣林帮着向暮操持完的。

葬礼上四处都是啜泣声。

向暮眼妆都哭花了，但还是要扶着身边的爷爷奶奶。

徐宣林站在一侧沉默不语，许久，他走到向暮身边：“带爷爷奶奶先下去休息吧。”

向暮没拒绝，她觉得爷爷奶奶再站下去迟早会哭晕过去。

白发人送黑发人。

徐宣林安排向榆家里的老人先下去休息，自己在葬礼上操持着。

“呜呜呜，小榆，我早就说过很危险的，你非要去……”

陆佳穗由姜韵搀扶着，哭声从开始到最后都没停过。

徐宣林往她们那边睨了一眼，姜韵正小声安慰着陆佳穗。

他收回视线，目光落在向榆的照片上，嘴角忽而扯着笑了笑。

向榆，你又一次抛下我了。

葬礼的最后，姜韵走上前，冲着向榆的照片扯了扯嘴角，但慢慢地，脸上的笑容也挂不住了，她的神情慢慢崩塌，刚刚勾着的嘴角也耷拉下去，泪夺眶而出。

“小榆，”她轻声道，“你是大家的英雄。”

葬礼结束，徐宣林牵着一个约莫五六岁的小姑娘走了出来。

小姑娘似乎也能察觉到大家的情绪，沮丧道：“徐爸爸，小榆妈妈不要我了吗？”

徐宣林蹲下身子，在小姑娘头上摸了摸：“没呢，小榆木，妈妈只是……”

他的声音突然变得哽咽，缓了一会儿情绪才继续道：“她有点事，要去很远的地方。没关系的，我会替妈妈完成她的承诺。”

小榆木是向榆和徐宣林做义工的福利院里的孩子，从她记事起向榆跟徐宣林就陪在她的身边。之前向榆有过想收养小榆木的想法，所以向榆之前跟小榆木说过会带她回家。

徐宣林也知道，他就是觉得，向榆完不成这个承诺了，那既然如此，这个承诺只能自己来履行。

他抬头朝天上看了一眼，眼睛里的血丝还没褪去。

向榆，算你又欠我一次。

徐宣林做了这个决定就没准备更改。

他一人承担了小榆木的所有开支，节假日还会带她出去玩，去走那些向榆走过的路。

对于他养了一个福利院的孩子，徐家人都不能理解。他们知道徐宣林喜欢向榆的事情，徐家人都很喜欢向榆，在向榆死前也一直希望他能把向榆追到手。

但事与愿违，向榆的死亡在意料之外，徐家人都难过了很久。

但这并不能代表他们愿意让自己的儿子终身不娶，他们原本打算等徐宣林迈过这道坎后再安排相亲等事宜，但没想到徐宣林竟然一声不吭地就养了一个小女孩，还说自己真的不打算娶别人了，这辈子就想好好照顾小榆木长大成人。

他给小榆木取名为“徐幸”，取名那天，他看着小榆木的脸呢喃道：“小榆木，分一点幸运给你的小榆妈妈吧。”

徐家不理解徐宣林的做法，劝啊骂啊，什么方法都试过了，也不能让徐宣林改变主意，最后也就随着他去了。

他们说，只要徐宣林自己不后悔就行了。

但最后，一直等到小榆木长成亭亭玉立的大姑娘时，徐宣林也没有表现出丝毫后悔之意。

他经常会去向榆家拜访，替向榆照顾家里的老人和她的妹妹。这么多年，当初和向榆一起做的公益他也一直都没有停下来过，一场场公益更像是他心底的执念。

等小榆木成家生子后，徐宣林的身体一天不如一天。

他的记忆力渐退，每日痴痴呆呆的。

小榆木带他去看了医生，医生说他得了老年痴呆，这是很多老年人都会得的病，但像他这个岁数患病倒是少见。

某日，小榆木回家时看见徐宣林抱着一个相框坐在沙发上发呆，相框里的照片是高中时候的向榆和他。

他似乎没察觉到有人回来了，盯着照片，嘴巴张张合合，像是在问空气：“我去找你好不好？你把下辈子留给我行不行？”

最后，他叹口气，轻轻地摇了摇头：“算了啊，你的下辈子也不会留给我的。”

老人的身影落寞而孤寂。

他少年时喜欢过很多女生，但动心后就只爱过一个人。

年少的徐宣林心性不定，成年后的徐宣林长情且衷情。

番外二 · 宋怀时

我以为我会一直爱你

/
N I S H I X I N L E

“你们好，我叫宋怀时。”

那是她的初识，不是他的。

宋怀时早在高一时就认识了向榆。

那时候正是高一新生军训，宋怀时被班主任老江派去医务室给班上的同学拿藿香正气丸。

医务室里开着空调，温度跟外面的火炉是没法比的。

一阵凉风吹过，宋怀时抓了抓脑袋，抹了一把汗。

医务室的老师见他进来，便问：“怎么了？中暑了吗？”

宋怀时笑了笑：“没呢，江老师让我来拿藿香正气丸。”

“哦，是江老师的学生是吧？”医生应了一声，弯腰钻到柜台下面去找药了，“哎，怎么没有呢？”

宋怀时看了一眼而后收回目光，看样子还得等一会儿。

空调房里的确凉爽，在里头待了一会儿身上的汗就干了。

医务室里有不少新生，有几个握着杯子靠在椅背那儿睡觉，看样子大多数是中暑了。

宋怀时正想收回视线，目光一瞥，突然注意到一个坐在角落的女生。

她穿着军训服，头发湿漉漉地粘在额头上，膝盖上放着一本英语单词本。她正垂眼看着，小小的嘴巴张张合合，看样子是在背单词。

宋怀时觉得有趣，都中暑了还能看得进书啊。

“向榆，中暑了就好好休息，别再看书啦！”旁边有同学提醒她。

“好。”女生乖巧地合上单词本，眼眸一抬，朝着旁边的女生笑了下，“那我们早点回去吧。”

她眼睫长而卷，肤色很白，唇色大概是因为中暑而泛着白。

让人看着很舒服的长相。

宋怀时收回视线，但女生的脸庞还在他的脑海中挥之不去。

“你再休息一会儿吗？我想要再吹吹风。”旁边的女生毫不掩饰自己的真实目的。

女生笑了下：“那好吧。”

她的声音听起来软软的，就跟她的长相一样。

“哎哟，总算是找到了，给你同学。”

医生递来几盒藿香正气丸：“你们江老师买完后我想着拿出来单独放，结果就放到柜子最里面去了。”

宋怀时点点头：“谢谢医生。”

“嗯，没事。”

宋怀时走出医务室，一脚刚跨过门槛，又回头看了眼那个坐在椅子上的女生。

她低着头，侧耳倾听身旁女生的碎碎念。

她的目光从开始到最后都没有落在他身上。

宋怀时走出门，心里慢慢藏了一个名字——

Xiangyu

其实后面回想起自己与向榆的初识，宋怀时还是会觉得这是一段注定的相遇。

向榆那并不格外出众的相貌，他还是能在人群中第一眼看见了她。

感情这东西真的很奇怪，一眼万年这说法也不仅仅存在于小说以及见色起意。

在向榆不知道的岁月里，宋怀时早走过很多她走过的路。

俞中百八十年开了一次副班长会议，宋怀时拿着纸笔刚到会议室就看到坐在窗边的女生。

她还是老样子，喜欢盯着某一处发呆。

宋怀时知道她跟陆佳穗同班，可能是陆佳穗那外向的家伙带动了她，她的性子也比高一时活泼了不少。

他犹豫再三，还是走到向榆身边的位子坐下。

那是他第一次主动靠近她。

会议上，他的思绪不在讲台上的老师身上。

但很明显，身旁人的注意力也不在老师身上。

身边的女生不知道是第一次跟男生坐有些不适应还是怎么，他能感觉到对方的视线总是若有似无地落在自己身上。

宋怀时身体紧绷，一下都不敢动弹，更别说看对方了。

原本还想趁着这个机会跟对方讲句话，结果一直到会议结束两人都没有讲上一句话。

会议一结束，宋怀时立马起身往门外走去，生怕自己走慢一步就会让那人看出自己的心思。

过后，宋怀时又开始后悔自己没有主动一点去找对方说话。

闷闷不乐的情绪一直延续到晚自习也没有好转，直到他听到陆佳穗在教室门口喊自己的名字。

他一转头，眼神直接越过陆佳穗看到她身后站着的女生。

“这是向榆。”

还有一次是在街上，宋怀时偶遇了向榆。

那天宋怀安一直缠着他让他给陆佳穗买礼物，他不愿意，宋怀安就撒泼，甚至还把手中的篮球赌气地往旁边一丢。

他当下就有点生气，火还没冒上来，眼一抬看到站在树下的向榆，那股子火顿时被浇灭。

当他看到向榆洁白的裤腿上因为宋怀安丢的篮球弄脏了一块，心下暗骂宋怀安这个兔崽子。

那天两个人没聊多久，她似乎是急着有事。

回到家后，宋怀安不安地在宋怀时面前晃来晃去，嘴里直呼着向榆去跟陆佳穗告状怎么办。

见到这个场景，宋怀时突然萌生一计，开始循循诱导宋怀安往自己的方向走。

最后，当宋怀安说出“要不给那个姐姐买杯奶茶赔罪吧”这句话时，宋怀时顿时一喜，爽快地答应了。

明明是自己想的，但从宋怀安嘴里说出来就不会有愧疚感。

谁也没有想到，这场感情的秘密是宋怀时的暗恋。

他和班上的班长一同下楼，班长去送回执，自己去打球。

但在看到向榆的那一瞬间，他又制造了一次偶遇。

运动会那天，母亲送了一些小零食过来让宋怀时拿去给陆佳穗。

他拎着一袋零食走到三班的休息区。

陆佳穗眼尖，一眼看到他冲他招了招手：“你怎么来了？”

“给你们带点零食。”宋怀时看了眼四周，没有见到想见的人。

陆佳穗拿到零食很是欣喜，一边翻着袋子，一边嘟囔："都是干巴巴的零食欸，我没买水。"

姜韵在一旁道："那要去买吗？"

"太难走了，找小榆带一下吧。"

宋怀时耳尖，一下听出陆佳穗口中的话。

他笑道："你怎么这么懒，水还要别人买？"

陆佳穗："是顺便！小榆正好在小卖部，就让她顺便带一下好了。"说完，她就翻出口袋里的手机，似乎是准备给向榆打电话。

俞中运动会管得不严，所以有不少学生会带手机。

原来向榆也带了手机啊……

得到消息，宋怀时没在这儿久留，直接就去了小卖部。

小卖部里，他看见向榆正站在冰柜前，似乎是在犹豫买什么饮料。

宋怀时勾着唇笑了下。

这是他制造的第二次偶遇。

他想靠近向榆，所以不断地将两人之间的绳子拉近。

为了向榆，他特意跟在终点当志愿者的同学调换了岗位，只为亲手给她一块巧克力，在她起跑时跟她说一句"加油"。

知道她没有跑第一时，他给她戴了自己的金牌。

他们的关系更多是他在主动。

学校组织远足，班上的同学都兴奋得不行。

宋怀时倒没多大兴致。

出发那天，他上车后选了个最前面的位子，坐下后就准备蒙头睡觉。

耳边全是同学嘈杂的聊天声，宋怀时歪了歪脑袋，使脑袋离玻璃更近。

"位子不够了，我去问问别的车还有没有位子。"

"三班可能有吧？他们班人比较少。"

“那行，我去问问。”

宋怀时一下睁开眼，身子一动往窗外看了眼。

老江正往三班的车子走去。

宋怀时站起身，从位置上走了出去。

徐宣林喊住他：“你干什么去？”

“下车看看。”

下了车后，他立马推了一个男生上去坐了自己的位子。

再抬头时，他听见老江隔着老远跟他对看一眼，随后扯着嗓子喊了声：“宋怀时你们来三班坐！”

过去后，老江问：“刚刚怎么没看到你，去哪儿了？”

“上厕所。”

他往车上看了眼，一眼瞧见坐在最后的向榆。

宋怀时抿着唇，遇到了。

偶遇不是偶遇，巧合不是巧合，只是一方的有意为之。

他喜欢向榆，很早就喜欢了。

后来他发现向榆的端倪，猜到她可能喜欢自己。

他以为，他会有所得。

只是后来，两人分开，向榆转学。

宋怀时从来没有怪罪过向榆，他自始至终愿意相信向榆。

再然后，高考了。

高考后他知道了向榆的成绩。

她发挥不是特别好，但这个成绩不出意外能去江大。

那时候宋怀时就想等一等，再看一看。

他高考正常发挥，不过与市状元还是遗憾地擦肩而过。

填报志愿的时候，宋怀时在江大那一栏停留了很久，最后还是选择了江大。

他垂眼看向自己的手腕，他就想知道这一次，向榆还会不会失信。

可最后向榆还是失信了。

她没有选择江大，而是去了南方的一所重本。

他尊重她的选择。

那天，宋怀时在床上躺了一天。

房间没有开灯，甚至连窗帘都被拉上，斩断了房间的唯一光源。

宋母推门进来，光源迫不及待地从门口冲进来。

宋怀时仰面躺在床上，两手张开，一条腿蜷立着。

有人来了他也没反应，整个人看起来满是落寞。

宋母上一次见自己儿子这样子还是在去年十月份，原因好像是儿子失恋了。

那时候她还好一阵担心，怕宋怀时会因此耽误高考，好在后面不知道怎么了，他的状态慢慢好了起来。她以为，他已经跨过那道坎了。

宋母坐到床边，轻声喊道："怀时？"

宋怀时没什么反应。

宋母探身凑近，突然在他的脸上看到一道泪痕。

宋母一愣。

回过神后，她拉起宋怀时的手腕："行了，一个大男孩哭什么？"

宋怀时身子没动，但脸往另一边侧过去。

宋母问："为什么不高兴？这次高考考得这么好，妈妈还没奖励你呢，跟妈说说，你想要什么？"

宋怀时还是没说话。

她有点猜到宋怀时会这样的原因了。

宋母索性身子往后一靠，靠在床头："你要是愿意，就跟妈妈聊聊你的高中。"

许久，宋怀时总算是开口了："妈。"

“如果一个人接二连三地失约，”他的声音哽咽了，“你还要不要原谅她？”

向榆不止一次失了信。

记得两人刚在一起的时候，向榆问过：“如果有一天我们分手了怎么办？”

这是大多数情侣都会问对方的问题。

宋怀时也跟很多人一样，回答：“不会。”

这个“不会”是真的不会，他不会跟向榆提分手。

向榆说：“那好吧，那阿怀，我们说好，谁提分手谁是小狗？”

宋怀时笑着答应。

后来两人分手，宋怀时突然想到这个约定。

他笑着跟向榆说：“那这次，就让你当小狗了哦。”

听到他的问题，宋母沉默了一会儿，回答道：“看人吧，你看，如果是你，就算跟妈妈失约再多次妈妈也会原谅你。谁让怀时是我的儿子呢？”

“我想相信她。”

宋怀时眼睛直愣愣地看着天花板，他哑着声说：“妈，能不能让她再来跟我做个约定？失约也没关系。”

宋母知道自己的儿子有多喜欢那个女孩。

她记得，之前远足那天晚上，怀时乐呵呵地回来，脸上洋溢的笑容怎么也压抑不住。

她好奇，就问了句，然后她听见怀时说了什么？

他笑着说——

“有个小姑娘夸你做的东西好吃。”

她想，怎么夸一句就让他这么高兴呢？

大四时，俞中五十周年校庆，宋怀时收到了老江发来的邀请函。

宋怀时便跟陆佳穗一起回去了。

“你还喜欢向榆吗？”陆佳穗在一旁问。

时隔两年，这是陆佳穗第一次在他面前提到这个他许久没听到的名字。

她说，她好像有点发现向榆高中时那样做的原因了。

宋怀时问：“什么原因？”

陆佳穗说：“可能是她妈妈的原因吧？高三的时候，向榆的妈妈得病去世了。虽然不知道是不是这个原因，但肯定有点关系吧？”

宋怀时沉默了。

这是一段他不知道的事情。

“你真的不打算去找小榆了吗？”

听到这句话，宋怀时抿着唇，不知道该说什么。

似乎是见他许久没有反应，陆佳穗怒了，她的声音低了低：“宋怀时，我跟你说话呢！”

宋怀时总算有了点反应，他看了一眼陆佳穗，眼眸垂了垂：“什么？”

“你有没有认真听我讲话？”

他收回视线：“听了。”

他一直在听。

“听了你不——”

“佳穗，”宋怀时开口打断她，“大二那次，我已经用光了我全部的勇气。努力真的有用吗？”

他低下头，嘴角轻轻勾起，嘲讽道：“我爱她，她还爱我吗？”

我凭什么有这个自信，她这么多年还爱我？

此话一出口，陆佳穗也沉默了。

是啊，谁又能保证，另一个人也一直停留在原地呢？

宋怀时是真的想过爱向榆一辈子的。

甚至在寺庙祈愿的时候，许的愿望也是不想忘记向榆。

七年里的每一年，他都去了从前放烟花的那个地方在除夕夜放烟花，然后一个人观赏烟花盛宴。

年复一年，从未中断。

但真的有人能不与那人见面，依旧爱她三年五载吗？

第九年，他家里人安排他去相亲。

那是他第一次萌生出放弃的念头，他想继续往前走了。

也是在相亲宴上，他认识了温婉。

她名不如其人，名字温婉，但性格活泼娇软。

她跟向榆是两个类型，向榆喜静，她喜闹。

闹归闹，但温婉懂分寸知大体，是一个很招人喜欢的人。

那天之后，他放下向榆，往前走了。

向榆，我不停留在那段腐朽的岁月了。

他跟温婉闪婚，婚后生活也比自己想象中的顺利。

宋怀时慢慢从妻子口中得知，她也是在俞中读的高中，是比自己低一级的学妹。

还有，他的小妻子喜欢他很多年了。

听着温婉讲那些关于自己的往事，宋怀时笑道："你喜欢了我这么久啊？"

温婉笑道："是呀，所以我听到妈妈给我介绍的相亲对象是你的时候，我都要高兴死了。"

她抱着宋怀时的脖子撒娇："学长可得好好爱我。"

宋怀时笑着没说话。

不知道从什么时候开始，心里原本属于向榆的位置已经在慢慢易主。

温婉笑着亲了一下他的唇瓣："这个也只能亲我。"

宋怀时笑着揉了揉她的脑袋：“只有过你。”

后来，宋怀时爱上了他的小妻子。

温婉笑着躺在他的腿上把玩着他的手指:“你说我们以后生男生女好？”

宋怀时笑道：“你这么早就想着生孩子啦？”

温婉：“人家想早点生早点恢复嘛！”

宋怀时笑着轻吻了下她的手背。

这的确是他理想中的婚后生活，但好像从前，他也想过与另一个人。

他们的生活，甜蜜又满足。

直到宋怀时从俞中的同学程淮口中听到有关向榆的死讯。

程淮是姜韵的男朋友，两人毕业后就正式在一起了。

那天程淮跟宋怀时相约去打球，在场下休息的时候跟宋怀时闲聊。

突然，他提到了向榆：“唉，说到向榆是真的可惜啊。”

宋怀时一愣：“什么可惜？”

“你不知道啊？”程淮看了他一眼，“向榆去江城支援，突发疾病去世了。”

因为那个名字的出现，曾经那段腐朽的岁月又被撕开。

那时候已经六月，向榆离开这个世界也已经三月有余。

他没有再打球，而是打电话去跟陆佳穗确认这件事。

陆佳穗沉默片刻，说：“的确是，她三月份走的。我想着你结婚了，就没跟你说。”

宋怀时喉结上下滚了滚：“这样啊。”

陆佳穗问：“你要去看她吗？”

宋怀时低着头，声音沙哑：“算了。”

但那几天，不知道为什么他总是能梦到十七岁的向榆。

可能是向榆亡故的事情对他有所打击吧。

又过了一个月，他回家整理自己房间的时候，翻到了一个纸盒。

纸盒经过岁月已经泛黄，边角还起了毛边。

他打开盒子，一张张字条映入眼帘。

宋怀时随手拿了一张出来看，上面写着：阿怀，找个时间去放孔明灯吧？

他垂着的眼眸颤了颤，眸子有点暗。

里头还有一封信，他握着信封，许久，他拆开信。

这是十八岁生日时候，向榆写给自己的信，信中她告诉了自己她的愿望。

末了还留了一句“觉得说出来可能不灵验”。

宋怀时看到这句话，扯着唇笑了下。

是啊，说出来真的就不灵验了。

突然，身后传来脚步声。

宋怀时侧头一看，温婉站在一旁没说话。

他笑：“我刚刚整理东西，发现了这些杂物。”

温婉问：“是你和你初恋的东西吗？”

宋怀时笑了下：“是啊，好多年了，现在看看这些内容觉得当初的自己还有点幼稚。”

宋怀时没打算隐瞒，也没什么好隐瞒的。

也只有真正放下了，才能以坦然的态度把自己十七岁的回忆当成一件非常普通的东西展现出来。

“是纯真吧？”温婉眨了眨眼，“一腔孤勇地付出也很勇敢。”

宋怀时把信放回盒子，说：“前段时间听到有关于她的消息，她因为去江城支援突发疾病去世了。”

“去世了？”温婉有些吃惊。

“是啊，所以今天整理东西的时候也突然想到她了。”

温婉：“怀时，我知道你当年很爱她。”

“是啊，很爱。但都过去了，谁都没有停在原地，大家都在往前走，故事就留在这个盒子里吧。”

温婉问：“你要去看她吗？”

宋怀时垂了垂眼：“没什么好看的。”

气氛一下安静了下来。

突然，温婉说：“怀时，去看看她吧。”

就当跟那段岁月道个别。

宋怀时是跟温婉一起来到墓园的。

到了门口，温婉停下脚步：“我就不进去了，你去跟她说说话吧？”

宋怀时没强求，说到底，温婉真的做得够好了。

劝自己的丈夫去看他的初恋女友，真找不到比她气度更大的了。

宋怀时根据陆佳穗给的地址找到了向榆的墓碑。

墓碑前还放着一束花，新鲜的，看来不久前刚有人来过。照片上的向榆依旧带着浅浅的笑容，还有十七岁的影子。

这也是宋怀时自大二那次之后第一次看见向榆。

他没蹲下身子，把手中的花放下后，直起身子低着头。

头上还顶着太阳，今天的天气特别好。

突然，宋怀时勾起嘴角：“好久不见，向榆。

“你应该也向前走了吧？

“我从前是真的觉得，自己能爱你很久很久，不止八年。

“我原本不相信，但时间好像真的会掩埋一切。我记忆里有关你的回忆已经在慢慢模糊了，我甚至对你的模样，也有点记不清了。我好像真的失信了。”

你失信一次，我失信一次，咱们扯平了。

他的背直挺着，但有一瞬间，似乎回到了高中那会儿。

“我在往前走，我没有停留。

“很多年前我一直跟着你的脚步走你走过的路，现在那条路不见了，我回头看，发现有另一个人也一直踩着我走过的脚印走我走过的路。

“我回头了，我爱上那个跟着我的人了。

“十七八岁的回忆就留在俞中吧。”

他对向榆的照片笑了下，语气一如既往的温柔：“向榆，下辈子勇敢一点，幸运一点，别再遇见我了。”

你该走你的路，我也有我要走的路了。

交线会短暂相爱，但不会一直停留。

如果再来一遍，我们或许还是这样的结局。

番外三·向榆

有人在光处陪伴，有人在暗处守护

/
N I S H I X I N L E

几年未见相爱之人，没有谁是在比输赢。

“当当！”

一束鲜红的玫瑰花束被递到向榆面前，面前的男人十分骚包地从他那辆惹眼闪耀的粉色跑车上下来。

他拉下鼻梁上的墨镜，一本正经地站定在向榆身前：“向榆小姐，我可以追求你吗？”

四周围着各色路人在围观，还有好事者不嫌热闹，鼓起掌来喊着“答应他”。

向榆被这一场景逗乐了，她无奈地推开面前人的手：“我掐指一算，咱俩八字不合，算了吧。”语罢，她径直走向跑车拉开副驾驶座坐了上去。

周围人对这一场景看得要多蒙就有多蒙，怎么，女士你拒绝了人家的追求还上人家的车？

反观男子一点也不恼，走到跑车前弯腰把花放在向榆跟前，自己绕到驾驶座上，提醒向榆扣上安全带，放下手刹一踩油门，扬长而去。

徐宣林抽空朝向榆看了眼，见她无心地摆弄着花束，不禁笑道：“怎么，这花收得不安心啊？”

向榆白了他一眼：“是啊，我担心你让我做你女朋友。”

徐宣林没回头，操控着方向盘：“行了，跟你开玩笑的。”

“生日快乐，向榆。”

三月二十七号，向榆的生日。

向榆跟着笑了下，看了眼怀中的花束就转开视线看向车窗外。

她问：“你今天很闲吗？”

“哪能呢，我是大忙人好不啦？没有一分钟是空闲的，每一分钟我就能赚个百八十万。”

向榆被他逗笑：“吹吧你。”

徐宣林说：“我很认真的！就这么跟你算，我今天陪你五小时，你得折现给我。”

“你这大老板的时间我可买不起，要钱真没有，要命有一条。”

徐宣林贫嘴道：“我可舍不得要你的命。”

向榆“扑哧”一声笑了出来。

这几年跟徐宣林相处下来，她的性子也没有从前那么内敛，倒是开朗了许多。

徐宣林接向榆回了外祖家，向榆生日这天，家里两个老人特意操持了一桌子的菜，她妹妹向暮也逃课回来了。

向暮中考成绩出色，高中托了萧池的妈妈帮忙给转到了临安这边，现在也不会回向丛那儿了，跟着她们的外祖一起生活。

向榆见到向暮的时候还有些生气，觉得她为了一个小小的生日就逃了晚自习回来是不应该的。

可向暮却说：“哥哥说了，这才不是一个小小的生日，姐姐的生日是一年当中最重要的日子。”

说罢，她还朝徐宣林扬了扬下巴，意思是自己说得对吧。

徐宣林笑着朝她扔了一个橙子："向暮说得对。"

向榆哭笑不得："你自己翘班也就算了，你还撺掇着我妹翘课。"

徐宣林："在重要的日子里，一家人就得整整齐齐的啊。"

说完这句话，像是怕向榆下一秒会冲过来打他，徐宣林立马丢下一句"我去厨房帮忙"就跑到二老身边找掩护去了。

向榆站在原地，心里五味杂陈。

她其实也不是因为向暮逃课生很大的气，只是徐宣林说的那句"一年当中最重要的日子"，她不知道怎么面对。

向暮以为姐姐生气，忙跑过去转移话题。

她眼睛一转，看到了玄关的鞋柜上放着的红玫瑰，道："姐姐别不高兴了，看哥哥今年又送了你更好看的花。"

向榆顺着视线看到了玄关处的花束，一愣。

是的，每年向榆都会在生日这天收到来自徐宣林的花束，一年比一年更精致。

晚上，一家人举杯共庆向榆的生日。

徐宣林举起杯子，里面是橙汁："又是一年向榆的生日，转眼时间过得也真快，外公外婆，我都当你们孙子当了两年了。第三年，还是祝你们二老身体健康，天天开心！我敬你们一杯。"

徐宣林幽默又逗趣，一张嘴不是白长的，从初次跟向榆的外公外婆见面时就已经把二老哄得嘴都合不上。

他算是凭着一张嘴和平时的举动，硬生生地以朋友的身份挤进了向榆的家中。

外公笑呵呵地说："小徐啊，喝饮料可不行，今天得陪外公喝白的。"

徐宣林笑着坐下："那当然了外公，我陪向榆喝完果汁就陪你喝白的。"

他转头，把杯子轻轻地跟向榆的杯子碰了一下："生日快乐，向榆，今年你就二十三岁啦。”

说完这句话，徐宣林就将杯子里的饮料一饮而尽，转头又乐呵呵地跟外公喝起白酒。

这时，外婆跟向榆咬起耳朵。

她在向榆耳畔说了什么话，惹得向榆立马臊红了脸，小声嗔怪道：“外婆，我跟徐宣林不是你认为的那种关系。”

外婆看了她一眼：“可是谁还不知道小徐那孩子对你什么心思啊？”

噔！

向榆一愣。

她的确知道，徐宣林的喜欢热烈到尽人皆知。

外婆叹了口气：“小榆啊，这么多年了人要朝前看，当年那男孩子很好，可这么多年月相伴在你身边的人，你也不要忘记回头看。”

“嘭——啪——”

最后一束烟花在空中绽放完毕，今晚的烟花盛宴落下了帷幕。

宋怀时走到机车旁边，从车上拿下一个包装精美的蛋糕。

寂静的夜里只有他孤身一人，周围陪伴他的除了刚刚燃尽的烟花，还有夜里源源不断的风声。

他将蛋糕放在矮墙上，拆开包装，蛋糕是粉白的，上面摆满了小兔子的装饰，十分有少女心，他在上面插上一个“2”和一个“3”的蜡烛。

夜里风大，他打了好多次火都没有打上。

最后一次，他成功地将蜡烛点燃。

火苗很小，一不小心就会被风吹灭，宋怀时便用手围成一圈掩住火苗。

火苗微弱的光晕打在他的脸上，惹得他的脸忽隐忽现。

宋怀时突然想到从前他也替向榆在秋日的傍晚挡过风，在夏日的正午挡过太阳，想到这，他扯着唇笑了下——

“想想，二十三岁生日快乐。”

今年的宋怀时为她放了二十三束烟花。

今年是他为她庆祝的第七年生日。

初春的晚上，总有一个人会在这放一次违禁的烟花。

有人可以光明正大地在她身边庆生，有人只能在回忆里的地方孤身一人庆祝。

宋怀时手一松，风立马把小小的火苗吹灭。

今年会有更多的人爱你。

随着最后一支蜡烛吹灭，桌上的人笑着出声，纷纷祝贺向榆生日快乐。

外婆拿着蛋糕刀开始切分蛋糕。

向榆的视线原本落在蛋糕上，突然，她感觉到自己的衣摆被人扯了扯。她倾了倾身子，也没回头：“怎么了？”

向暮在她耳边落下一句：“姐姐，我希望我以后也能遇见一个像哥哥这样对你好的人对我好。”

向榆呼吸一窒。

她蓦地看向玄关处的红玫瑰。

没有女生不喜欢花，一束又一束美丽的花，一场又一场热烈的告白，她真的能无动于衷吗？

向榆，生日快乐。

二十三岁了。

我祝你生活无忧，工作顺利。

番外四 · 少年啊
别再执念了

N I S H I X I N L E

1

冬日的街边十分萧条。

早晨六点，时间很早，小区里走动的大都是穿着校服的学生早起上学。

徐宣林站立在窗边看着几个经过楼下的学生愣了神。

“爸。”

房间门被推开，身后传来小榆木的声音。

徐宣林一下回了神，循声看去：“哎，好了吗？”

小榆木点头：“嗯，好啦。”

徐宣林随手抄起床上的外套：“那走吧，别迟到了。”

一出家门，楼道里的寒气冻得父女两人齐齐打了个哆嗦。

“这天怎么这么冷？”车子暖气一开，徐宣林搓着手哈了口气，而后又朝后座的人叮嘱，“今天衣服穿够了没有？可别冻着了。”

后视镜中的女孩闷闷不乐地低着头，双手放在膝上，手指绞在一起。

徐宣林见状哂笑一声：“怎么啦？怎么闷闷不乐的？”

时间一晃过去这么多年，小榆木也长成了大姑娘，瓜子脸大眼睛，身材娇小也不高，还真有几分向榆的模样。

小榆木正值十六岁，青春期也有很多话题是徐宣林涉及不了的。

他不知道小榆木最近怎么了，但她的确跟平常不太一样。

听到徐宣林问话，小榆木这才抬起头轻轻唤了声："爸爸。"

"嗯？"

"我今天能不能不去学校啊？"小榆木小声问。

徐宣林挑眉："怎么就突然不想去学校了？"

小榆木不肯说。

徐宣林叹了口气，伸手把车子熄了火："行，那咱们今天不去了。"

小榆木一听立马乐了起来，身子探到前座给了徐宣林一个拥抱："谢谢林林，林林最好了。"

徐宣林笑骂了句："没大没小。"

虽是骂着，但丝毫不见他有一丝责怪之意。

这么多年了，徐宣林把小榆木捧在手心里就当宝贝一样护着，纵着她去做任何她想做的事情。不管他工作多忙，小榆木一个电话就能把他从公司喊回来。

他这么宠着小榆木，宋怀时之前还嘲笑他女儿奴。

但只有徐宣林知道，他这是把所有对向榆的念想都寄托在了小榆木身上。如果向榆在世，他也会这么纵着向榆，或者更过。

晚上，徐宣林带着小榆木来到宋怀时家过圣诞。

一进门，小榆木就被一个小团子撞了个满怀。

"徐幸姐姐。"

徐宣林故作不满："小兔子，怎么就瞧见了小榆木没看见你干爹？"

兔兔冲他吐了吐舌头。

兔兔大名宋言月，是宋怀时的小女儿。

宋怀时有一儿一女，儿子大名叫宋言泽，小名小羊，比小榆木小五岁。

不知道什么原因，两个小孩都特别黏着小榆木。

小羊年纪不大却一副小大人模样，就像此时，明明很想上前去跟小榆木说话，但还是高冷地站在旁边观望。

徐宣林总觉得小羊对小榆木太别扭，宋怀时却说他是女儿奴，觉得全世界的男生都要离他女儿远一点。

“兔兔，放开姐姐，别让姐姐站在门口。”

宋怀时拎着两瓶红酒从旁边的储物间走出来。

徐宣林笑道：“这是好酒啊。”

宋怀时含笑：“你生日不得好好招待你吗？”

徐宣林生在圣诞节，从前他都是借着生日，每年圣诞都要跟向榆黏在一起。

宋怀时说：“又老了一岁了啊，林林子。”

“去去去，别拿以前的外号喊我。”徐宣林骂了一句。

在沙发上坐下后，徐宣林看了眼旁边玩闹的三个孩子，突然道：“宋怀时，我说真的。”

宋怀时递给他一杯酒：“嗯？”

徐宣林说：“你让你儿子别那么黏我女儿。”

宋怀时哭笑不得：“拜托，我儿子才几岁。”

徐宣林：“啧，年龄不是问题好吧？”

宋怀时无言反驳。

“反正你多看着点你儿子，我最近也觉得我女儿有点不对劲。”

宋怀时挑眉：“嗯？”

徐宣林说了自己最近的疑惑。

宋怀时笑了下：“你别那么疑神疑鬼的，你也不想想你自己十几岁的时候。”

“我女儿能跟我比吗？”徐宣林一脸不满，“反正我就是担心，这可是我跟向榆……”

此话一出，气氛突然变得有些安静。

宋怀时低着头笑了下。

徐宣林瞥了他一眼，没再说话。

在宋怀时家没坐多久，徐宣林就起身准备离开一会儿。

温婉诧异道：“这么早就走了吗？佳穗姐还没过来呢。”

徐宣林摆手：“我晚点再过来，小榆木先放在你这儿。”

宋怀时没说话，他知道徐宣林要去哪里。

每年的圣诞节，徐宣林都会在这里坐一会儿然后就离开，等到快结束的时候才来接小榆木回家。

每年的圣诞，他的生日，他都有一个更重要的人要去见。

司机已经在门口等着了，徐宣林上了后座，没等他开口，司机就先问道：“徐总，还是之前那个地方吗？”

徐宣林“嗯”了一声。

“刚刚助理打了电话，说是公司有个会议……”

徐宣林不耐烦：“让别人去。”

司机低声应了一声，转头打了个电话跟助理复述了这件事。

每年的这个时候，不管公司有多重要的事情徐宣林都不会去，如果公司遇到什么急事，也都是徐宣林的家人代为处理。

他只有这么一天，这么短短的两个小时留给最重要的那个人。

车子开到墓地门口，徐宣林一人走了进去。

晚上的墓地很阴森，虽有路灯，但很少会有人选择在晚上来这儿。

他熟门熟路地走到一个墓碑前，然后缓缓蹲下身子，把手里的蛋糕拆好放在碑前，轻轻笑了下：“圣诞快乐，向榆。”

不会有人回应他，他也只是盯着墓碑上的照片。

“怎么样？你最近还好吗？

“向暮前段时间生了二胎，她老公对她很好，她现在也很幸福，你就别再操心啦，这边的事情我都帮你看着呢。

“陆佳穗也挺好的，不过她最近被她儿子气得人要炸了，男孩子青春期太叛逆了，还真是咱们小榆木省心。

“说到小榆木我最近发现她情绪状态不对劲，总觉得有什么情况，所以我挺担心的。

“我前段时间在临州海边给你放了烟花，你看到了没有？”

说着，徐宣林从兜里掏出手机翻到视频立在向榆的照片前播放。

视频中传来几声炮竹声，而后传出徐宣林的声音：“向榆，今年的烟花比去年的更好看，你看到了吗？”

徐宣林收起手机，自顾自地笑了下：“我对你好吗？你可多记着我的好，多想着我点啊。

“今年的圣诞节跟前几年一样都没什么意思，感觉缺了你就没意思了。

“向榆，我又老了一岁。

“烟花又燃了一年。

“我又爱了你一年。

“圣诞快乐，向榆。”

徐宣林抬手摸了摸照片，指腹在上面蹭了蹭：“祝我生日快乐，向榆。

“到点了，今年我还是跟以前一样。

“向榆，我仍祝你平安。”

2

“哎呀，我都说了我送你回去吧？”

“不要！”徐幸故作凶恶地瞪着面前的男生，“再不松手我就要生气了。”

男生一听徐幸要生气了，立马松开手中拽着的书包带子。

书包带松松垮垮地落下，徐幸满意地笑了下，耸耸肩把书包背在自己身上。

男生见状一脸委屈，站在一旁一句话不说，谁见都觉得一副可怜样儿。

背好书包后，徐幸才发觉气氛好像有点尴尬，便说："好啦，好啦！别生气了，下次让你送我到家楼下。"

男生比她高一个头，一米八的大高个却是一副委屈样。

他撇嘴："为什么不让我送你到家楼下，我只是怕你不安全。"

"嘿？"徐幸拿眼瞅他，"你这人怎么不开窍呢？"

男生一脸不解。

"我这是怕你不安全啊，呆子。"

男生更加不解。

徐幸说："要是被我爸爸看到误会了，非把你的腿打断不可。"

"这有什么，好好解释不就行了。"

这话听得徐幸忍不住扶额，她叹了口气，故作老成："没办法啊，我爸说男人的话最不可以相信了。"

"那……"

"徐幸姐姐。"

突然，徐幸听到身后传来一道稚嫩的嗓音。

徐幸一回头就见到宋言泽站在身后静静地看着她，也不知道看了多久了。

宋言泽穿着蓝白色的运动外套，头上戴着一顶棒球帽，酷酷地站在一边一声不吭。

他长得跟他爸宋怀时像是一个模子刻出来的，不过宋叔叔就算是眼角已经有了细纹，但还是难掩眉宇间的温柔。而宋言泽却不一样，一张小脸经常板着，对谁都是一副爱搭不理的模样。

徐幸一下跟男生隔开距离："小、小羊？你怎么在这儿？"

宋言泽不动声色地瞥了眼男生：“徐叔叔说你还没到家，让我来接你。”

接她？让一个小学生接一个高中生？

别搞笑。

男生见状问：“这是谁啊？”

“这是我干爹的儿子，我弟——”

“宋言泽。”徐幸的话说到一半被打断，宋言泽一字一句地自我介绍，“我叫宋言泽。”

男生被他的眼神看蒙了一瞬，还来不及说什么，宋言泽就拉着徐幸往家的方向走了。

徐幸挣脱不开宋言泽的手，只能回头跟男生挥挥手就被拉走了。

走了一个拐角，宋言泽的脚步才慢下来。徐幸拍了拍他的脑袋：“小羊你今天怎么了？你今天这样对哥哥很没礼貌的。”

宋言泽皱起眉头，不高兴道：“他才不是我哥哥。”

“什么？”徐幸没听清。

宋言泽却没再说，自顾自往前走。

徐幸赶忙追上去道：“对了小羊，你刚刚看到哥哥的事情可不能跟你徐叔叔讲啊，你得替姐姐保密。”

宋言泽不说话。

“你要是跟徐叔叔说了，姐姐就不能跟那个小哥哥再见面了。”

这不挺好？

“答应了啊，这是我们姐弟俩的小秘密。”

秘密吗？

其实他跟徐幸之间，还有很多数不清的秘密。

“我跟小榆木现在在向榆外祖家里，等你忙完直接开到这边来接我吧。待会儿我把地址发给你。”车子的传音筒里传来了徐宣林的声音。

宋怀时应了一声，手打着方向盘掉了个头。

窗外的景物随着车子的前进不停地向后倒退，宋言泽盯着车窗失了神。

“小羊？”

宋怀时的声音把他唤回神，宋言泽侧头看向后视镜，一眼就跟宋怀时的视线对上。

宋怀时笑道：“怎么感觉你最近不是很高兴啊？”

宋言泽移开视线，神色淡淡的：“没有。”

“你从A市给徐幸姐姐买的巧克力带了没有？今天接徐叔叔他们出来吃饭的时候就一起给他们啊。”

宋言泽闷声“嗯”了一声，怎么可能忘记？

宋怀时将车子开至小区单元楼楼下时还不见徐宣林他们的身影。

“小羊，给徐叔叔打个电话，告诉他们我们到了。”

宋言泽照做。

没一会儿，徐宣林手里拎着一个白粉的帆布包从单元楼里出来，徐幸紧跟其后。

宋言泽眼睛一亮，身子也跟着紧绷起来，不自在地往旁边挪了挪。

徐宣林笑着拉开车门：“来这么快啊。”

他一边扣上安全带，一边道：“我刚刚忙晕了，都忘记把地址发给你了，你怎么找到这儿来的？”

宋言泽往前座看去。

坐在驾驶座的宋怀时一愣，一时间，他的眼里好像浮现了一种异样的情绪，继而他低头笑了下：“你忘记了，你之前把地址发给过我。”

“是吗？”徐宣林玩着手机嘟囔，“我怎么不记得了？”

宋怀时笑了笑没说话。

后座，宋言泽小心翼翼地把巧克力捧到徐幸面前。他两眼放着光，也没说话，但看得出来他难掩的高兴，像只见到主人的小狗狗。

“给我带的吗？谢谢你啊小羊。”徐幸迫不及待地拆开包装从里面拿出一颗巧克力丢到嘴里。

见徐幸喜欢，宋言泽也放下心来，虽然面上还是一副“我很酷”的表情，但他微微弯曲的嘴角还是将他的内心暴露出来。

“哎，小羊现在多大了？是初二吧？”徐宣林忽而问了声。

宋言泽比徐幸小五岁，徐幸现在高二，当年入学也晚了一年，算算时间宋言泽也应该初一初二了。

宋言泽“嗯”了一声：“初二了。”

徐宣林哼笑一声，转头道：“陆佳穗有没有跟你说啊？就她那儿子的事情。”

宋怀时开着车，见状抽空瞥了徐宣林一眼：“什么？”

“就我前段时间跟陆佳穗和程淮他们聚会的时候，她跟姜韵提起她儿子。挺搞笑的，你说陆佳穗那么风风火火的一个人，被她儿子治得真是没辙了。”

宋怀时哂笑：“她儿子怎么了？”

“前段时间刚给学校叫去，说是有两个女生因为她儿子打起来了。哈哈哈！陆佳穗说，她那时候在学校听老师讲的时候真是这辈子的脸都被丢尽了。”

“你怎么好意思笑别人？你自己当年什么样心里没点数吗？”

言下之意，当年的徐宣林跟陆佳穗的儿子只有过之而无不及。

徐宣林不乐意了：“嘿，你这人，我们说这群小屁孩呢。你怎么不说说宋怀安这当爹的。”

“那可不，”宋怀时笑，“宋怀安这个当爹的怎么管的？自己儿子都管不住啊。”

“陆佳穗生日不是要到了吗？估计是忙着哄陆佳穗高兴准备什么惊喜吧，哈哈哈。”

徐宣林聊着聊着突然话锋一转："那听陆佳穗说，现在小孩早恋的情况不比当年，现在这个年纪啊，哎？你问问小羊在学校有没有什么状况。"

见话的矛头突然落到自己身上，宋言泽赶紧道："没有，我对我们学校的女生都没兴趣。"

徐宣林略感欣慰："这才是好孩子！"

他恨铁不成钢地看了一眼徐幸："不像小榆木。"

徐幸不乐意："我干什么了我，我啥也没干你就这么说我。"

"哼，你现在什么情况我是一清二楚的。"

"你胡说！"

"怎么，小榆木有情况了？"

"对啊，她女孩子家家的……"

……

宋言泽收回视线，低着头笑了下。

徐幸姐姐现在什么情况他是最清楚的。

那次在徐叔叔家楼下他也看到了徐幸和那个男生，但那不是他第一次看见那个男生。

第一次看见徐幸和那个男生，是在他家楼下。

他记得那天是圣诞节，徐叔叔带着徐幸姐姐来他家吃饭。中途徐叔叔照例离开，留了徐幸姐姐一个人在他家。

只是徐叔叔走了没多久，徐幸姐姐就借口有事下了楼。那时候天下着小雨，他担心徐幸姐姐会淋湿，就带着雨伞追了下去。

只是他刚出电梯，就看到徐幸姐姐跟一个男生站在伞下说话。

只一瞬间，他立马收回步子躲在墙角。

宋言泽看着自己手中的雨伞，忽然觉得心里闷闷的。

后来徐幸姐姐回来，他刻意改变了自己对徐幸姐姐的称呼，他直接喊了她"徐幸"，结果被徐幸好一顿骂，说不可以没大没小的。

徐幸上了大学后，宋言泽和她的接触越来越少。

徐幸成年了，所以她的朋友圈公开了那个男生，是当年的那个人。

宋言泽突然很想去见她，他觉得再不去找徐幸姐姐，就好像一切都要变了。

所以他高三的时候为了去找徐幸，直接逃了一天的课坐车去了徐幸大学所在的城市。

徐幸对宋言泽的到来很是惊讶，但也没问什么，就是告诉他这样是不对的。

她还是如同小时候当姐姐时一样，一样地告诉他什么是对什么是错。

宋言泽说，他就是想来这个学校看看，他大学想考这里。

徐幸见状松了一口气，打电话跟家里人报备过后，就带着宋言泽参观学校。

一圈逛下来其实也没什么，徐幸说既然他喜欢这里，那就好好学习，努力考到这所学校来。

宋言泽突然问："姐姐，你想我考到这里来吗？"

徐幸一愣，继而笑道："当然啦，我当然希望你可以实现自己的目标。"

宋言泽急道："不只是大学这个目标，我就想来找——"

"小羊。"徐幸打断他。

这是徐幸继高中毕业后，第一次喊他的小名。

徐幸笑着摇头："别再说了。"

宋言泽的心一下落了下来："为什么？"

徐幸："你是我弟弟，我希望你能好。"

宋言泽："就因为我年纪小吗？"

"小羊，很多事情我都知道。"

宋言泽对上徐幸的眼睛，她的眼神很坚定，不像是在扯谎。

原来她都知道，她一直都知道。所以她才会一直在他面前强调他是她弟弟这件事，从小到大，她一直在跟别人强调这件事，一直在给他划分明确的位置。

“可是为什么呢？就因为我比你小吗？”

徐幸：“是吧，我只把你当弟弟，亲弟弟。”

宋言泽一下站了起来，浑身的傲骨似乎就在一瞬间被打碎。

他低着头，轻声道：“我知道了，姐姐。”

后来徐幸结婚，宋言泽那时候正好大三，他去参加她的婚礼。

也是那时候他才看到新郎的年龄，他比徐幸小了两岁。

他整个人愣在原地。

徐幸走过来拍拍他的肩膀：“怎么还不进去？”

宋言泽抬起头，看到了她的模样。

今天的她是最美的新娘，一身洁白的婚纱像是给她覆上了一层滤镜，温柔、美丽。

原来的邻家大姐姐，今天也要嫁人了。

她的眉宇间染着笑意，不难看出，她是幸福的。

宋言泽低声问：“可他不也是弟弟吗？”

徐幸没听清：“什么？”

宋言泽抬头，扯着唇笑了下：“没什么。”

“新婚快乐，姐姐。”

站在不远处的徐宣林目睹了刚刚的所有事情。

宋言泽进场后，他就收回视线往窗外的天边看去。

他就知道，宋言泽真的是喜欢徐幸的。

为什么呢？

因为喜欢一个人是可以分辨出来的啊。

这从来都不是开玩笑，他是真的感觉到了。

他那时候还想，自己的宝贝女儿不会真的会被宋怀时的儿子拐走吧？

身边又不是没有这种例子，陆佳穗和宋怀安就是一个。

但后来，他看到了徐幸在朋友圈发的那个男生。

那一瞬间，徐宣林竟然不知道是该庆幸还是遗憾。

他又看了一眼场内，他的女婿，今天的新郎走出来搂住徐幸的腰，温柔地替她把碎发绾至耳后。

徐宣林收回视线笑了下。

向榆，这场景就好像是在重演。

你对宋怀时的遗憾在下一辈中体现了。

上一辈，你对宋怀时不能得偿所愿。

下一辈，宋怀时的儿子对你的女儿也不能得偿所愿。

所以，都放下吧，别再执念了。

全文完

后记

/

N I S H I X I N L E

2022 年 3 月 13 号，晚上 7 时 53 分我写完了他们故事的最后一个字。在键盘敲下最后一个字的时候，我心里突然变得空落落的，2021 年的 8 月 18 号到现在已经二百零七天了，从开始到最后一篇番外的完结，近年这篇文不会再出番外了，这一段路似乎真的要告一段落了。

这篇文一开始写的时候并不顺利，经常卡壳，想不到好的点去衔接上一段。我本就是不爱写大纲的人，所以这个故事也只是在写的过程中一步一步引导出该有的结局。

我一直觉得这篇文的结局就是它该有的结局，不是突发奇想，这就是最开始以及最后的结局。

我从前说过，这篇文的灵感来源于我中学时期的两个朋友。他们的故事没有小榆和阿怀这么轰轰烈烈，但现在回想起来还是让人觉得好哭。他们之间没有互相拉扯，双方偶尔向别人打探对方的消息也没有选择重新走到一起，就是某一个时机分开了，就再也没有破镜重圆。

就连一个旁观者，讲起他们的故事都满是遗憾。后来偶然间，我想起这件事，脑子里萌生出一个故事，于是有了《你失信了》。

它有原型吗？其实不算。

只是中间有一些故事是确确实实发生过的，阿榆不存在原型，阿怀与现实中的“宋怀时”像一些，二者都是非常温柔的存在。不管是小说还是现实，宋怀时都是我见过的最温柔的男孩子。

因为我自己本身也很喜欢书中的很多角色，其实比起阿怀，我更喜欢徐宣林的人设。但阿怀的九年太让人心疼了，所以就算最后的设定是爱上自己的妻子，我也还是很喜欢他。可能是那九年没有写出来，所以很多人都不能感同身受阿怀的情绪，但那九年都在我脑子里过了一遍，所以我会比较深刻，从来都没有谁比谁更好过。

其实坦白说这篇文我在写的时候基本没什么泪意，可能是一开始就已经预料到最后的结局，也知道彼此的思想，所以就没有什么想哭的点。只是在最后写分手那段，以及结局和各种番外时，我突然有一点点泪崩。

怎么办，突然好舍不得。舍不得阿怀和阿榆，舍不得浪子回头的林林，更有点遗憾二代的感情。

不过还是算啦，故事总要结束，就陪他们走到这里吧。

之前看到评论区说，“我的眼泪，阿杳的战利品”，嘿嘿，那就当我战胜了你们一次吧！

祝大家生活顺遂，努力一点，做一次勇敢者吧！
